Petey

Ben Mikaelsen

ピーティ

作：ベン・マイケルセン

訳：千葉茂樹

すずき出版

装画　瀬藤　優
装幀　長坂勇司

ピーティ

主を待ち望む者は

新たなる力を得、

鳩《はと》~~鷲《わし》~~のように翼《つばさ》をはって、のぼることができる。

走っても疲《つか》れることなく、

歩いても弱ることはない

（イザヤ書40章31節）

わたし自身の

「ピーティじいちゃん」になってくれた、

クライド・コザーンにささぐ

第一部

第1章

一九二三年春　アメリカ、モンタナ州ボーズマン

踏切《ふみきり》に近づく汽車の警笛《けいてき》が、けたたましくひびきわたった。色のあせかけた黒いT型フォードが、ガタピシと音を立てながらおなじ踏切《ふみきり》にむかって猛《もう》スピードでせまっている。深くわだちの刻《きざ》まれた道路を右に左に大きくゆれながら、車体の底から泥《どろ》をまき散らしてつっこんでいく。汽車の乗客たちが窓《まど》から身を乗りだし、T型フォードにむかってどなったり口笛を吹《ふ》いたりしている。T型フォードは、汽車の鼻先をかすめるように踏切《ふみきり》をわたりきった。警笛《けいてき》は甲高《かんだか》い抗議《こうぎ》の叫《さけ》びをあげつづける。

汽車の客車では拍手喝采《はくしゅかっさい》がわきおこった。「ほら見ろ、やっぱり馬なし馬車の勝ちだ！」だれかが叫《さけ》ぶ。

T型フォードを運転しているロイ・コービンは必死だった。助手席の妻のサラは、車がはねたりかたむいたりするたびに体をかたくこわばらせた。これは、汽車を打ち負かすためのレースなどではなかった。サラは毛布にくるんだ膝《ひざ》の上の赤《あか》ん坊《ぼう》に目をやった。その赤《あか》ん坊《ぼう》こそが、今回の旅の理由だった。

◇

サラ・コービンは、寒々とした病室に医者が入ってきた二年前のことを、はっきりおぼえていた。やさしい口調ではあったが、そのことばは残酷《ざんこく》なものだった。

「コービンさん、ほんとうにざんねんですが、あなたのお子さんは障害《しょうがい》を持って生まれてきました」

サラは息をのんだ。医者のことばにぼうぜんとした。障害《しょうがい》とはなんのことなんだろう？ サラは必死で考えた。「なにか異常《いじょう》があるんですか？」サラはすがるようにたずねた。

医者は一瞬《いっしゅん》、口をつぐんだ。「ざんねんながらそうです。すこしお休みになってくださ い。あとでもう一度話しあいましょう」

「先生。障害《しょうがい》っていったい、どういうことですか？」

「コービンさん、どうかおちついて。まだ、お産を終えたばかりで……」

「赤ちゃんをつれてきて。わたしの赤ちゃんよ！」サラははげしい口調でいった。「わたしのおなかに九か月もいたんです。わたしはもうだいじょうぶ。ちゃんと抱《だ》っこできます。赤ちゃんをつれてきて、いますぐに！」

医者は悲しげにうなずいた。「では、お待ちください」

糊《のり》のきいた制服を着た看護師《かんごし》が、すぐに毛布に包まれた赤《あか》ん坊《ぼう》をつれてきて、おそるおそるサラの腕《うで》に抱《だ》かせた。わたしの赤ちゃん、わたしの赤ちゃん。サラは赤《あか》ん坊《ぼう》をやさしくゆらした。そうっと毛布に手をのばし、ひきさげた。その瞬間《しゅんかん》、サラの下くちびるがわなわなとふるえだした。「まあ、なんてこと！」サラは息をのんだ。

奇妙《きみょう》にねじれた小さな体の上に、表情のない頭がのっていた。茶色の小さな目は、うつろに見ひらかれている。くちびるは、見えない力にひっぱられているかのように、大きくゆがんでいた。病室はこおりついたような空虚《くうきょ》さに占領《せんりょう》された。サラは赤《あか》ん坊《ぼう》を強く抱《だ》きしめた。部屋をおおう沈黙《ちんもく》も、赤《あか》ん坊《ぼう》の体のねじれも消《き》え失《う》せてしまえばいいのにと願いながら。

看護師《かんごし》は忍耐強《にんたいづよ》くその場に立っていた。

「どうか、この子とふたりだけにしてください」サラの声は、心とおなじようにひび割《わ》れていた。

看護師《かんごし》の足音が廊下《ろうか》を遠ざかっていくなか、サラはもう一度自分の息子《むすこ》を見つめた。小さくてふっくらとしたほっぺはどこにあるの？　ちっちゃなくちびるは？　ボタンのような鼻は？　赤ちゃんはだれだって完璧《かんぺき》なものではないの？　ありえないような姿《すがた》をした赤《あか》ん坊《ぼう》を見つめるサラは、胃のむかつきと必死にたたかっていた。夫のロイにそばにいてほしかった。しかし、予想もしない早産だった。ロイは、マイルズシティから牛の群れを追ってこちらへむかっているとちゅうだ。

サラは赤《あか》ん坊《ぼう》を胸《むね》に抱《だ》きあげて、自分をとりまく空虚《くうきょ》さのなかで、声もあげずに泣いた。サラは胎児《たいじ》のように体をまるめて眠《ねむ》ってしまいたかった。もう一度幼《おさな》い子どもにもどって、母親に抱《だ》かれて涙《なみだ》をぬぐってもらい、心の痛《いた》みが消えるまでキスをしてほしかった。しかし、いま自分は三十六歳《さい》で、自分こそが母親であることはわかっている。そして、医者のあのおそろしいことばを、キスで消してくれる人などだれもいないこともわかっていた。

サラとロイは、三番目に生まれてくる子がもし男の子なら、ピーティと名づけようと決めていた。サラはその名前を声にだしてみた。「ピーティ」そっといってみる。「ほら、ピーティ」サラは思いをこめてもう一度呼《よ》んでみたが、赤《あか》ん坊《ぼう》のしずけさは部屋じゅうにひろがっていった。

◇

T型フォードにゆられながら、サラはべつのことを思い出していた。医者がくだした容《よう》赦《しゃ》のない診断《しんだん》だ。「このような子どもさんには、治療《ちりょう》の効果は期待できません」医者はそういったのだ。

それでも、サラは、退院のあとも希望を捨《す》てなかった。このような場合、たとえ神のことばであったとしても、すぐには信じられない。いまは中世の暗黒時代ではない。近代医学の時代、一九二二年だ。医者は毎日のように奇跡《きせき》を演じてみせている。だれかが、ピーティにも奇跡《きせき》を起こしてくれるかもしれない。

しかし、お金をかけてビュート市の専門医《せんもんい》をたずねたものの、診断《しんだん》に念をおされただけだった。

「コービンさん、奥《おく》さん」寸分《すんぶん》のすきもない身なりで、豪華《ごうか》なオフィスに立つその医者はいった。「お子さんには重い知的障害《しょうがい》があります。どのようなリハビリをおこなっても、効果はあがらないでしょう」

「ど、どういう意味ですか、重い知的障害《しょうがい》というのは？」サラは口ごもりながらたずねた。

「このお子さんには考える力そのものがそなわっていません。むずかしいご判断だとは思いますが、専門施設《せんもんしせつ》に入れることをおすすめします」

サラは抗議《こうぎ》の声をあげた。「いやよ！　この子はわたしの息子《むすこ》、ピーティなのよ。こわれた機械なんかじゃないわ。ぜったいに、この子を手ばなしたりするもんですか、ぜったいに！」

この決意をさらにかたくするために、コービン夫妻は町の古いルター派《は》教会で、ピーティに洗礼《せんれい》を受けさせた。ステンドグラスの大きな窓《まど》からさす光を浴びながら、牧師は洗《せん》礼式《れいしき》をつぎのことばでしめくくった。

「主を待ち望む者は新たなる力を得、鷲《わし》のように翼《つばさ》をはって、のぼることができる。走っても疲《つか》れることなく、歩いても弱ることはない」

すぐに、はげしい発作《ほっさ》の月日がやってきた。体がひきつって硬直《こうちょく》したり呼吸《こきゅう》ができなくなる。サラたちは、二年のあいだ毎日眠《ねむ》れない夜をすごした。ピーティに食事をさせ、体をあらい、抱《だ》く日々だ。町の人たちは口々にむだな努力だといったが、サラは毎日、すべてをピーティのためにささげた。

◇

サラはT型フォードのなかで目をつぶり、背《せ》もたれに頭をおいた。隣人《りんじん》たちのさまざまなことばが頭のなかに鳴りひびく。「わたしだったら、ソルトレークの専門家《せんもんか》のところにつれていくね」「あなたは、毎晩《まいばん》この子のために祈《いの》っていますか?」「去年、流感にかかったとき、あんたはどんな薬を飲んだんだい?」「きっと、重いものを持ちあげたせいだね」

ロイとサラが、ピーティのつぎの発作《ほっさ》が命とりになるかもしれないと、毎夜毎夜おびえながらピーティのそばにいたとき、この隣人《りんじん》たちは、いったいどこにいたというのだろう。ピーティをつれて町にでかけたときには、多くの人はあいさつさえ避《さ》ける。

ゆっくりと、治療代《ちりょうだい》が負担《ふたん》になってきた。ロイとサラは、持ち物のすべてを売りはらった。小さな農場もだ。残されたのは薬代と、診察代《しんさつだい》だけになってしまった。八歳《さい》のビリーと十歳《さい》のキャシーが、慈善《じぜん》事業で寄付してもらったぶかぶかの服を着て学校へむかう姿《すがた》を目にするたびに胸《むね》が痛《いた》んだ。ふたりはほかの子どもたちのように、おもちゃやアイスクリームを買ってもらえず、お祭りにでかけていくこともなかった。

「どうして、ぼくたちのことは、ピーティみたいにかわいがってくれないの?」ある日、小さなビリーがそう口走った。

その日が、家族に結論《けつろん》をせまるきっかけになった。その日が、こうしてボーズマンにでかけて、ピーティを手ばなす旅の出発点になった。ピーティは、モンタナ州ウォームスプリングズにある、ウォームスプリングズ精神病患者収容施設《かんじゃしゅうようしせつ》に入ることになった。

◇

ノーザン・パシフィック鉄道の駅は、ボーズマンの町はずれの小さなレンガ造りの建物だった。駅に車をよせるとき、道のでこぼこで、ピーティの頭が大きくはずんだ。小さな顔に浮《う》かんだからっぽの表情は、さらに遠くへいってしまったように見えた。

郡の保健師とは、その駅で会うことになっていた。やわらかいうす茶色の髪《かみ》の、やさしそうな保健師だったが、青いブラウスの上に身につけた糊《のり》のきいたベストは、鎧《よろい》のように見えた。サラはもっと年配の保健師があらわれるものと思っていた。

「どうぞよろしくお願いします」サラはしぶしぶピーティをさしだしながら、祈《いの》るようにいった。ピーティはこのごろ、ずいぶん重くなっていた。

「もちろんです」保健師はやさしく答え、反応のない子どもを軽くゆすった。「もちろんですとも」

サラは牧師のことばを思い出していた。ピーティのようにかわいそうな子を、日常の生活や記憶《きおく》から消し去ることは、死者を埋葬《まいそう》するのとおなじように必要なことだといったのだ。サラは手をのばし、奇妙《きみょう》にねじれたピーティの小さな体にそっと指をはわせた。サラがこらえきれなくなってしゃくりあげはじめたのを機に、ロイはサラを車につれもどした。

郡の保健師は、長年つかい古されてつやのでた汽車の座席《ざせき》で、なんとか、居心地《いごこち》よくすわろうと身をよじらせた。保健師は赤《あか》ん坊《ぼう》のゆがんだ口からこぼれるよだれや鼻水をぬぐった。はればったくねじれた舌におされて、かたほうのほおがこぶのようにふくらんでいる。州内の患者《かんじゃ》をウォームスプリングズ精神病患者収容施設《かんじゃしゅうようしせつ》に送りとどける役割《やくわり》は、本来保安官の仕事だ。ただし、患者《かんじゃ》が子どもの場合には、保安官は保健師に移送を依頼《いらい》していた。障害《しょうがい》のある赤《あか》ん坊《ぼう》を運ぶことなど、保安官むきの仕事ではないということなのだろう。

保健師はバッグに手をのばして、大きな茶封筒《ちゃぶうとう》から委任状をとりだした。患者《かんじゃ》の評価欄《らん》には長々と複雑な症状《しょうじょう》が書きつらねてあった。委任状をごそごそまとめていると、患者《かんじゃ》の名前が目に入った。ピーティ・ロイ・コービン。

「おとなりの席、よろしいですか?」おだやかな声がした。

見あげると、背《せ》の高い品のいい女性だった。銀髪《ぎんぱつ》から判断すると六十歳《さい》はこえていそうだ。長いスカートに茶色のシルクのブラウスがよく似あっている。「どうぞ、おかけください」保健師は答えた。

木製の座席《ざせき》にすわったその女性は、ほっとため息をついた。

「お荷物をこちらにどうぞ」保健師がそういって手をのばすと、赤《あか》ん坊《ぼう》の毛布がはだけて、ピーティのゆがんだ顔があらわになった。ぽかんとあいたままの口からは、だらだらとよだれが流れている。

「まあ、なんてこと！」女性はそう叫《さけ》んで、とびあがるように立ち、バッグをつかんだ。

「この子は、なにもしませんよ」保健師はそういった。

しかし、女性は大あわてで通路を歩き去った。

保健師がしずかに首を左右にふるのと同時に、汽車が動きはじめた。まるで、駅をでるのをいやがるように、汽車が悲鳴をあげた。車体が大きくゆれ、保健師はとなりの席に手をついて体をささえた。やがて汽車は、リズミカルにガタンゴトンと音を立てはじめた。

客車と客車のあいだのドアがあいて、人が通るたびに、その音は大きくなった。

線路わきの畑に風が吹《ふ》いて、小さなつむじ風がくるくるとまわっている。ときおり、ひらいた窓《まど》から野草のつんとする香《かお》りや、機関車の吐《は》きだす煙《けむり》のにおいがただよってくる。保健師はあわれな赤《あか》ん坊《ぼう》を毛布でしっかり包みこみ、長い旅にそなえた。「あなたにはつらい人生が待っているんでしょうね。でも、そんなことを考える力がないのは幸せなのかもしれないわね」保健師はそうささやきかけた。

第2章

モンタナ州ウォームスプリングズ精神病患者収容施設《かんじゃしゅうようしせつ》

「おつかれさま。その子をこちらにお願いね」受け入れ担当《たんとう》の中年の看護師《かんごし》がいった。毎日おなじことのくりかえしで、はりついてしまったような笑顔《えがお》だ。ブロンドの髪《かみ》はきつくお団子にまとめられている。がっしりした体つきは、あばれる患者《かんじゃ》をおさえるにはおあつらえむきだ。受け入れ担当看護師《たんとうかんごし》は郡の保健師をしたがえ、短い廊下《ろうか》を通って、壁紙《かべがみ》が黄色くあせた診察室《しんさつしつ》へと案内した。

診察室《しんさつしつ》には雑多で奇妙《きみょう》な器具があふれている。椅子《いす》が壁《かべ》ぎわにならんでいた。診察台《しんさつだい》がかたほうの壁《かべ》におしつけられている。いちばん奥《おく》には、背《せ》の低い机《つくえ》がぽつんとおいてある。高い天井《てんじょう》からは、一メートルほどのすりきれたコードに二列のうすぼんやりとした電球がぶらさがっている。小さな窓《まど》から入る風に、電球がゆっくりとゆれていた。消毒液のつんとくるにおいが、新しくやってきた患者《かんじゃ》を荒々《あらあら》しく迎《むか》えた。

「それではお願いします」郡の保健師は委任状を手わたしながら、大きく息をついた。がっしりした受け入れ担当看護師《たんとうかんごし》は、書類にちらりと目をやると、ピーティを受けとり、冷たい金属製の診察台《しんさつだい》の上に乱暴《らんぼう》に寝《ね》かせた。「この書類に書かれたこと以外に、なにか申し送りは？」

「いいえ、特には。ただ、ご両親は気が進まないようでした」

「そういう親もいるわね。農場や仕事を失った親、結婚《けっこん》生活が破綻《はたん》した親、自殺してしまった親も見てきたわ。わたしがいちばんやりきれないのはなんだかわかる？」

「さあ？」

「それはね、いつの場合も、親の努力がたりなかったからだっていう人がいることよ」

郡の保健師はうなずきながら、腕時計《うでどけい》に目をやった。「そろそろ、失礼します。四時発のノーザン・パシフィック鉄道でボーズマンにもどらなければいけないので。あしたは、高校で健康診断《けんこうしんだん》なんですよ」

「それじゃあ、外の世界によろしくね」受け入れ担当看護師《たんとうかんごし》はそういって、硬直《こうちょく》した赤《あか》ん坊《ぼう》の体から、着ているものをぬがせはじめた。「もう、この服は必要ないわね」赤《あか》ん坊《ぼう》の体をぬぐいながら傷《きず》やできものがないか調べる。

「さて、今度はどんなお客さんかな？」診察室《しんさつしつ》に年老いた医者が入ってきた。しわくちゃの皮膚《ひふ》は、骨《ほね》ばった体にはひとまわりかふたまわりほどもサイズが大きいように見える。

「二歳《さい》の子どもです」看護師《かんごし》は答えた。「ボーズマンからきたピーティ・ロイ・コービン。これまで、両親のもとで育てられていました。体はふきました。よくめんどうをみてもらっていたようです」

「どれどれ」医者はパズルにでもとりくむように、くちびるをすぼめた。「寝《ね》たきりの人生なのはまちがいなさそうだな」医者は委任状に目を通すと、首を横にふった。「やれやれ、この子の両親はビュートの医者のところまでつれてってるぞ」ピーティの胸《むね》に聴診器《ちょうしんき》をあててじっときく。それから、おどろいたようにかたほうの眉《まゆ》をあげた。「なんとまあ、強い心音だ。めったにないことなんだがね」医者はピーティの髪《かみ》をまさぐって、シラミやダニがいないか調べた。それから、木の枝のようにこわばった腕《うで》や足をひっぱっていった。

「脳性《のうせい》まひもあるな」

看護師《かんごし》もうなずいた。

医者はクリップボードを手にとり、「知的障害《しょうがい》。重度」と書きつけた。「ビュートの医者の診断《しんだん》どおりだな。両親はこの子に、いったいどんな希望を持っていたんだ？」皮肉めいた口調だった。

「どちらにしても、この子に考える力はありませんし、治療《ちりょう》に変更《へんこう》はありません」看護師《かんごし》がいった。

「あれが治療《ちりょう》かね？」医者はつぶやいた。

◇

その日、若《わか》い介護《かいご》助手がやってきて、ピーティを小児棟《しょうにとう》へ運んだ。天井《てんじょう》の高い大きなホールのような部屋だ。壁《かべ》ぎわにベッドがずらりとならんでいる。うすよごれた白い壁《かべ》のペンキはところどころはがれていて、スタッフの真っ白な制服やベッドのシーツとは対照的に、下地の派手《はで》な黄色がのぞいていた。どのベッドも高い鉄製の柵《さく》にかこまれていて、まるでおりのようだ。部屋のまんなかのひろいスペースは遊び場になっていたが、おもちゃはほとんどなかった。

介護《かいご》助手はベッドわきの通路を歩きながら、ゆがんだ姿《すがた》の幼《おさな》い子どもたちをチラチラと見た。ひとりの子どもはひたいがないように見えた。髪《かみ》の生えぎわが、眉毛《まゆげ》のすぐ上からはじまっていた。介護《かいご》助手はまるで原始人のようだと思った。バスケットボールよりも頭の大きな子もいる。そのほかにも、自分の腕《うで》のなかにいる無力な赤《あか》ん坊《ぼう》とおなじように、自分ひとりでは動けない子どもたちがたくさんいる。わずかながら、がんじょうなベッドの鉄柵《てっさく》をさかんに足でけったり、手でひっぱったりしている子もいた。遊び場で遊ぶことが許されている子も、半分ほどは、魂《たましい》がぬけたようにむっつりとすわっているだけだ。寝《ね》そべったふたりの子どもが、身をよじらせながら、ぐるぐるとその場でまわりつづけていた。部屋は、わめき声やぶつぶつというつぶやき、叫《さけ》び声《ごえ》や泣き声で満たされていた。

その場の光景に介護《かいご》助手はぞっとしていた。どいつもこいつも奇妙《きみょう》で不気味な連中だ。介護《かいご》助手は、ピーティをいちばん奥《おく》のあいたベッドにおろすと、そそくさと部屋からでていった。

◇

小児棟《しょうにとう》での一日目が終わりにさしかかって、ピーティのゆがんだ小さな顔に、沈《しず》んでいく太陽の長い影《かげ》がかかった。そしてそのまま、ピーティの毎日は単調なくりかえしになった。区切りは日の出と日の入りだ。

ピーティの人生は、メトロノームのようなくりかえしのなかにとじこめられた。外の世界はさまざまなリズムに彩《いろど》られているが、ここには生気がなかった。単調なリズムは患者《かんじゃ》ひとりひとりの魂《たましい》に染《し》みとおっていく。

日の出、日の入り、日の出、日の入り、日の出、日の入り……。季節によって、この脈動に多少のちがいはでてくるが、パターンそのものに変化はなく、ひたすらくりかえされ、時間の感覚もなくなってくる。

時間がすぎていくにつれて、ピーティの体には確実な変化が、だれにも気づかれないままおとずれていた。年月がもっと速く流れていたならば、だれの目にもあきらかな変化だ。足は枯《か》れた根っこのように、小さなおなかにくっついていた。両腕《りょううで》はひじのところでするどい角度で折れ曲がったたままかたまっていた。両手首は大きくそりかえり、指はかぎ爪《づめ》のように硬直《こうちょく》している。獲物《えもの》をつかまえることのできない猛禽類《もうきんるい》の爪《つめ》だ。首は大きく左にかたむき、口からはたびたび舌がでたり入ったりしていた。

そして、ピーティの目にはゆっくりと、微妙《びみょう》な変化が起こっていた。長いあいだ、焦点《しょうてん》が定まらずに虚空《こくう》を見つめていた小さな瞳《ひとみ》は、わずかながら中心によってきて、世界をすこしずつひきよせていた。

ある日、その瞳《ひとみ》に光が宿り、ベッドの上の天井《てんじょう》に焦点《しょうてん》があった。うすぼんやりと光る電球の光が、濃《こ》い霧《きり》のなかから姿《すがた》をあらわし、はじめて形になった。

小児棟《しょうにとう》にやってきてから三年がたち、もうひとつのできごとが、だれにも気づかれないまま起こっていた。週に一度の入浴のとき、ピーティを抱《だ》いていた介護《かいご》助手の足がもつれた。大きなバスタブにピーティを入れようとしていた介護《かいご》助手は、あやまってピーティを頭からお湯のなかに落としてしまった。あわてて抱《だ》きあげると、「だいじょうぶだった？　かわいそうな赤ちゃん」といいながら、ピーティの顔をタオルでぬぐった。タオルにかくれて見られることはなかったが、その下にはまぎれもないピーティの笑顔《えがお》があった。

◇

ピーティのめんどうをみる看護師《かんごし》や介護《かいご》助手はつぎつぎとかわっていった。だれもが、五歳《さい》になったピーティのめんどうをみるのは、そうむずかしくないと感じていた。文句などいわないし、頭をかたむけて部屋のなかを見つめたまま、一日じゅうベッドに横たわっている。ピーティが考えていることをわかるものはいないし、ピーティのなかで日々育ち、伝えたくてしかたがない感情に気づくものもいない。せいぜい気づくのは、はかなく、すぐに消え去る微笑《ほほえ》みだけだった。それ以上の反応をしめすことができず、ピーティの感情はいまだに、重度の知的障害児《しょうがいじ》の意味のないジェスチャーとしか受けとめてもらえなかった。

第3章

一九二七年の初秋のころ、ひとりのメキシコ人の若者《わかもの》が仕事をもとめてウォームスプリングズ精神病患者収容施設《かんじゃしゅうようしせつ》にやってきた。エステバン・ガルシアは移民の季節労働者として、ノースダコタ州のジャガイモ農園とアメリカ南部のオレンジ農園で、奴隷《どれい》のように安くこきつかわれてきた。エステバンは十六歳《さい》のとき、家族とはなれてひとり立ちした。シカゴ、ミネアポリス、スーフォールズと臨時《りんじ》の仕事をしながら西へ流れてきた。ビュートの炭鉱では体が小さすぎて雇《やと》ってもらえず、季節労働からのがれようとの思いで、とうとうウォームスプリングズにたどりついたのだった。

面接を待つあいだ、エステバンは天井《てんじょう》の高いがらんとした待合室を不安げに見まわしていた。移民労働者ならだれもがいやというほど知っている、警察《けいさつ》を思わせるからだった。

ようやく、銀髪《ぎんぱつ》になりはじめている大柄《おおがら》の男がエステバンをオフィスに呼《よ》び入《い》れた。男は大きなオーク製の机《つくえ》のむこうにすわっていて、半分ほど吸《す》いかけの葉巻《はまき》をくゆらせていた。

エステバンはその手前にぽつんとおかれた木の椅子《いす》にすわった。

恰幅《かっぷく》のいい面接官はまずひとつ咳《せき》ばらいをして、エステバンの履歴書《りれきしょ》に目を落とした。

「エステバン・マーティン・ガルシア。十七歳《さい》」ひたいの後退した男は履歴書《りれきしょ》を読みあげた。顔をあげずに目だけを老眼鏡の縁《ふち》の上からのぞかせて、細身のメキシコ人を観察した。

「は、はい。そうです」エステバンはしどろもどろだった。

「ビュートではどうして仕事が見つからなかったのかね?」

「ちっちゃすぎるといわれました」

「ここでは、どんな仕事をしたいんだね?」

「なんでもやります。一生懸命《いっしょうけんめい》やります。ぜったい後悔《こうかい》させません」

面接官は立ちあがって微笑《ほほえ》んだ。立つと、メキシコの若者《わかもの》はいっそう小さく見える。

「ここにはみんな、楽でいい給料がもらえると思ってやってくる。はっきりいうが、そのどちらもまちがいだ。実際のところ、もしきみが、炭鉱で働くには小さすぎるというのなら、ここでもやっぱり小さすぎてつかいものにならないだろうな」

エステバンは、すがるような目で大男を見あげた。「どうして小さいとだめなんです？」

「そうだな、まずここには二千人の患者《かんじゃ》がいる。だが、地元社会でめんどうをみた場合の半分の予算でどうにかやっている。つまり、ここで働くものは、給料は安く、労働時間も長く、めったに感謝されることもない」

「でも、ぼくはそんなにたくさんの給料はいりません。ぼくは人助けをしたいんです」

「ここはリハビリのための施設《しせつ》じゃない、エステバン。ただ、患者《かんじゃ》を生かすだけの施設《しせつ》なんだ。食べさせて清潔にしておく以外のことはほとんどなにもしない。病室では、あばれだした患者《かんじゃ》をおさえつけたり、入浴させるために寝《ね》たきりの患者《かんじゃ》を持ちあげたりもしなくちゃならない。患者《かんじゃ》のなかには九十キロをこえるものもいるんだよ。さあ、エステバン、それでもやれるかね？」

エステバンは足をもぞもぞさせはじめた。「ぼくは小さくても、どの仕事場でもちゃんとやってきました。体はでっかくても、心が小さければ一生懸命《いっしょうけんめい》には働きません」エステバンは、目の前の大男の気分を害してしまったかと一瞬《いっしゅん》ひるんだ。エステバンは自分の胸《むね》に手をあててつづけた。「ぼくの心はでっかいし、一生懸命《いっしょうけんめい》働きます。ほんとうです」

面接官は声をあげて笑った。「きみは根性《こんじょう》がありそうだな」

「はい。どうぞ働かせてください」

「よし、きみの態度は気に入った。チャンスをあたえよう。試用期間ということばの意味はわかるかな？」

「シヨーキカン」エステバンはそのことばをくりかえした。これが、最初の試験なのかとおそろしかった。「えっと、わかると思います。それは……」

面接官は微笑《ほほえ》んだ。「試用期間というのは、お試《ため》し期間という意味だよ。まずは二週間働いてもらおう。その先のことはその時点で考えよう。それでいいかな？」

「はい、けっこうです！　けっこうですとも！」エステバンははげしくうなずいた。

そして、ことばどおり、一生懸命《いっしょうけんめい》働いた。

翌年《よくねん》の春には、看護師《かんごし》たちみんなのお気に入りになっていて、小児棟《しょうにとう》にきたことをとてもよろこばれていた。

エステバンは、毎日仕事を終えると、病室を一周して、子どもたちみんなにバイバイをいった。ピーティのベッドわきには、いつもほかの子より長い時間立っていた。すりへったベッドの枠《わく》の上にもたれかかって、ふつうの子に話しかけるように、ピーティに話しかけた。エステバンが近づいてくるたびに、ピーティの顔に微笑《ほほえ》みが浮《う》かぶようになるまでに時間はかからなかった。

ピーティは、数年前にすでに小児棟《しょうにとう》をでなければならない年になっていた。しかし、この病室がピーティの世話をするのにいちばんふさわしかったために、八歳《さい》になったいまもそこにいた。

ある日、ピーティのベッドにやってきたエステバンは、チョコレートバーをかじっていた。ピーティの目がチョコバーの動きを追いかける。

「ひと口どうだい?」エステバンはたずねた。「ほら」そういって、小さなかけらをぽかんとあいたピーティの口のなかに入れる。その瞬間《しゅんかん》、ピーティの舌は、チョコレートのかけらを追って、いそがしく動きまわった。チョコレートがとけて、舌の上と口のなかにひろがっていく。ピーティは口のなかでとけていくチョコレートを味わうのに夢中で、それ以外のことには注意をはらうことができず、エステバンのはるか遠くに視線《しせん》をただよわせていた。

その日以降《いこう》、エステバンは仕事が終わると、ピーティに小さなチョコレートをひとかけ持っていくようになった。数か月後には、チョコレートをあげる前に、ピーティに質問をするようになっていた。

「ピーティはこれがほしいのかい？」エステバンがたずねると、ピーティは微笑《ほほえ》んで、縮《ちぢ》こまった二本の腕《うで》をパタパタと動かし、ウーウーと声をあげた。

ある日、エステバンは看護師《かんごし》にたずねた。「あの小さなピーティは、どこがわるいんですか？」

「重度の知的障害《しょうがい》よ」看護師《かんごし》はそっけなく答えた。

「どういう意味ですか？」

「あの子には考える力がないってこと」

それはちがう、というようにエステバンは首を横にふったが、なにもいわなかった。

数日後、仕事を終えたあとに、エステバンはピーティのベッドに近よった。いつものように、チョコレートをさしだしながらたずねた。「ピーティはこれがほしいのかい？」

腕《うで》をパタパタさせ、うなり声をあげてピーティは待った。

「ねえ、ピーティ、きみはこれがほしいんだね？」

ピーティはもう一度腕《うで》を動かし、顔をしかめてうなる。

「いいかいピーティ、答えがイエスなら、こうやってごらん」エステバンはゆっくりと首をたてにふってみせた。

ピーティはじれったそうに、また腕《うで》をはげしく動かし、うなり声をあげた。

「ピーティ、こうだよ」エステバンはあきらめずに頭を上下にふった。

ピーティは怒《おこ》ったように顔をゆがめ、そっぽをむいてしまった。

「わかった、わかった。ほら、チョコレートをあげるよ」エステバンはチョコレートをピーティの口に入れた。

ピーティの舌がチョコレートをおしだし、シーツの上に落ちた。エステバンはそれを拾って、もう一度ピーティの口に入れた。ピーティはまたしても、白いシーツの上にチョコをおしだした。いっしょにねばっこい茶色のよだれもでた。

「いらないのなら、もう持ってこないよ」エステバンはそういうと、背《せ》をむけて歩きはじめた。ドアのところで立ちどまり、ピーティのほうをふりかえってみる。この子のことがひどく気になってしかたがないのに、その理由がわからない。

◇

その日の夜。病室のはしにあるガラスでへだてられたナース・ステーションから、白いベッドの列にぼんやりとした光がもれていた。ときどき、鼻をすする音や咳《せき》がきこえる以外、子どもたちはぐっすり眠《ねむ》っていたが、まんなかの列の南のはしのベッドで、ひとりだけ起きている子がいた。暗闇《くらやみ》を見つめながら、ピーティは必死で自分の体を動かそうとしていた。暗い影《かげ》におおわれていて、ピーティの頭が上下に動いているのはわからない。

つぎの日、仕事を終えたエステバンは、チョコレートを持たずに、ピーティのベッドに立ちよった。エステバンが話しかける前に、ピーティはうなり声をあげながら、頭を上下に動かした。きのうの問いかけに「イエス」と答えようとしているのはまちがいなかった。

エステバンはじっと見つめた。「ああ、マリアさま！」と口からもれる。「ピーティ、ちょっと待っててておくれ。すぐにチョコレートを持ってくるから」エステバンは大急ぎでナース・ステーションにとびこんで、おやつが入った箱からチョコレートバーをつかんだ。いつものように二セントを缶《かん》に投げ入れると、走ってピーティのベッドにもどった。「ほら、ピーティ、きょうは一本まるごとあげるよ」エステバンはいった。

ピーティは顔が半分に割《わ》れてしまいそうなほどの笑顔《えがお》になった。声をあげながら、両手を鳥の羽のようにパタパタと動かす。そして、何度も何度も、誇《ほこ》らしげに頭を上下にふってみせた。

数週間後、エステバンは看護師《かんごし》をピーティのベッドにひっぱってきた。「ちょっと見てもらいたいことがあるんです」

看護師《かんごし》は六番ベッドの小さな知的障害児《しょうがいじ》が、チョコレートをほしがってうなるような声をあげ、頭を動かすようすを見つめた。

「ねえ、エステバン。こんなものを見せるために、わざわざここまでつれてきたの？」看《かん》護師《ごし》は冷ややかにそういった。「これはね、ただの条件反射《じょうけんはんしゃ》。知的障害児《しょうがいじ》だって、食べ物で条件づけることはできるの。もういいかしら。わたしはいそがしいのよ」看護師《かんごし》は背《せ》をむけていってしまった。

ピーティとエステバンの目が、去っていく看護師《かんごし》を追った。

エステバンは悲しげに首を横にふった。「ピーティ、きみにはちゃんと考える力があるのに！」

◇

おなじ日の午後のことだった。ビュート市民のリーダーたちのグループが、ウォームスプリングズ精神病患者収容施設《かんじゃしゅうようしせつ》の視察《しさつ》にやってきた。病室をひとつひとつ見てまわるのがお決まりのコースになっている。

「紳士淑女《しんししゅくじょ》のみなさま、こちらが小児棟《しょうにとう》です」院長がいつものように大声でいった。「どうぞ、なんなりとご質問を」

グループの一行は、死んだようにだまりこんだままだ。

病室のいちばん奥《おく》のピーティのベッドのそばでまわれ右をした頭のはげあがった男が、ささやくようにそばの男にいった。「どいつもこいつも、できそこないばかりだ」

その声をききつけたエステバンは、怒《いか》りに顔を赤くして大声でどなった。「できそこないなんかじゃない！　かわいそうな子どもたちじゃないか！」

グループの一行はふたりの男に非難《ひなん》の目をむけた。ふたりはこまったようにうなだれている。だが院長はエステバンをにらみつけた。「あとで話がある」院長はそういった。グループは一列になって病室をでて、そのまま視察《しさつ》をつづけ、市民の義務を果たした。

◇

翌日《よくじつ》、エステバンはやってこなかった。看護師《かんごし》がそばを歩くたびに、ピーティは声をあげて腕《うで》を大きく動かした。目に祈《いの》りをこめて、何度も何度も頭を上下に動かしてみる。しかし、エステバンがいないと、世界と触《ふ》れあうことばのかわりになりつつあった微妙《びみょう》な動きは、ふたたび、知的障害児《しょうがいじ》の意味のない行動ととられるようになってしまった。

第4章

エステバンが姿《すがた》を見せなくなってから三年がたった、あるけだるい春の日に、いまや無意識にくりかえされるだけになっていたピーティの生命のリズムが吹《ふ》きとぶできごとがあった。

「ピーティ・コービンのベッドはどれだ?」馬面《うまづら》の介護《かいご》助手が、大声でそういいながらナース・ステーションの前を通った。あたりかまわず乱暴《らんぼう》に車椅子《くるまいす》をおしている。ヤナギ細工でできた古い車椅子《くるまいす》のオーク製のフレームは、染《し》みや傷《きず》だらけだった。自転車用のタイヤが過酷《かこく》な使用をささえていた。

「六番のベッドよ。まんなかの列のいちばん奥《おく》」看護師《かんごし》が大声をかえした。看護師《かんごし》は介護《かいご》助手がピーティを成人男性棟《とう》に移動させるためにやってきたのを知っていた。十一歳《さい》になったピーティは、とっくのむかしに小児棟《しょうにとう》から移っていなければならなかったのだ。

車椅子《くるまいす》をかたむけて、一方の車輪だけで走らせながら、介護《かいご》助手はスーパーに買い物にでもきたように、病室のなかを進んでいく。介護《かいご》助手は顔をしかめた。洗濯《せんたく》にいくら洗《せん》剤《ざい》をつかっても、患者《かんじゃ》の体臭《たいしゅう》や汚物《おぶつ》のにおいをかくすことはできなかった。

「三番、四番、五番」白衣を着た介護《かいご》助手は大声で数えながら、目的のベッドに近づく。「六番。さて、着いたぞ」車椅子《くるまいす》をわきにとめて、ピーティのシーツをはがす。「おいおい！　なんだよ、こりゃ？」目の前に横たわるねじれた体を見おろしてどなった。「おーい！」ふりかえって病室じゅうにひびく声をだした。「どうやってこいつを車椅子《くるまいす》に乗せたらいいんだよ！」

「いったい、なんの騒《さわ》ぎなの？」看護師《かんごし》はそうつぶやいて、机《つくえ》をおして立ちあがった。「そのまま抱《だ》いていけない？」そういいながらピーティのところにやってきた。

「男性棟《とう》に着くまでに落っことしちまうって」

「よいしょ」看護師長《かんごしちょう》はピーティを手際《てぎわ》よく車椅子《くるまいす》に移して、ベッドからシーツをとった。

そのシーツを縄《なわ》のようにひねると、ピーティのこわばった両腕《りょううで》の下に通し、木製の背《せ》もたれのうしろで結んだ。「もし、この車椅子《くるまいす》にしょっちゅう乗せることになるんなら、背《せ》もたれをうしろにたおして、背中《せなか》に枕《まくら》をいくつかあててあげてね」

「こんなこと、しょっちゅうやらされてたまるか」介護《かいご》助手はぶつぶつといった。

ピーティの頭はがくんと前にたおれたが、シーツはかたく胸《むね》にくいこんでいる。両肩《りょうかた》は耳の高さまであがってしまっている。自分では頭を持ちあげることができないピーティは、自分の膝《ひざ》を見つめながら、なにが起こったのか不安をつのらせていた。車輪の回転はどんどん速くなり、ガタピシと大きな音を立てた。木の床板《ゆかいた》がぼやけるほどのスピードだ。

階段《かいだん》に近づくと、介護《かいご》助手はハンドグリップをしっかりにぎった。一段《だん》ごとにドスンと落としながら、二階から乱暴《らんぼう》におろした。ピーティは頭がはねるたびに顔をしかめた。このはげしいショックから立ち直る前に、介護《かいご》助手は一気に小児棟《しょうにとう》の入口の敷居《しきい》を乗りこえて、車椅子《くるまいす》を外へとおしだした。

刈《か》ったばかりの草や、ライラック、スイカズラの香《かお》りのするそよ風がふたりを迎《むか》えた。その香《かお》りは、舌でも味わえるような気がした。息を吐《は》くのがもったいないような思いで、ピーティは息を深く深く吸《す》いこんだ。風ならこれまでにも感じたことがある。しかし、それは、週に一度、入浴のために部屋をでるときに、ひらいた窓《まど》のそばを通る一瞬《いっしゅん》だけだった。九年前に、ウォームスプリングズのこの施設《しせつ》にやってきて以来、ピーティは一度も外にでたことがなかった。体じゅうにふるえが走った。風は体じゅうを吹《ふ》きぬけていく。足をおおったシーツをひっぱっている。くすぐったかった。細い光になって病室にさしこむところしか知らなかった太陽が、まわりの世界全体に光を浴びせている。頭が前にたれたままでも、そのまばゆさに目がくらみ、目を細め、しきりにまたたかなければならなかった。

ピーティは微笑《ほほえ》んでいた。目には涙《なみだ》が浮《う》かんでいた。

十分ほどのあいだ、車椅子《くるまいす》はくねくねと曲がった道を進んだ。ピーティには果てしないように思える道のりだった。車輪はとまることなくまわりつづけた。いったい、壁《かべ》につきあたらずにどこまで進んでいけるんだろう？　とつぜん、ブーッ！　という大きな音がして、ピーティは縮《ちぢ》みあがった。黒々とした大きな機械が煙《けむり》と砂《すな》ぼこりをまきあげながら、かたわらを通りすぎていった。視線《しせん》だけを膝《ひざ》から横にむけると、その機械のなかに人がすわっているのが見えた。ピーティは追えるかぎり、その機械を目で追った。おどろきに目をパチパチとまたたき、笑顔《えがお》を浮《う》かべ、両腕《りょううで》をしきりにパタパタと動かす。楽しくてたまらなかった。

「ぼうず、いまの見たか？　パッカードの新型セダンだ。きれいな車だよな？」介護《かいご》助手がいった。

ピーティには、なんのことだかわからなかった。

「新しい病棟《びょうとう》じゃ、たいくつしなくてすむぞ」旅行の添乗員《てんじょういん》が説明するような口ぶりで、皮肉なことばがつづいた。「鍛冶屋《かじや》にボイラー技師、ギャンブラーにドクター、ボクサーもいれば説教師までいるからな。みんなひとつ屋根の下にだ。そうとも。ここはものすごく文化的な場所ってわけだ」

小児棟《しょうにとう》からの移動は、なにもかもがあまりに速く通りすぎた。大きな赤レンガの建物が、ピーティの頭がむいている側にあらわれ、外にいるという栄光の時間は、あっというまに消え去ってしまった。玄関《げんかん》のドアをうしろむきに通りぬけると、介護《かいご》助手は車椅子《くるまいす》をうしろむきにしたまま、はげしく音を立てながら二階まで一気にひっぱりあげた。ピーティを満たしていた外にいることのよろこびは、階段《かいだん》を一段《だん》あがるたびに受ける衝撃《しょうげき》で、どんどん消えていった。

部屋のすみにあるベッドの用意が整っていた。介護《かいご》助手はほっとしたようにうめき声をあげながら、ピーティを乱暴《らんぼう》にベッドにおろした。「こんなこと、毎日やらずにすんで、おたがい助かったな、ぼうず」

ピーティは不思議そうに介護《かいご》助手を見た。ピーティにとっては、とてもすばらしい旅だったからだ。部屋が見わたせるようにあてがわれた枕《まくら》に頭をのせて、ピーティははじめてルームメートたちをじっくり見た。五十人はいそうだ。全員がおとなの男性。

ズボンをはかずに骨《ほね》ばった膝《ひざ》をむきだしにした男が、すぐそばのベッドの上に立って叫《さけ》んでいた。「悔《く》い改《あらた》めよ、さすれば汝《なんじ》はすくわれる。審判《しんぱん》の日《ひ》は近い。われは、汝《なんじ》ら罪《つみ》びとたちをすくいにやってきたのだ。さあ、われとともに祈《いの》ろう」男は部屋じゅうのみんなが自分のことばにしたがうのを待つように目をつぶっている。そのやせ細った男はベッドの上で体をゆらしながら、かたく目をとじて闇《やみ》のなかに身をおいたまま、おなじ祈《いの》りをくりかえしくりかえし唱え、疲《つか》れきっているようだった。男はときどき目をあけて、自分の体がたおれないようにし、同時に空想の信徒たちのようすを確認《かくにん》した。

ピーティはその説教師のむこうを見た。窓《まど》のそばに、すでに半分ほどになってしまった自分のシャツを、もぐもぐとかじりつづける細身の男がいた。男の目はあばら骨《ぼね》の見える胸《むね》とおなじように落ちくぼんでいた。

何十人もの患者《かんじゃ》が部屋じゅうに散らばっていて、それぞれが半分裸《はだか》のままで壁《かべ》やベッドによりかかっている。膝《ひざ》を抱《かか》えている人が多い。まわりの騒《さわ》ぎになどいっさい気づかず、それどころか、首をはいまわるハエにさえも気づかずに、なにもないところをじっと見つづけている人、頭をがっくりと前にたれて椅子《いす》にすわっている人もいる。よごれたガラスごしに窓《まど》の外をじっと見つめている人もいるが、その焦点《しょうてん》は自分たちが暮《く》らす十八号室から何百万キロも遠くにあっている。病室のいちばんはしにある娯楽《ごらく》スペースのふたつの大きな木のテーブルには、患者《かんじゃ》が五、六人すわって、トランプをしたりタバコをまいたりしていた。

どことも知れない、あらゆる場所から雑音がひびいてくる。だぶだぶのズボンを腰《こし》できつくひきしぼった若《わか》い男が、自分自身に熱心に語りかけながら、おなじ場所を何度もいったりきたりしていた。だれかが指示をだしたかのように、何人かがいっせいにピーティのほうに顔をむけたり、ぶらぶらと近づいてきたりした。新参ものへの好奇心《こうきしん》で、体重三十キロにも満たない無力な少年のまわりにおおぜいが集まってくる。質問が集中砲火《ほうか》のように浴びせられる。

「名前は？」

「タバコは吸《す》うか？」

「事故にでもあったのか？」

「よう、おれはジョーだ。大統領はおれの知り合いなんだ」

手をのばして新しい患者《かんじゃ》に触《ふ》れたりつねったりするものもなかにはいる。ピーティは目に恐怖《きょうふ》をたたえて、ぐるりととりかこんだ自分を見おろす顔を見あげた。顔がゆがみ、はねあがった手が何人かにあたり、みんなおどろいたニワトリのようにさっと散り散りになった。ピーティの手のとどかないところに立って、口々に文句をいいはじめる。

「おれをなぐったな、大ばか野郎《やろう》！」

「ボブにいうぞ」

「なんでそんなことするんだよ？」

「ただですむと思うな」

「おれはジョーだ。大統領はおれの知り合いなんだ」

ピーティは全員がはなれていくまで、縮《ちぢ》こまっていた。

どうして、こんなおそろしいところにつれてこられたんだろう？

◇

男性棟《とう》での一日目の夜、うつらうつらの眠《ねむ》りのなかで、ピーティはうめき声をあげたり体をひきつらせたりしていた。ベッドのまわりをとりかこむ顔を夢に見た。ようやく安らかに眠《ねむ》りについて、外を移動する夢を見たのは明け方近くになってからのことだった。ピーティは風を感じ、空気のにおいをかいでいた。あまりにすばらしくて、とてもほんとうとは思えないような場所で、幸せな声をきき、やさしい腕《うで》に抱《だ》かれていた。朝になると、ピーティは眠《ねむ》りからさめた。現実はゆっくりとピーティの夢をうすめてしまった。

とつぜん、明かりがともされた。「さあ、みんな起きろ！　ジョニー、サム、ジョー！　六時だぞ！」介護《かいご》助手は大声をあげながら通路を歩いていく。手をたたき、寝《ね》ぼけまなこの患者《かんじゃ》のベッドをけとばしている。介護《かいご》助手はまっすぐピーティのところにやってきて、ピーティのオムツをとりかえはじめた。「これからは、毎日楽しくなるぞ」介護《かいご》助手は不平がましくそういってピーティを持ちあげ、木製の車椅子《くるまいす》に移した。「五十人ものまぬけどもの世話をしなくちゃならないってのに、看護師長《かんごしちょう》さまがいうんだよ。おまえさんを毎日ベッドからだしてやれってな」

ピーティは、ふたつの枕《まくら》を背中《せなか》に入れられ、車椅子《くるまいす》におどおどとすわっていた。シャツ一枚《まい》と胸《むね》の上にシーツがかかっているだけで、それ以外は裸《はだか》のままほったらかしだ。ピーティははげしく体を動かして、車椅子《くるまいす》を窓《まど》に近づけてほしいと訴《うった》えた。

「じたばたするな、まぬけ！」介護《かいご》助手がどなった。「ほかのやつらまで騒《さわ》ぎだしたらどうするんだ！」

ピーティはおとなしくなったが、期待をこめて介護《かいご》助手を目で追っていた。しかし、介《かい》護《ご》助手は歩き去ってしまった。どうすることもできず、ピーティは容赦《ようしゃ》のないたいくつな時間へとひきもどされてしまった。

たいくつな生活のリズムは、小児棟《しょうにとう》ではピーティの感覚をにぶらせてしまったが、ここでは、さらにたちがわるく、ピーティの存在《そんざい》そのものをゆがめ、まひさせた。動きまわる患者《かんじゃ》もじっとしている患者《かんじゃ》もだれもかれもが、常に暴力的な騒《さわ》ぎのなかで暮《く》らしていた。時間がたつと、滝《たき》の轟音《ごうおん》さえ意識しなくなるように。そして、日の出、日の入り、日の出、日の入りがくりかえされる。

ピーティのベッドの真上に、高い天井《てんじょう》から大きな箱型のヒーターがぶらさがっていた。寒くなってくると、大きな音を立てて熱風を吐《は》きだすせいで、ピーティには眠《ねむ》れない夜がつづいた。ヒーターがつくと、その明かりで、壁《かべ》やベッドわきにおいてある車椅子《くるまいす》がちらちらと照らしだされる。そのヒーターは病室全体をあたためるにはものたりないが、真下のピーティには直接熱風を吹《ふ》きつける。いく晩《ばん》も、ピーティは必死で身をよじって毛布をはねのけた。すると今度は、ヒーターがとまって、すぐに空気は冷えはじめ、毛布のないままふるえることになる。

介護《かいご》助手は娯楽《ごらく》スペースで食事を食べさせた。自分では食べることができないピーティにとって、食事の時間はほかの患者《かんじゃ》と触《ふ》れあう数すくない時間だった。あおむけにされたままで食事をあたえられ、ピーティはしょっちゅうむせかえった。ピーティの障害《しょうがい》のせいだと、まわりのだれも気にもかけない。のどをつまらせないように、ある日、必死で頭を持ちあげようとしてみた。

「おい、じっとしてろ。さもないと飯を食わさないぞ」介護《かいご》助手はそう脅《おど》した。

一度はほんとうに食事ぬきにされて、ピーティはしかたなくあきらめた。むせかえるせいで、口からこぼれたパンやジャガイモ、ミートローフのかけらなどが、ピーティの車椅《くるまい》子《す》に散らばった。いつもいそがしい介護《かいご》助手は、しょっちゅう車椅《くるまい》子《す》の上の食べ物のかすをはらい落とし忘《わす》れ、シートカバーの折り目にたまっていった。ピーティは車椅《くるまい》子《す》のシートカバーの上に、食べかすがあることには気づいていたが、それが、とても大きなよろこびをもたらしてくれることになることも、その先にさらに大きな悲しみがやってくることも、まだ知らずにいた。

第5章

ある寒い夜、ピーティは病室のベッドで体を横たえたまま起きていた。ヒーターから吹《ふ》きつける熱風を避《さ》けるために顔を横にむけて、車椅子《くるまいす》の上のぼんやりした光の反射《はんしゃ》のちらつきを見ていた。とつぜん、なにかが動くのが見えた。必死で身をよじって、ピーティは体をむけた。

またなにかが動く。しかし、うす明かりのなかでさがしているうちにヒーターはとまってしまい、部屋はさらに暗くなった。今度はなにかの音がきこえる。車椅子《くるまいす》のシートカバーをひっかくようなかすかな音だ。ピーティはこわいのと興奮《こうふん》するのと半々の思いで、暗闇《くらやみ》に目をこらしつづけた。五分ほど、ピーティはドキドキしながら待っていた。

カチッという音とともに、ヒーターが息を吹《ふ》きかえし、熱風を吐《は》きだしはじめた。同時に車椅子《くるまいす》の上にちらちらしたうす明かりがもどってきた。ピーティの体が反射的《はんしゃてき》にひきつるようにびくんと動いた。小さなふわふわの生き物が三匹《びき》、あっというまに散り散りににげた。でも、ピーティにははっきりわかった。ネズミだ！

小児棟《しょうにとう》にいるときにも見たことがあったし、看護師《かんごし》や介護《かいご》助手たちがネズミのことを話しているのもきいたことがある。でも、こんなに近くで見たのははじめてだ。とても小さいのに、動きはすばやかった。しばらくすると、またおなじネズミたちがそろそろと車《くるま》椅子《いす》の上にもどってきた。三メートルほど上でうなっているヒーターを気にかけるようすもなく、ヒゲの生えた小さな鼻をヒクヒク動かして、食べ物のかすをさがしてシートカバーの折り目に鼻をつっこんでいる。

ピーティは二、三時間ほども、その三匹《びき》のネズミを観察していた。ゾウのように大きな耳の大きなネズミにはウィリアムと名づけた。小児棟《しょうにとう》にいたときの介護《かいご》助手の名前だ。小さめの二匹《ひき》は兄弟か姉妹《しまい》のようだ。灰色《はいいろ》のほうにはクラウド、黒いほうにはブラッキーと名づけた。

それから、二、三日がすぎると、ピーティは寒い夜を待ちわびるようになった。ヒーターの明かりで小さな友だちを見ることができるからだ。車椅子《くるまいす》の上に落ちた食べかすを守るようにもなっていた。腕《うで》をばたつかせて、食べかすをシートカバーの折り目にもぐりこませ、介護《かいご》助手に見つからないようにした。介護《かいご》助手がシートをはたいて、じゅうぶんなかすが残らなかったときには、ピーティはわざと咳《せ》きこんで、シートカバーに食べ物を吐《は》き散《ち》らした。それはなかなかむずかしい作業だった。咳《せ》きこみ方がはげしすぎると、介《かい》護《ご》助手は新しいものにかえてしまうからだ。

十一月のなかばになると、ヒーターはひと晩《ばん》じゅうつきっぱなしになって、毎晩《まいばん》小さなふわふわの友だちを観察できるようになった。新しく二匹《ひき》のネズミがくわわった。太った灰色《はいいろ》のネズミにはサリーと名づけた。ひときわヒゲの長いもう一匹《ぴき》の灰色《はいいろ》のネズミには、はじめからとても親しみがわいた。食事がすむと、そのネズミだけは車椅子《くるまいす》からベッドにのぼってきて、ピーティのあたたかい体のわきでまるくなった。やがて、そのネズミはひと晩《ばん》じゅうピーティのそばにいるようになった。ピーティはそのネズミをエステバンと名づけた。

一週間もたたないうちに、黒い斑点《はんてん》のある灰色《はいいろ》のネズミが車椅子《くるまいす》の上に姿《すがた》をあらわすようになった。おくびょうなネズミで、ヒーターのスイッチが入るたびにとんでにげる。

ピーティはそのネズミをパッチと呼《よ》ぶようになった。パッチもじきに常連さんになった。

ピーティはサリーのことが心配だった。このごろ太りすぎで、動きもにぶくなったように見えたからだ。とうとう、ある晩《ばん》、姿《すがた》を見せなかった。ピーティは夜おそくまで寝《ね》ないでほかのネズミたちをながめた。パッチはいつもちょこちょこと動きまわって、食べ物から食べ物へと走っている。おなかがすいているというより、好奇心《こうきしん》が強いせいだ。いつものように、エステバンがベッドにのぼってきて、ピーティのわきで体をまるめて眠《ねむ》った。

それにしても、サリーはどうしたんだろう？

つぎの日の夜、ほかのネズミたちが食べはじめて一時間もたってから、サリーがゆっくりと車椅子《くるまいす》の上にのぼってきた。ピーティはにっこり微笑《ほほえ》んだ。よかった！　サリーはだいじょうぶだった！　でも、いつものように太って見えなかったし、弱っているようだ。サリーは短いあいだだけ猛然《もうぜん》と食べると、ふいといなくなってしまった。ピーティにはその行動が不思議だった。

それから数週間、サリーは短い時間しか姿《すがた》を見せなかった。ある夜、ピーティは小さくてきなれないキーキー声を耳にした。ヒーターがつくと、明かりのなかにサリーがいた。サリーは五匹《ひき》の子ネズミをつれてきていた！

サリーはすばやく車輪をのぼってきた。残された子ネズミたちは、あとにつづこうとキーキー声をあげながら、おたがいにぶつかりあっている。かたほうのゴムタイヤにはまだ溝《みぞ》が残っているが、もうかたほうはすりへってツルツルだ。子ネズミたちは母親が楽々とのぼっていった、ツルツルのタイヤをのぼろうとしている。爪《つめ》を立ててちょっとのぼってはすべり落ちる。一匹《ぴき》がすこしのぼったかと思うと、べつの子ネズミがうしろからのぼってきてしっぽにつかまる。すると、二匹《ひき》ともまるまって床《ゆか》に落ちてしまう。そのあいだ、サリーはなにもなかったかのようにモグモグと食べている。

いちばんチビの子ネズミにはチャンスがなかった。わきにおしやられて、ごちゃごちゃのかたまりからはじきだされる。このはみだしっ子はしかたなしにぶらぶらと歩いて、もうひとつのタイヤに爪《つめ》を立てた。すると、ゴムタイヤの溝《みぞ》のおかげで、すいすいとのぼりはじめた。車椅子《くるまいす》の上にたどりつくころには、ほかの子ネズミたちもその秘密《ひみつ》に気づいて、あとを追った。ピーティは笑顔《えがお》を浮《う》かべながら、チビたちが動きまわる姿《すがた》を見ていた。友だちがまたふえた！

◇

冬がどっしりと腰《こし》をすえ、きびしい寒さが、病室の中央にまでさしつらぬいた。ヒーターはフル稼働《かどう》していたが、しのびよる氷のような指を追いはらうことはできなかった。ピーティは介護《かいご》助手や看護師《かんごし》たちがメリークリスマスと声をかけあうのをきいて、ついに冬がやってきたことを知った。ピーティはクリスマスをおそれていた。なぜなら、この時期には働きたがる人がおらず、介護《かいご》助手がとりかえにくるまで、何時間もぬれたオムツのままでいなければならないことを知っているからだ。

一月には、ピーティの友だちは十二匹《ひき》にもなっていた。サリーの子どもたちは成長し、ピーティはますます食べ散らかすようになった。

一月のなかば、新しい患者《かんじゃ》がやってきた。介護《かいご》助手が病院からつれてきたのは、車椅子《くるまいす》に乗った九歳《さい》の男の子だった。カルビン・アンダーズというその子は、吹雪《ふぶき》の日に、事務《じむ》棟《とう》の玄関前《げんかんまえ》におかれていたという。体はあざだらけで、ほとんど裸《はだか》に近いかっこうだった。カルビンは大理石の大きな柱のかげでガタガタふるえながら泣いていた。知的発達に軽い障害《しょうがい》があり、足が強く内側にそりかえる内反足《ないはんそく》だった。カルビンはだれの前でもおびえていた。

年齢《ねんれい》が近く、どちらも車椅子《くるまいす》生活だったこともあってか、ピーティとカルビンはおたがいに強く意識した。九歳《さい》と十二歳《さい》のふたり以外は、病室にいるのはすべておとなだった。

カルビンはピーティとピーティの車椅子《くるまいす》を何時間も観察した。

病室にやってきて三日目、カルビンは勇気をふりしぼって、ピーティがいる部屋のすみに車椅子《くるまいす》で近づいた。カルビンは車椅子《くるまいす》の操作《そうさ》があまりうまくない。とちゅうで、ふたりの患者《かんじゃ》にぶつかってしまった。ののしられているあいだ、カルビンは顔をゆがめて頭を低くしていた。まるで、とんでくる石を避《さ》けるように。ピーティは近づいてくるカルビンを熱心に見ていた。

「ここは長いの？」カルビンはおそるおそるささやき声でたずねた。

ピーティはしばらくだまって見つめてから、頭を上下に動かした。むかしつかっていた方法が通じるかためしてみたのだ。

カルビンは苦労して車椅子《くるまいす》をピーティの正面に動かして、ピーティを上から下までながめた。カルビンはシーツの下のピーティのねじれた体をじっと見た。「どこがわるいの？」カルビンはぼさぼさの黒い髪《かみ》の頭をかきながらささやいた。

ピーティはこまったように見つめるだけだ。

「しゃべれないの？」

ピーティは頭を上下にふった。

「事故にでもあったの？」

ピーティはしばらく考えた。自分がこんなふうに生まれてきたのは自然の事故のせいだ。ピーティはためらいながらも、あごをたてに動かした。ピーティはうれしくて微笑《ほほえ》んでいた。何年かぶりに他人と意思が通じあっているのだから。

「友だちになろうよ」カルビンはぽっちゃりした体を上下にゆらしながら、そういった。

ピーティはもう一度大きくうなずきながら微笑《ほほえ》んだ。

用心深い気持ちをすっかり捨《す》て去《さ》ったカルビンはつづけていった。「ぼくのベッドを近くに移したいけど、いいかな？」

ピーティは笑顔《えがお》でうなずいた。

カルビンはすぐにピーティの名前をききだした。そして、病室で働くどの介護《かいご》助手や看《かん》護師《ごし》に断られてもねばり強くたのみつづけた。とうとう、ピーティのそばにベッドを移すという願いをかなえた。最初の夜は、子どもふたりのお泊《とま》り会《かい》のようだった。カルビンは暗闇《くらやみ》でささやきつづけ、ピーティはずっと微笑《ほほえ》みながら、きいていることをあらわそうと、ウーウーと声をあげつづけた。

ブラッキーとパッチが、二度車椅子《くるまいす》に近よろうとしたが、話し声におびえていってしまった。ピーティはカルビンにも小さな友だちを見せてあげたくてしかたがなかった。その日の夜おそく、眠《ねむ》りに落ちる前に、サリーとクラウド、エステバンが車椅子《くるまいす》にのぼって食べかすを食べるのが見えた。夜中に目がさめると、エステバンが自分のほおにすりよるようにまるくなっていた。小さなヒゲがくすぐったくて、ピーティはにっこり笑った。人生はなんてすばらしいんだろう。

それからの二、三週間は、新しい発見に満ちていた。カルビンは介護《かいご》助手にしつこくお願いしつづけて、とうとうピーティのベッドを窓《まど》ぎわに動かすことに成功した。ピーティは、うれしい気持ちを伝えるために、笑いながら両腕《りょううで》をパタパタと動かした。

カルビンとすごす日々がきっかけになって、ピーティは夢を見るようになった。それはふたりの子どもといっしょに遊ぶ夢だった。ひとりは女の子でもうひとりは男の子だ。どの夢もとてもリアルだった。ピーティとカルビンのあいだで通じることばの数も日増しにふえていった。ただ、うなずくだけではなしに、ピーティのしぐさは複雑になっていった。顔をしかめたり、得意げににやりと笑ったり、かたほうの目をピクピクと動かしたり、ひたいにしわをよせたりだ。それらのしぐさのひとつひとつは、大きな織物を織りあげる糸の一本一本になった。ふたりのあいだのやりとりを助けるために、カルビンはだんだんと、イエスかノーだけで答えることのできる質問のしかたもうまくなっていった。

ピーティはカルビンに友だちのことを伝えようとした。ネズミたちのことだ。でも、なかなかうまくいかない。何日かジェスチャーで伝えようとしたものの、ついにはあきらめてしまった。

それから一週間ほどがたったある日の朝、朝食のあと、カルビンがピーティのところにやってきていった。「ねえ、ピーティ」カルビンの声はいつもより甲高《かんだか》かった。「きのうの夜、きみの車椅子《くるまいす》にネズミがいっぱいいたよ。夜中に目がさめたら、ヒーターの明かりで見えたんだ。何匹《びき》もいたよ」

「アイー、アイー」ピーティは顔いっぱいに微笑《ほほえ》んで頭を上下に動かし、イエスを意味する声をだした。まずヒーターを見あげ、つぎには床《ゆか》を見おろしながら、うれしそうに両腕《りょううで》をばたつかせる。

「先週、ぼくにいおうとしてたのは、あれだったんだね？」カルビンがたずねた。

「アイー、アイー」ピーティは微笑《ほほえ》んでもう一度声をあげた。

「もしかしたら、一匹《ぴき》つかまえられるかも」カルビンがいう。

ピーティはカルビンのことばにおどろいた。ピーティは顔をしかめ、首を横にふりながら「オー、オー」とうなるように声をあげた。ノーを意味する声だ。

「できるって」カルビンはいたずらっぽくいった。

その夜、ふたりはネズミたちがやってくるのを待った。晩《ばん》ごはんのとき、ピーティはうまく食べかすを散らかすことに成功した。消灯してまもなく、ネズミのパレードがはじまった。まず、五匹《ひき》の子ネズミがやってきて、サリーがつづいた。つぎには、最近新しくなかまにくわわった灰色《はいいろ》のネズミ。ピーティはサンと名づけていた。ウィリアムとクラウドは、車椅子《くるまいす》の反対側からほぼ同時に姿《すがた》をあらわした。つぎにはエステバン、ブラッキーとつづき、最後にあらわれたのはパッチだった。

三十分ほど食べかすを食べたあと、エステバンがベッドにのぼって、ピーティの横でまるくなった。カルビンはそのようすを、しきりにまばたきしながら見つめた。ピーティは、もしカルビンがだいじな友だちをつかまえたり、傷《きず》つけようとしたら、いつでも大声でうなって、両腕《りょううで》をばたつかせようと用意していた。

翌朝《よくあさ》、カルビンはうっとりしたようにピーティに話しかけた。「きみは、あいつらとほんとうになかのいい友だちなんだね」

「アイー、アイー」ピーティは叫《さけ》んだ。

「いったい、なんの騒《さわ》ぎだ？」介護《かいご》助手のスカリーがそういいながら近づいてきた。ふたりはこまったように顔をあげたが、もちろん秘密《ひみつ》は明かさない。介護《かいご》助手はまずカルビンを着替《きが》えさせて車椅子《くるまいす》にすわらせた。それからカルビンを朝食が用意された娯楽《ごらく》スペースにつれていくと、ピーティのところにもどってきた。「よし、今度はおまえの番だぞ」手をのばして、ピーティのシーツをかえようとした介護《かいご》助手の目が一か所に釘《くぎ》づけになった。肩《かた》ごしにふりかえって、大声をあげる。「おい、エド、ちょっとこっちにきてくれ」

もうひとりの介護《かいご》助手がやってきた。「どうしたんだ？」

「これを見ろよ」スカリーはシーツをひきぬいて、ネズミのふんを乱暴《らんぼう》にはらい落とした。

「ネズミ殺しの毒が必要だな」

第6章

車椅子《くるまいす》で娯楽《ごらく》スペースにむかうピーティは、必死で考えていた。毒がどんなものかは、介護《かいご》助手たちがかわすむだ話をきいて知っていた。でも、毒がどんな形のものかは知らない。けれども、シーツをばたばたはらう介護《かいご》助手の乱暴《らんぼう》なようすを見れば、ネズミがどれほどいやがられているかはよくわかった。

食事を待つあいだ、ピーティの頭は大きく左にかたむいたままだった。まるで、首をまわす運動をしているとちゅうでこおりついてしまったように。ピーティはなんとしても、シートカバーに食べ物をこぼさないようにしなくてはならない。いつもより口を大きくあけて、ひと口ひと口に意識を集中させる。くちびるで食べ物をおしこむように必死でがんばった。けれども、ピーティの努力はむだになってしまった。のみこむ力の弱いピーティは、食べ物がのどにつまってむせてしまい、顔を横にむけて床《ゆか》に吐《は》き散《ち》らしてしまった。吐《は》いた食べ物の一部は介護《かいご》助手にあたった。

「いいかげんにしろ！」介護《かいご》助手はどなった。「まるで、生まれてはじめて、ものを食ってるみたいじゃないか」

ピーティは口をかたくとじて、シートカバーの上を調べた。まだ、おなかはすいていたが、これ以上危険《きけん》をおかすのはやめることにした。さしだされたスプーンに対して口をとざし、頭を動かしてにげた。

「ああ、そうかい。わかったよ」介護《かいご》助手はそういってテーブルをおして立ちあがった。

午前中、ピーティはこの新しい問題をカルビンに伝えようとがんばった。けれども、複雑すぎてうまくいかない。ネズミ用の毒や、ネズミのふんを、どんなジェスチャーであらわせばいいんだろう？　やがてピーティはあきらめた。希望を失い、いろいろときさだぞうとするカルビンの質問も無視《むし》した。カルビンも、車椅子《くるまいす》を動かして、ほかの窓《まど》ぎわにいってしまった。

夕食のころにはすっかりおなかがすいていて、食べずにがまんするわけにはいかなかった。二度ほど、むせかえって、あたり一面に食べ物を吐《は》き散《ち》らしてしまった。食後にシートカバーを調べてみると、腰《こし》のあたりに大きな食べかすがいくつか落ちていた。ピーティは腕《うで》をばたつかせ、体をひねった。食べかすは、自分では動かすことのできない足のほうに動いてしまった。そのあとは、それらの食べかすをじっと見つめてすごした。ひとつひとつが小さな友だちの死を意味しているように思えてならなかった。

寝《ね》る時間になって、介護《かいご》助手がベッドに移しにやってきたとき、ピーティはすっかり疲《つか》れ果《は》てていた。昼間の努力は、そのあとの夜の寝《ね》ずの番《ばん》をますますつらいものにしただけだった。明かりが消されると、小さな友だちの立てる音がしないかと、闇《やみ》にむかって耳をそばだてた。床《ゆか》をこするかすかな音がきこえたとき、ピーティは体をはげしく動かした。かすかな音は消えた。はじめてヒーターのスイッチが入ったとき、車椅子《くるまいす》のはしでピクピク動く、ウィリアムの鼻とヒゲが見えた。ピーティが腕《うで》を大きくふりまわすと、あわててにげていくのが見えた。

その夜、さらに三度、闇《やみ》のなかからきこえてくる音にむかって、ピーティはうなり声をあげ体を動かした。ついにもうそれ以上目をあけていることができなくなって、眠気《ねむけ》に負けた。とちゅう、ヒーターがあげたうなり声で目がさめた。車椅子《くるまいす》のシートカバーに目を走らせて、ほっとため息をついた。動いているものはなにも見えなかった。ところが、ふと視線《しせん》を落として恐怖《きょうふ》におののいた。自分の足のすぐ横に、ふわふわのかたまりがまるくなっているのが見えたからだ。エステバンだ！

ピーティはその小さなネズミをしばらくじっと見ていた。エステバンは小さくまるまっている。小さな鼻先は前脚《まえあし》のあいだにちんまりおさまっている。ピーティは二度、その友だちをふりはらおうとしたが、体がかたまって動かなかった。エステバンはすっかり自分を信用している。ふりはらったりしたら、裏切《うらぎ》られたと思うだろう。ピーティの気持ちはふたつに引《ひ》き裂《さ》かれるようだった。このままじっとしているのは、エステバンを見殺しにするのとおなじことだ。ピーティはついに決心した。かたく目をつぶり、小さなネズミが眠《ねむ》っている足のあたりめがけて腕《うで》をふりおろした。

エステバンはふりおろされたピーティの腕《うで》におどろき、居心地《いごこち》のいい巣をとびだして、床《ゆか》にころげ落ちた。ピーティは悲しげな声をあげながら、バタバタと腕《うで》を動かしつづけた。目はかたくとじたままだ。

となりのベッドにいたカルビンは、すこし前に目がさめていて、いつもよりそうようにして寝《ね》ていたネズミを、ピーティが追いはらうようすを見ていた。その小さなネズミが床《ゆか》に落ちてあわててにげ去ったあとも、ピーティは顔をゆがめて目をとじたまま、腕《うで》を上下にふりまわしつづけていた。

◇

翌朝《よくあさ》、「さあ、朝だ。みんな起きろ！」という介護《かいご》助手の声は、歩哨《ほしょう》の交代の合図のようにピーティをほっとさせた。よごれた窓《まど》ガラスに点々と雪がついていた。ピーティは体を起こさなくていいことがありがたかった。もう一度眠《ねむ》ろうと目をとじる前に、とけた雪の大きな水滴《すいてき》が窓《まど》ガラスをゆっくり伝い落ちるのが見えた。とめることのできない大きな涙《なみだ》のようだ。

天井《てんじょう》のまぶしい明かりと、介護《かいご》助手の耳ざわりな声が、ピーティの眠《ねむ》りに乱暴《らんぼう》に爪《つめ》を立てつづける。それでも体は疲《つか》れきっていて重く、ずるずると深い眠《ねむ》りにひきずりこまれていく。腕《うで》をつかまれ、荒々《あらあら》しくゆさぶられてピーティは目をさました。「おい、ぼうず。おまえも起きろ。一日のスタートだ」

ピーティは介護《かいご》助手が毛布をはがし、よごれた下半身をきれいにするために体をひっくりかえすようすをむっつりとながめていた。

その日一日、ネズミや毒といったことばはきこえてこなかったが、介護《かいご》助手たちにはちょっとでも思い出させるようなきっかけをあたえてはならないと思った。食事のとき以外、ピーティは車椅子《くるまいす》でぐっすり眠《ねむ》っていた。カルビンは昨夜のピーティの行動についてなんとかききだそうとしたが、うまくいかなかった。ピーティは目をとじたままだったし、疲《つか》れすぎて質問に答えることもできない。病室のいつもの大騒《おおさわ》ぎも、ピーティにとっては子守唄《こもりうた》の役割《やくわり》しか果たさず、夕食の時間になってようやく目をあけたものの、だるそうに部屋を見まわすばかりだった。

患者《かんじゃ》たちは、いつもどおり、ほかの人にはわからないそれぞれの理屈《りくつ》にしたがった、奇《き》妙《みょう》な動きをしながら通りすぎていく。カルビンは病室の反対側にすわって、なにもない一点を見つめている。ピーティは、ネズミの問題をなんとか説明したくて、カルビンをじっと見つめた。ようやくカルビンは、視線《しせん》を動かしてピーティのほうを見た。ピーティは親しみをこめて微笑《ほほえ》んだ。

カルビンは気が重そうに車椅子《くるまいす》をころがして病室を横切ってきた。「やあ、ピーティ。目はさめた？」そういいながら、近くまでやってきた。

「アイー、アイー」

「どうして、ぼくのこと怒《おこ》ってんの？」

「オー、オー」

「ぼくのこと、怒《おこ》ってないってこと?」

「アイー」

「じゃあ、けさはどうしてぼくと話そうとしなかったの? それに、きのうの夜は、どうしてベッドのネズミを追いはらおうとしてたの? それから、どうしてきょうは一日じゅう寝《ね》てたの?」

ピーティはもどかしげにカルビンを見つめかえした。目で、答えられる質問をしてほしいと訴《うった》えかけた。

「そうだよね、きみは話せないんだもんね」カルビンは自分にいいきかせるようにいった。

「つまり、ぼくが推理《すいり》しなきゃいけないってことだよね?」

ピーティはうなずいた。

カルビンが口をひらくまで、ふたりはしばらく見つめあった。「よし、じゃあ、やってみよう」カルビンはひたいにしわをよせて考えている。カルビンの短い足が、一生懸命《いっしょうけんめい》考えるのを助けるように内側に強くそりかえった。

「あのネズミがなにかかわるいことをしたからたたいたの?」

「オー」

「あのネズミに腹《はら》を立てた？」

「オー、オー」

「じゃあ、どうしてあのネズミにむかって手をふりまわしたの？」

ピーティはカルビンを責めるような目で見た。

「わかった、わかった。じゃあ、きみはあのネズミを助けようとした？」

ピーティは笑顔《えがお》になった。「アイー、アイー」

「ピーティ、それはおかしいよ。たたいたって助けることになんかならないよ」

ピーティはがんこにうなずきつづける。

「よくわかんないな」カルビンはまたしばらくのあいだ、こまった顔をして口をとざしていた。「もしかして、追いはらおうとしてた？」

ピーティはうなずく。

「追いはらうことで助けようとしたってこと？」

「アイー、アイー」

「やっぱりわかんないな」

ピーティはただ、すわっているだけだ。

「なにかが、あのネズミを傷《きず》つけようとしてる？」カルビンは思いきっていってみた。

ピーティは強くうなずいた。「アイー、アイー」

「いったいなにが？」

ピーティはじっと見つめかえす。

「それは、だれか人間？」

「アイー」

「だれ？」

ピーティは顔をしかめて、ナース・ステーションのほうを見た。

「あそこの人たちがネズミを傷《きず》つけようとしてるって？　介護《かいご》助手？」

「アイー」

「いったい、どうやって？」

ピーティはただカルビンを見つめるだけだ。

「ネズミ捕《と》りをしかける？」

ピーティは一瞬《いっしゅん》考えた。カルビンはほとんど正解にとどいている。ここでノーといったら、あきらめてしまうかもしれない。そうしたら、せっかく近づいたのに、すべてが終わってしまうかもしれない。でも、カルビンを信じることにした。カルビンはきっとあきらめたりなんかしない。ピーティは気持ちをこめて答えた。「オー、オー」

「介護《かいご》助手たちはネズミを傷《きず》つけようとしてる。でもネズミ捕《と》りをしかけるんじゃないんだね？」

「アイー」

「ピーティ、やっぱりおかしいよ。ネズミ捕《と》りをしかけないで、傷《きず》つけることなんてできないよ」

ピーティは心配になってきた。カルビンは毒のことを知らないのかもしれない。ピーティはすがるような思いでカルビンを見つめた。どうかあきらめないでほしいと。

「ほかにどんな方法があるんだろう？」

ピーティはしずかに待った。

カルビンは口をへの字にして、頭の両わきをかきながら考えている。とうとう、両手をあげていった。「よくわかんないけど、もしかしたら毒かな？」

ピーティは両腕《りょううで》を大きく動かした。顔をかがやかせ、笑顔《えがお》を浮《う》かべて甲高《かんだか》い声で答えた。

「アイー！　アイー！　アイー！」

「介護《かいご》助手は毒をつかおうとしてるの？　そういってたの？」

「アイー」ピーティはあごを上下に動かした。ピーティは、毒という答えがでたこと以上に興奮《こうふん》していた。ちゃんとした会話が成り立ったと思ったからだ。ピーティの心をふさいでいた、目に見えない壁《かべ》が、きょう、いまこの瞬間《しゅんかん》に消え去った。

第7章

夕食後も、カルビンの質問はつづいた。そして、ピーティのシートカバーに落ちた食べかすが、ネズミをひきつけているということもききだした。「ベッドにもどる前に、ぼくがシートカバーをきれいにしておくよ」カルビンはいった。「それから、寝《ね》ないでネズミを追いはらうのも手伝うよ」

「グー、グー」ピーティはうれしそうに、グッドを意味する声をあげた。

「ぼくがきみを起こすほうがかんたんだから、まずはぼくが見張る」

ピーティはうなずいた。

その夜、ピーティは消灯の前にもう眠《ねむ》りに落ちていた。カルビンの声が夢のなかにしのびこんでくるまで、ほんの数分しかたっていないような気がした。「ねえ、ピーティ、起きて」

ピーティはまばたきをして、暗闇《くらやみ》を見つめた。

「起きてったら、ピーティ。きみの番だよ。もうこれ以上は起きてられないや。ぼくはネズミを三匹《びき》追いはらったからね。ピーティ、ちゃんと起きてる？」

「アイー、アイー」ピーティはできるだけ小さな声で返事をした。

◇

まるまる一週間、夜の見張りはつづいた。やがて、ネズミたちはやってこなくなった。カルビンがピーティのシートカバーから食べかすをはらい落とすことはつづけていたが、ふたりはもう寝《ね》ずの番《ばん》はやめることにした。ピーティは小さな友だちに会えなくなったのがさびしかったし、とりわけお気に入りのエステバンとサリーのことが心配だった。二匹《ひき》は自分の家族のような気がしていた。二匹《ひき》と会えないことがつらくて、ピーティは涙《なみだ》を流した。ピーティは「家族」に恋焦《こいこ》がれていた。これまでにも愛情というものを知っているつもりでいたが、それは想像にすぎなかった。これまで、これほどに強く特別な思いを抱《いだ》いたことはなかったからだ。

ピーティのからっぽの気持ちの一部を埋《う》めてくれたのはカルビンだった。軽い知的障《しょう》害《がい》というカルビンのハンディは、ねばり強い精神力がじゅうぶんに補《おぎな》っていた。カルビンはピーティのうめき声やジェスチャーをしんぼう強く解読して、ついには基本的な考えがわかるようになった。細い糸のようなその考えを丹念《たんねん》に織りあげて、やがてはピーティの考えていることにまでせまれるようになった。いったん、理解できるようになると、ピーティとカルビンは、うれしい気持ちと誇《ほこ》らしい気持ちでいっぱいで、おたがいにつぎつぎといろいろな考えを共有するようになった。

カルビンのねばり強さは、病室ではやっかいがられるようになっていた。どの患者《かんじゃ》も、カルビンの延々《えんえん》とつづく質問やおしゃべりにはうんざりさせられていた。カルビンはひまができると、手に触《ふ》れるあらゆるものを分解しはじめた。分解はしても、元にもどす方法をおぼえておくことはできない。あげくの果てに、カルビンは自分の車椅子《くるまいす》から、タイヤと背《せ》もたれ、チューブ、ヘッドレストをはずして、バラバラにしてしまった。

「カルビン！」介護《かいご》助手がどなった。「いいかげんにしないか！　これ以上、ひとつでもはずしたら、車椅子《くるまいす》をとりあげるぞ。そうしたら、おまえはずっとベッドに釘《くぎ》づけだぞ。わかったな？」

カルビンはしぶしぶうなずいた。それ以降《いこう》カルビンは、ピーティの車椅子《くるまいす》のハンドグリップをにぎっておす練習をはじめた。まず、ぐいっと前に何十センチかおしだす。つぎに自分の車椅子《くるまいす》を前に進める。その動作をくりかえす。やがて、介護《かいご》助手にたよらずに、自分の車椅子《くるまいす》とピーティの車椅子《くるまいす》を窓《まど》のそばに持っていくこともできるようになった。カルビンは午後のあいだじゅう、病室のなかをピーティの車椅子《くるまいす》をおしてまわった。

ある日、カルビンは、ピーティの車椅子《くるまいす》をこまをまわすようにおしつづけた。ピーティは腕《うで》をふりまわし、うなり声をあげてやめてくれるようにたのんだが、カルビンはさらにスピードをあげた。最後にようやく解放したものの、すっかり目をまわしたピーティは、自分の体じゅうに食べたものを吐《は》いてしまった。

「うわーっ！」カルビンは叫《さけ》んだ。「もし、ぼくが車椅子《くるまいす》をまわしてるときだったら、まわりの人にゲロを吐《は》きかけてたとこだよ！」

ピーティはせいいっぱいのしかめっ面《つら》でカルビンをにらんだ。

◇

ある日の午後おそく、カルビンが車椅子《くるまいす》で近づいてきた。

「ねえ、ピーティ、ぼく考えてみたんだけど、もっとことばをふやしたほうがいいんじゃないかな。イエスの『アイー』、ノーの『オー』、それにグッドの『グー』がいえるんだから、もっとほかにもいえるようになるはずだよ」

そのときは、無理だと首を横にふったものの、ひとりで窓辺《まどべ》にすわって外の景色を見ながら、これまでにきいたことのあることばを声にしていってみた。くちびるをちゃんととじることがむずかしかったし、そのままの状態で音をだすことはどうしてもできない。まるで、なにかにのどを強くしめつけられるようだった。いちばんの問題は舌だった。ピーティの舌は口のなかでねじれて動きまわり、思いどおりに動かすことができない。ことばを発するには、口のなかの天井《てんじょう》部分におしあてられている舌を、自分の意志で一瞬《いっしゅん》はなし、空気を外にださなければならない。それに、舌がうまくつかえないと、上の歯ぐきにおしつけられたままの下くちびるをはなすのもむずかしい。いろいろためした結果、いちばん発音しやすいのは、これまでどおりの「アイー」「オー」「グー」だということがわかった。これなら、舌をほとんどつかわずに、のどだけでだせる。

最初に成功したのは「すごくいい」という意味の「プリティー・グッド」だった。ほおをすぼめて、ハミングするように声をだすと、なんとか「フィーグー」という音がでる。これなら舌をつかわなくてもだせた。ピーティは何度も何度もくりかえして練習した。

翌朝《よくあさ》、カルビンが車椅子《くるまいす》で近づいてきた。「やあ、ピーティ。調子はどう？」

「フィーグー！」ピーティは声をしぼりだした。

カルビンがじっと見つめる。

「フィーグー」もう一度しぼりだす。

カルビンは首をかしげた。「なにかいおうとしてるんだね？」

ピーティはうなずく。

カルビンは顔をしかめて一生懸命《いっしょうけんめい》考えながら頭をかいている。「ちょっと待って……。ぼくが『調子はどう？』ってきいたら、『フィーグー』って答えたんだよね。もしかしたら『プリティー・グッド』？」

「アイー、アイー」

カルビンは大笑いした。

ピーティも微笑《ほほえ》んで、またほおをすぼめ、しぼりだすように、でも、とてもうれしげに声をあげた。

「フィーグー！　フィーグー！」

つぎの日には、「グッドバイ」がいえるようになった。「おやすみなさい」の「グッドナイト」は無理だったが、それにいちばん近いことばだ。今度もたいへんな苦労のすえ、ききとりづらいものの、なんとか「グーバー」と声がだせるようになった。消灯時間になると、病室のかたすみのふたつのベッドで、毎晩《まいばん》こんなあいさつがかわされるようになるのはそれからすぐのことだった。

「おやすみ、ピーティ」

「グーバー」

◇

カルビンと意思を伝えあう方法を学ぶことが楽しくて、ピーティはネズミたちを失ったことをあまり気にせずにすんだ。だが、ピーティはカルビンが心配だった。カルビンは急に怒《おこ》りだしたかと思えば、大笑いをしたり、心をとざしてだまりこんだりした。ときどきは午前中ずっと娯楽《ごらく》スペースのテーブルにつっぷして、頭を抱《かか》えこんでいることもあった。

そんな日には、ピーティは窓《まど》ぎわにしずかにひとりですわっていた。壁《かべ》にかけられたまるいガラスのようなものがとても気になって、よくそれをじっくりながめた。前の年には、あまりに気になって、まるで魔法《まほう》にでもかけられたように何時間も見つめつづけることがあったほどだ。それはなにかの機械らしく、レバーのような棒《ぼう》のようなものが二本ついていた。一本はもう一本よりも長い。その長いほうのレバーはたぶん一日に十回以上もぐるぐるとまわる。短いほうはほとんど動かない。まわってもせいぜい一日一回だ。ピーティはその機械のレバーを見て、食事の時間を予測できるようになった。

その機械のレバーを見ているのは、窓《まど》の外の景色を見ているよりも楽しくなった。窓《まど》そのものは、いまでもピーティの心をおちつかなくさせた。窓《まど》の外に手をのばして、風を感じてみたかったし、できるなら、顔をだして太陽の光があたるのを感じたかった。小児棟《しょうにとう》からやってきたときの古い思い出は、心のなかでだんだんうすれてしまって、まるい機械のレバーの動きを見つづけていたピーティは、あれは実際に起こったことではなく、自分が想像したことなのではないかと思うようになっていた。太陽の光や風に直接触《ふ》れたことは、ほんとうは一度もなかったのかもしれない。

◇

ある日、窓《まど》の外でははげしい嵐《あらし》が吹《ふ》き荒《あ》れていた。黒々とした空から、風がほえるように吹《ふ》きつけている。カルビンとピーティは、病室のすみにいっしょにすわっていたが、カルビンがとつぜんふざけだした。「ほら見てよ。こんなにぐるぐるまわれるんだよ」そういって、うしろむきにタイヤを動かすと、車椅子《くるまいす》は壁《かべ》にぶつかって、前のめりにかたむいてしまった。カルビンは車椅子《くるまいす》から放《ほう》りだされるようにころげ落ちた。ゴツンとにぶい音がした。カルビンの頭が床《ゆか》を打つ音だった。うめき声をあげて体を起こそうとしたが、そのままたおれ伏《ふ》したまま動かなくなってしまった。

ピーティはうなり声をあげ、必死で腕《うで》をふりまわしたが、だれも気づいてくれない。ピーティはこおりついたようにだまりこんでしまった。いちばんの親友が助けを必要としているのに、自分にできることといえば、ただ車椅子《くるまいす》にすわったまま、バカみたいにうなり声をあげることだけだった。

第8章

カルビンは、死んだようにしずかに横たわっている。いくら考えても、友だちを助ける方法は思《おも》い浮《う》かばない。ピーティは自分の役立たずの体をのろった。自分にできるのは、食べ物をのどにつまらせて、散らかし、だれかにかたづけてもらうぐらいだ。ピーティは怒《いか》りでいっぱいだった。自分は生きているし、ちゃんと考えることもできる。これにはなにか意味があるはずなのに！　どうにかしてカルビンを助けないと。それもいますぐに！

ピーティはとつぜん大きく息を吸《す》いこんだ。胸《むね》にするどい痛《いた》みが走る。それから、これまで一度もやったことのないことをやってみた。肺《はい》の空気を、こわばってせまくなったのどに一挙におしだしたのだ。

サイレンのような甲高《かんだか》い声が空気をふるわせた。ピーティは顔をゆがめ、腕《うで》をばたつかせ、壁《かべ》や窓枠《まどわく》をたたいた。手首がはげしく痛《いた》み、気を失いかけたが、それでもピーティは腕《うで》をふりまわしつづけた。

二本の力強い手がピーティの腕《うで》をつかんだ。目をあけると介護《かいご》助手だった。「おーい！こっちだ。はやくきてくれ。カルビンがたいへんなんだ！」介護《かいご》助手は大声でどなって、なかまの介護《かいご》助手を呼《よ》んだ。「はやくこっちにきてくれ！」

ピーティは大柄《おおがら》な介護《かいご》助手が、身動きしないカルビンにおおいかぶさるようにかがみこんで、脈をとるようすを見つめた。カルビンはうめきながら体を起こそうとしていた。顔をゆがめて頭に手をのばし、「トラックにぶつかったよ」とつぶやいた。

すぐに看護師《かんごし》もかけつけた。頭にげんこつほどのたんこぶができただけで、カルビンに異常《いじょう》はなかった。大柄《おおがら》の介護《かいご》助手は、不思議そうな表情を浮《う》かべてピーティをじっと観察した。「おまえはいいことをしたなあ」そういいながら、ピーティの手についたひっかき傷《きず》やあざを調べた。「傷《きず》の手当てをしなくちゃな」包帯を手にもどってきた介護《かいご》助手は、ピーティの肩《かた》をぎゅっとつかんでいった。「おまえはちゃんと考える力があるよな。そうだろ？」

ピーティは微笑《ほほえ》んだ。それから、目をとじた。ふたたび暗闇《くらやみ》がピーティの心と体にしのびこんできた。

しばらくあとで、疲《つか》れきって、傷《きず》の痛《いた》みを抱《かか》えて横たわっているピーティのところに、カルビンが車椅子《くるまいす》でやってきた。

「やあ、ピーティ。ぼく……、きみがなにをしてくれたかきいたんだ。ありがとう」カルビンは恥《は》ずかしそうに視線《しせん》を落とした。「ピーティ、きみはぼくの最高の親友だよ」

ピーティはまた微笑《ほほえ》んで、無理にうなずいてみせた。

「それにしても、きみが悲鳴をあげられるなんて、知らなかったなあ」カルビンはぼそりとそうつぶやいた。

◇

カルビンを助けてくれたあの大柄《おおがら》な介護《かいご》助手は、ジョーという名前で、ほんの二、三日前からピーティたちの病室で働きはじめたばかりだった。髪《かみ》は泥《どろ》のような茶色で、あごは四角く、歩き方は、一歩ごとにどこかに痛《いた》みが走るかのようにゆっくりだ。数日もたたないうちに、カルビンはジョーの名前や経歴をあれこれききだした。

ジョーは、何年間かにわたってミルウォーキー鉄道やノーザン・パシフィック鉄道で保線工夫として働いていた。レールの枕木《まくらぎ》に大釘《おおくぎ》を打ちこむ仕事だ。しかし、筋肉《きんにく》の病気にかかってしまい、ハンマーをふりまわすときの痛《いた》みに耐《た》えられなくなった。それでも、ジョーはいまでも鉄道の歌をハミングしていた。

一九三七年の夏が終わり、秋へと移ろうころ、ジョーの体力は日増しに落ちてきた。初雪がふるころには、単純《たんじゅん》な作業をおこなうにも、たいへんな苦労をしなければならなくなっていた。ピーティはジョーの衰《おとろ》えに気づいたが、どこがわるいのかはわからなかった。

「きょうの計画は?」ある朝、オムツをかえるためにピーティをうつぶせにするとき、ジョーはうめき声をあげながらそうたずねた。うつぶせになると、胸《むね》を圧迫《あっぱく》されて答えようにも答えられない。かわりにジョーがしゃべる。「また、おれの椅子《いす》にスープをのっけるかい?」

ピーティはにやっと笑った。先月、食事の時間に、ジョーがおわんに入れたスープを娯《ご》楽《らく》スペースに持ってきた。テーブルの上がトレイや皿などで散らかっているのを見て、ジョーはスープをベンチにおいて、スプーンをとりにカートのところにいった。ところが、もどってきたジョーは、うっかり湯気をあげる熱々のチキンスープの上に、そのままますわってしまったのだ。ズボンから熱いしずくをまき散らしながらとびはねるジョーを見て、ピーティは大声をだして笑った。

「おまえさんも大きくなったな」ジョーはピーティをあおむけにもどしながらいった。

「いまじゃあ、ティーンエージャーだもんな」

「アイー」ピーティが答える。

ピーティを車椅子《くるまいす》にすわらせようと持ちあげる際、ジョーは顔をしかめた。「おまえさんは五十キロ以上ありそうだな」はげしく息をついている。

ピーティはこの大柄《おおがら》な友だちを、親しげに見た。カルビンを助けてくれて以来、ジョーは父親のような存在《そんざい》になっていた。病室のだれかがピーティかカルビンにちょっかいをだすと、かならずジョーが助けてくれた。

「おれは、あとどれくらいここで働けるんだろうな」ジョーが悲しそうにいった。

「ワーイー？」どうして？　というピーティの問いかけだ。

ジョーはそれには答えず、ただ首を横にふった。ジョーはピーティのあごをやさしくちょんとひねって、朝食の用意された娯楽《ごらく》スペースへと車椅子《くるまいす》をおした。いつもどおり、いつものテーブルの一角でカルビンが待っていた。カルビンの車椅子《くるまいす》はすでに食べはじめているほかの患者《かんじゃ》にはじきだされている。ジョーとピーティが入ってきたのを見ると、カルビンは指をピストルのようにかまえて、のどから銃声《じゅうせい》がわりの「ケ、ケ、ケ」という音をだした。

ピーティは微笑《ほほえ》みながら腕《うで》をふりまわし、反撃《はんげき》に発射《はっしゃ》する。「ククク、ククク」

カルビンも笑いながら、今度はジョーにむけてピストルを撃《う》った。ピーティも参戦して、ジョーに空想の弾丸《だんがん》を浴びせかけた。ジョーはかたほうの手で胸《むね》をかきむしり、もうかたほうの手で致命傷《ちめいしょう》を負った体をささえた。

ピーティは、ジョーがにせの痛《いた》みによろめくのを見ていた。この遊びは、何か月か前に介護《かいご》助手たちが病室に大きな機械を運びこんだのをきっかけにはじまった。その機械は壁《かべ》にむかって明るい光を照らした。病室の明かりが消されると、壁《かべ》に人が映《うつ》しだされて、動いたりしゃべったりしはじめた。まるで魔法《まほう》のようだった。機械は馬や建物も映《うつ》しだした。ジョーはそれを映画《えいが》だと教えてくれた。

ピーティとカルビンは、毎週金曜日を心待ちにするようになった。ふたりのあいだにジョーがすわって、その魔法《まほう》の人たちの名前を教えてくれる。フート・ギブソン、トム・ミックス、ゲーリー・クーパーなどと。ピーティとカルビンのお気に入りの映画《えいが》は、『ワイルド・ウェスト』『バージニアン』『デス・バレー』『ビッグ・トレイル』それに『ビリー・ザ・キッド』だった。

ピーティはその機械は、どこかべつのところで実際に起こっていることを映《うつ》しだしているのだとばかり思っていた。ところが、ある夜、ピーティは二度目の『テキサン』を見た。不思議そうな表情と身ぶりで、なんとかジョーから説明をひきだすことができた。大きなリールにまかれたテープのなかにその映画《えいが》は記録されていて、何度でも上映《じょうえい》することができるということだった。

ピーティとカルビンは西部劇《せいぶげき》が大好きになった。お気に入りのカウボーイたちは、拳銃《けんじゅう》の撃《う》ちあいでも、けっして死ぬことはない。映画《えいが》を見終わるたびに、ふたりは指のピストルで決闘《けっとう》をした。ふたりの車椅子《くるまいす》は、猛《もう》スピードでかける駿馬《しゅんめ》に変身する。ベッドがぎゅうぎゅうにおかれたきたない病室は、山脈や渓谷《けいこく》が縦横《じゅうおう》に交差する、日ざしのきつい西部の風景に変わる。しずかに窓《まど》の外をながめている患者《かんじゃ》たちは、疑《うたが》うことを知らずにまわりをとりかこむ群衆《ぐんしゅう》や保安隊だ。病室のまんなかあたりにいる寝《ね》たきりの元炭鉱夫、ジークじいさんは、ベッドから一歩もはなれず、本人もまったく知らないうちに、ふたりを手伝って、十七の銀行強盗《ぎんこうごうとう》をやりとげ、何度も脱獄《だつごく》をし、何十人という悪漢を殺した。自分で車椅子《くるまいす》を動かすことのできるカルビンは、追ってくる保安隊からのがれるために、ほかの患者《かんじゃ》のなかにまぎれこむこともした。

胸《むね》をかきむしっていたジョーが、朝の決闘《けっとう》を中断していった。「よし、ふたりとも、朝食が終わるまでは、だれも殺しちゃだめだぞ。死人にごはんを食べさせるのはいやだからな」

ジョーはピーティの車椅子《くるまいす》をカルビンの横にならべた。それから、カートからオートミールを持ってきてテーブルにおいた。

ピーティはオートミールが好きだった。数すくない、ほかの人とおなじメニューだったからだ。かむ力やのみこむ力が弱いピーティが食べるものは、ほとんどが、肉挽き器《にくひき》でこまかくすりつぶされていた。一週間のメニューは、いつもおなじくりかえしだった。だから、ピーティにはきょうの昼ごはんがミートローフとコーンだとわかっていた。ピーティのぶんは、こげ茶色にすりつぶされたなかにコーンの黄色い粒《つぶ》がまじったプディングのような状態になっていて、オートミールのようにおいしそうには見えないのだった。

ピーティはあくびをした。ほんの短い銃撃戦《じゅうげきせん》で、思いがけず疲《つか》れてしまっていた。ピーティは、疲《つか》れていることを気にしないようにしたが、二、三口食べただけで、急に吐き気《はけ》と体のほてりを感じた。ピーティはジョーに、もうおなかがいっぱいだと合図を送った。

昼に近づくと、急に寒気がする一方、ひたいには大粒《おおつぶ》の汗《あせ》が浮《う》かびはじめた。反撃《はんげき》の銃弾《じゅうだん》ひとつ受けないうちに三度もピーティを撃《う》ち殺《ころ》したカルビンが、車椅子《くるまいす》で近づいてきた。

「ねえ、ピーティ。ぼくはほんとうに撃《う》ったわけじゃないよ！　だいじょうぶ？　ぐあいがわるそうだよ」

「オー、オー」ピーティは顔をしかめながら首を横にふった。

「ジョーを呼《よ》んでくる。きっとなんとかしてくれるよ」カルビンは、大急ぎでタイヤをまわし、病室を横切りながら声をあげた。「ジョーはどこ！　ジョー！　ねえ、どこにいるの？」病室の患者《かんじゃ》たちはいっせいに散り散りになった。これまでにも、カルビンの車椅子《くるまいす》がふともともにぶつかったり、タイヤにつま先をひかれたりしたことをおぼえているからだ。

カルビンはまもなくジョーをつれてもどってきた。

「どうしたんだ、ピーティ？　ぐあいがわるいのかい？」ジョーが心配そうにたずねた。

ピーティは苦しげに声をあげた。

「毛布をかけたほうがいいな。先生を呼《よ》ばなくちゃ」ジョーはべつの介護《かいご》助手に、医者を呼《よ》んでくるようにたのんだ。カルビンは大あわてで車椅子《くるまいす》を動かしはじめた。「ぼくがとってくる」カルビンは叫《さけ》んだ。患者《かんじゃ》たちはもう一度散り散りになった。安全なベッドにもどると、それぞれ、口ぎたないことばをカルビンに投げかけた。ジョーはカルビンのようすを見て微笑《ほほえ》んだ。毛布なら、ジョーが立っているところからほんの二、三歩のところで手に入る。だが、友だちのことを思うカルビンの気持ちを大切にしたかった。

長い時間待たされたすえに、細身の骨《ほね》ばった医者が、大きな黒い診察《しんさつ》カバンをさげてやってきた。だらしないといってもいいような、だぶだぶの灰色《はいいろ》のスーツを着ている。医者はピーティの姿《すがた》を見るなり首を横にふった。「かわいそうに。虫でも食べたか？　さあ、みてあげよう」病室じゅうの患者《かんじゃ》は、やってきた医者にいっせいに関心をむけた。

医者はピーティの毛布をめくり、シャツの胸《むね》をはだけた。体温計を二度口に入れようとしたが、ピーティのねじれた舌が動きまわり受け入れなかった。医者は毛布の下に手をすべりこませ、拒《こば》みようのない肛門《こうもん》に体温計をさしこんだ。ピーティは大きなショックを受けた。つぎに、医者は聴診器《ちょうしんき》をピーティの胸《むね》にあてた。病室は完全にしずまりかえった。ほかの五十人の患者《かんじゃ》たちにもピーティの心音がきこえるかと思えるほどだ。

体温計をぬき、すべての診察《しんさつ》が終わると、医者はピーティのカルテにざっと目を通した。医者はカバンをベッドの上においていった。「この子は病気にかかっているよ」それから、カバンからびんを何本かとりだし、苦い飲み薬をはかって小分けにしたり、何種類かの錠《じょう》剤《ざい》をだしたりした。

医者は立ち去る前に、ずっとピーティの手をにぎっていたジョーにむき直った。「インフルエンザと肺炎《はいえん》の典型例だね。飲み薬と強壮剤《きょうそうざい》をだしておこう。知的障害児《しょうがいじ》でしかも重度ということを考えれば、あんまり希望は持たないほうがいいだろうな。この子のような連中はあんまり長生きはしないものだからね」

「この子は知的障害児《しょうがいじ》じゃありません」ジョーはきっぱりといった。

医者はジョーをたしなめるように、さっと指をあげていった。「この子のことが気に入っているからといって、目をくもらせてはいけないぞ。この子は重度の知的障害児《しょうがいじ》だ。その事実は変えようがないんだ」

看病《かんびょう》の方法をメモに残して医者が立ち去るのを見ながら、ジョーはぼそりとつぶやいた。

「おまえは知的障害児《しょうがいじ》じゃないよな、ピーティ。あの医者がくたばって墓に入ったあとも、おまえはずっと長生きするんだからな」

第9章

それからの数週間、ピーティは体力を消耗《しょうもう》しながらも必死で病気とたたかった。ジョーは介護《かいご》助手全員に、ピーティに特別な看護《かんご》が必要なことを徹底《てってい》させた。カルビンには、水を飲ませたり、ぬれたタオルで顔をぬぐう仕事をたのんだ。やがて、ピーティは、カルビンが水を持って近づいてくるのを見るとぞっとするようになった。カルビンはいわれたとおり、一生懸命《いっしょうけんめい》に水を飲ませたので、ほとんど一時間おきにオムツをぬらしてしまい、かえてもらわなければならないからだ。それに、あまり熱心にひたいや顔をこするので、肌《はだ》が赤くなってしまい、ジョーもなんとかカルビンの熱意をおさえようとしなければならなかった。

ピーティの意識は、うすれたりはっきりしたりをくりかえした。汗《あせ》をかいたかと思えば、ガタガタとふるえた。枕元《まくらもと》でずっとしゃべりつづけるカルビンがうっとうしかった。ピーティはこのぽっちゃりした友だちが、そばをはなれてくれて、ぐっすりと眠《ねむ》りにつけたらいいのにと思った。

ピーティが病気のあいだ、ジョーは仕事が終わったあとにしょっちゅうやってきて、しばらくベッドのわきにすわっておしゃべりをしていった。ピーティはなんとか意識を失わずに、ジョーのことばに耳をかたむけようとがんばった。ある日の夜、この大柄《おおがら》な友だちが弱々しく立ちあがって去ろうとしたとき、ピーティは思いきって声をかけた。

「グーバー、チョー」

ジョーはおどろいてピーティを見おろした。

「いま、おれの名前をいったのかい？」

ピーティは、弱々しく微笑《ほほえ》みながらうなずいた。

ジョーはとまどったようにだまりこんだまま、しばらくピーティを見つめていた。「おやすみピーティ。きょうは、すごく楽しい会話ができたよ」ジョーはそういった。

ピーティはうなずく。

病室からでていくジョーの足どりは重く、肩《かた》はさがっていた。

◇

ピーティはそのあともしばらく生死の境をさまよった。苦しい空咳《からせき》がとまらず、悪寒《おかん》におそわれ、意識がもうろうとしてうわごとをいうこともあった。最初に回復のきざしが見えたのは、ある日の夜のことだった。おさまらなかったふるえがぴたりととまり、その夜はぐっすりと眠《ねむ》ることができた。朝になっても、何度も深い眠《ねむ》りにひきずりこまれた。ようやく目がさめたときには空腹《くうふく》を感じていた。おなかがすいたと感じたのは、この一か月ほどのあいだではじめてのことだった。

ピーティとカルビンが、何時間も西部劇《せいぶげき》ごっこをして遊ぶようになるまでには、それほど時間はかからなかった。ふたりはおたがいに銃《じゅう》で撃《う》ちあうふりをする。スポーツマンシップにのっとって、カルビンはピーティよりも大きな声はださないように心がけた。それでも、ときどきは興奮《こうふん》のあまり、「バン！ バン！ バン！」と大声をあげてしまった。患者《かんじゃ》たちの目がいっせいにそそがれると、カルビンはしおらしく頭をさげ、ひかえめに「ケ、ケ、ケ」と声をだして応戦した。

◇

冬のおとずれとともに、また病室に冷たい風がしのびこむ季節となった。ヒーターは容《よう》赦《しゃ》のない寒さに対抗《たいこう》するためにフル稼働《かどう》でうなりつづけた。ある雪のふる夜、ジョーが病室にやってきた。患者《かんじゃ》たちが眠《ねむ》りにつく準備をしているなか、ジョーはピーティとカルビンのベッドのところで足をとめた。腕《うで》には袋《ふくろ》を抱《かか》えている。

「やあ、おふたりさん、きょうはなんの日だか知ってるかい？」

ピーティとカルビンは、好奇心《こうきしん》でいっぱいの目でジョーを見た。「火曜日？」カルビンがさぐるようにいってみた。

「いやいや、そうじゃなくて、きょうは特別な日なんだよ」

「ジャムサンドイッチがでた日」

ジョーは首を横にふる。

「ワー？　ワー？」ピーティが、なに？　なに？　という意味の声をあげた。

「きょうはクリスマスイブだよ」ふたりの不思議そうな顔を見てジョーは説明した。「いいかい、クリスマスっていうのは平和で幸せなお祝いの日なんだ。人間はみんなひとつの家族、兄弟姉妹《しまい》なんだって思い出す日なのさ」

「ぼくらに家族はいないよ」カルビンがむっつりといった。

「おれがいるじゃないか。だからきょうは、ふたりにプレゼントを持ってきたんだ」

ジョーは袋《ふくろ》のなかから、にぎやかな色の紙でラッピングされた箱をとりだした。ジョーはそれを、がまんが得意ではないカルビンの手がとどかないところにおいた。「これはね、あしたの朝まであけちゃだめだぞ。おれがやってくるまでだ。そうすれば、ひと晩《ばん》じゅうこれについて夢を見てられるだろ？　夢を見るってのは、楽しいことだからな」

ピーティとカルビンはおたがいに顔を見かわした。興奮《こうふん》でめまいがしそうだ。

「これがなんだかわかるかな？」ジョーは分厚いジャケットのポケットから大きな靴下《くつした》をとりだした。

「わかるよ」カルビンがいった。「でっかい、きたない靴下《くつした》！」

ジョーは笑った。「ただのでっかい、きたない靴下《くつした》じゃないぞ。これはナース・ステーションにつるしておくんだ。きみらふたりが、今年一年いい子でいたんだったら、サンタクロースがキャンディを入れていってくれるかもしれない。あしたの朝、おれがたしかめてあげるよ」

「サンタクロースって、赤い服を着た太っちょなんでしょ」カルビンがいった。

「ああ、それに、いい人たちにプレゼントをくれるんだ」ジョーがつけたした。

ジョーがクリスマスのことをいいだしたとき、ピーティはあまり関心がなかった。でもいまは、靴下《くつした》とプレゼントへの期待で、顔いっぱいに笑顔《えがお》を浮《う》かべていた。ピーティはふつうの子どもたちのように、おもちゃを思《おも》い浮《う》かべることはできなかった。かといって、そのぶん楽しみがすくないわけではなかった。ピーティは夜おそくまで、興奮《こうふん》した声をあげていた。カルビンは何度もおなじことばをくりかえした。「きっと馬をもらえるよ」

うんざりしたほかの患者《かんじゃ》に脅《おど》されて、ピーティとカルビンは、とぎれとぎれの、それでもとても心地《ここち》よい眠《ねむ》りに落ちていった。ふたりはそれぞれ、明るくカラフルな箱や、きたない靴下《くつした》、赤い服を着た太っちょの夢を見た。

起床《きしょう》の合図のずいぶん前に、カルビンが大声をあげた。

「ねえピーティ、クリスマスだよ！　きょうはプレゼントがもらえるんだよ！」

ピーティは目をあけた瞬間《しゅんかん》に、もうはっきり目がさめていた。きょうのこともはっきりおぼえている。

「おまえら、うるさいぞ！」患者《かんじゃ》のひとりがどなった。「だまらないと、プレゼントを見る前にぶち殺すぞ！」

ふたりはおとなしく待った。六時になってようやくジョーが出勤《しゅっきん》してきた。ジョーの足どりは老人のようにゆっくりだ。

カルビンはジョーが病室に入ってくるのを見たとたん、大声をあげた。「ねえ、ジョー。クリスマスだよ！」

ジョーはおどろいたように、はっと息をのむふりをした。「そうだったかい？　でも、まずは朝の準備だ。朝ごはんのあとまで、プレゼントはなしだ」

病室はじまって以来のスピードで朝食をかきこむと、ピーティとカルビンは、ジョーの仕事が一段落《いちだんらく》するのを心配そうに見守った。永遠とも思える時間がすぎて、とうとう、ふたりはジョーといっしょにナース・ステーションにいくことになった。ジョーはまず、ピーティの胸《むね》にプレゼントをおいた。ピーティはこまったような、それでいて期待に満ちた目でジョーを見た。

「おれがかわりにあけるわけにはいかないな」ジョーがいった。

「アイー、アイー」ピーティは、あけてあけて、という意味で不安そうに声をあげた。

「おれも手伝うけど、おまえさんがやるんだ」ジョーはピーティの力のこもらない手をとり、硬直《こうちょく》した指を一本、まるでペーパーナイフのようにつかんだ。ピーティは自分の指がラッピングペーパーを切り裂《きさ》くようすをじっと見ていた。カルビンはがまんしきれず身もだえしていた。まるで、鼻の先にベーコンをぶらさげられた子犬のようだ。ピーティのプレゼントがもうすぐであくというところで、ジョーはカルビンにプレゼントをわたした。カルビンは、プレゼントの箱をたちまちひきちぎるようにあけた。

ふたりの箱のなかには、革《かわ》のホルスターのついたベルトが入っていた。ホルスターには、銀色にかがやくピカピカのおもちゃのピストルがおさまっていた。

「すごいよ、ピーティ、ほら見てよ！」カルビンがうわずった声をあげた。

ピーティは笑顔《えがお》を浮《う》かべて両手をパタパタとふりまわした。

「オーボーイー！」おどろきをあらわす声だ。

ふたりを見つめるジョーに笑顔《えがお》がこぼれた。カルビンが自分でベルトをつけているあいだに、ジョーはピーティのホルスターを車椅子《くるまいす》の横にとりつけた。それから、輪ゴムをつかってピーティの手首にピストルを慎重《しんちょう》に固定した。

たちまち、ふたりの一斉射撃《いっせいしゃげき》がはじまった。「ククク、ククク、ククク」と「ケ、ケ、ケ」の応酬《おうしゅう》だ。さいわい、ふたりのあいだの暗黙《あんもく》の了解《りょうかい》で、ピーティには正確な射撃《しゃげき》は要求されていない。さもなければ、弾丸《だんがん》はすべて天井《てんじょう》にあたったことになってしまっていただろう。

ジョーはふたりの若《わか》い友人が遊ぶ姿《すがた》を見て、微笑《ほほえ》まずにはいられなかった。もし、ここにとじこめられているのでなければ、ふたりとも車を運転したり、女の子とデートをしたり、スポーツに励《はげ》んだり、仕事についていてもおかしくない年ごろだった。部屋のまんなかにじっとすわっているピーティのまわりを、カルビンが車椅子《くるまいす》でぐるぐるまわっているのを見ていると、ジョーの心ははげしいよろこびで満たされた。ふたりのティーンエージャーは、夢中でのどから音をだしながら、腕《うで》をふりまわしている。

カルビンがとつぜん、遊びを中断した。「ねえ、ジョー、靴下《くつした》はどうなった？」

ジョーは肩《かた》をすくめた。「さあね。からっぽかもしれないな。サンタはいい子にしかプレゼントをおいていかないからな」

「ぼくたちいい子だったよ。すくなくともぼくはね」カルビンが断言した。「ピーティはどうだか知らないけどさ」

ジョーはピーティに目をやった。「どうだい、きみはいい子だったかい？」

ピーティの顔いっぱいに笑顔《えがお》がひろがり、腕《うで》をパタパタと動かす。

「フィーグー！　フィーグー！」

ジョーはキャンディのつまった靴下《くつした》を回収《かいしゅう》してきた。ピーティの靴下《くつした》には、額におさめられた小さな紙も入れておいた。

「ワー？」なに？　ピーティがその紙に気づいてたずねた。

「これは、特別なプレゼントだ」

「ワー？　ワー？」

「よし、おれが読んでやろう」ジョーはゆっくり読みあげた。「主を待ち望む者は新たなる力を得、鷲《わし》のように翼《つばさ》をはって、のぼることができる。走っても疲《つか》れることなく、歩いても弱ることはない」

「鷲《わし》ってなに？」カルビンがたずねた。

「そうだな、鳥だよ。このへんでも見かける鳩《はと》みたいなもんだ。もうちょっと大きいけどな」ジョーが説明した。

「ねえ、ジョー、ぼくは鳩《はと》のほうがいいな」カルビンがいう。

「おまえもかい、ピーティ？　おいおい、鷲《わし》のほうが速いんだぞ」

「アイー、アイー」

ジョーはふたりを見て、首を横にふりながら笑い声をあげた。「ああ、わかったよ。じゃあ、ここは書き直そう」ジョーはナース・ステーションにあったペンを手にとると、その紙の文字を書き直した。

「よし、これでどうだ？　『鳩《はと》のように翼《つばさ》をはって、のぼることができる』」

「うん、そっちのほうがいいよ」カルビンがいった。

「ピーティはどう思うんだい？」ジョーがたずねる。

「アイー。フィーグー、フィーグー」

そのあとしばらくして、戦闘《せんとう》の中休みの際に、ピーティがカルビンにそばにきてほしいと合図した。

「どうしたの、ピーティ？」カルビンがたずねた。

ピーティはバラバラに切《き》り裂《さ》かれたラッピングペーパーや、キャンディでいっぱいの靴《くつ》下《した》のほうをさししめした。それから、病室のいちばんむこうで働いているジョーをさした。

「ククマー、クククマー」ピーティはそう何度もくりかえした。

カルビンはしばらく首をひねっていたが、やがて、ジョーにクリスマスプレゼントをあげたがっていることがわかった。ふたりは、いたずらをするようなわくわくした気分で、靴下《くつした》からすこしずつキャンディをだしあい、カルビンがいちばん大きなラッピングペーパーの切れはしで、ぶきように包んだ。それから、それを背中《せなか》にかくしてカルビンが大声で呼《よ》んだ。「ねえ、ジョー、こっちにきて！」

ジョーがやってくると、カルビンはかくしていたプレゼントを前にさしだした。「これ、ぼくとピーティから」

「いったいぜんたい、なんなんだい？」ジョーはおどろいたふりをしながら、小さな包みをあけて、なかにキャンディを見つけた。

「メリー・クリスマス！」カルビンがいった。

ジョーはかがみこんでふたりを抱《だ》きしめた。

「メリー・クリスマス、おまえさんたち。いっぱい、いっぱいのメリー・クリスマスだ」

第10章

ジョーは残された数か月をピーティとカルビンにささげた。ピーティとカルビンにとって、こんなに大柄《おおがら》な堂々とした体格の、しかも心からの友だちが、患者《かんじゃ》を持ちあげるために、自分の半分もないような看護師《かんごし》に助けをもとめなくてはいけないほどに、衰《おとろ》えた姿《すがた》を見るのはつらかった。ジョーが病院を去ることになるのは目に見えていた。ジョー自身も、まだ自分の足で歩けるうちに、背筋《せすじ》をしゃんとのばしていられるうちに、病院をやめようという強い意志を持っていた。

晩春《ばんしゅん》のある日、とうとう、ジョーにとって病室での最後の日がやってきた。ジョーはピーティとカルビンにさよならといって、軽く肩《かた》をたたき、いとおしげにあごをちょんとひねった。

「ふたりとも、元気でいるんだぞ」それが最後のことばだった。

そして、ジョーはいなくなった。

ジョーがいなくなったあと、ピーティとカルビンは、打ちひしがれてしまった。いくら涙《なみだ》を流しても、ジョーがもどってくることはなかった。ふたりにあてた手紙が、ポートランドやシアトルから何通かとどいた。看護師《かんごし》がふたりにそれらの手紙を読んでくれた。どの手紙にも、海や船、大都会のことが書かれていたが、ジョー自身の体については書かれていなかった。手紙がとどかなくなって半年がすぎると、ピーティとカルビンはそれが意味することをしずかに受け入れた。

ジョーがいないと、季節は容赦《ようしゃ》なくすぎていった。きびしい冬が終わるたびに、春の風がロッキー山脈をこえて吹《ふ》いてきて、すさんだ風景をあたため、雪をとかした。毎年毎年、冬には大きな窓《まど》ガラスをものともせずに寒さがしのびこんでくるように、春にはあたたかさが病室にやさしくもぐりこんできた。昼の時間は長くなっても、日の出と日の入りが一日のリズムをたんたんと刻《きざ》むことに変わりはなかった。時間はゆっくりと進んでいった。

ピーティは、よごれた窓《まど》からぼんやりと外をながめて、時間の流れに耐《た》えた。光の筋《すじ》が病室にさしこんで、すりへり色あせた床《ゆか》にまでとどく。床《ゆか》の黄色いニスは、長いあいだにこすれ、傷《きず》つき、いまでは木がむきだしになっている。床《ゆか》は尿《にょう》やこぼれ落ちた食べ物、洗《せん》剤《ざい》や汗《あせ》、患者《かんじゃ》が吐《は》いたもののにおいを発散していた。新しくやってきたものにとって、このにおいは耐《た》えがたいものだったが、患者《かんじゃ》たちはほとんど気づかなくなっていた。

時間の経過は、ピーティの体にもおそいかかった。生まれたときにあたえられた自然の摂理《せつり》にしたがって、ピーティの体を残酷《ざんこく》に痛《いた》めつづけていた。ピーティの小さな両足は、成長するにつれていっそう強く胸《むね》におしあてられた。右足と左足がじょじょに交差するようになり、そのせいで、両膝《りょうひざ》が上にむかって固定された。頭は横にむいたままになり、腕《うで》と手首は折りたたまれた鳥の羽のように、たぐりこまれた。興奮《こうふん》すると、ねじれた両腕《りょううで》は、羽の生えていない鳥がとび立とうともがいているように、バタバタと動いた。

カルビンは娯楽《ごらく》スペースのいちばん奥《おく》の一角で、身動きもせずにすごすようになった。テーブルにつっぷした状態だった。ジョーがすでにいなくなっていたいまから二年前、カルビンはやっかいな沈黙《ちんもく》の世界にひきこもってしまった。体重はふくれあがり、あぐらをかいた大仏のようになっていた。銀色のピストルは、グリップがつかいこまれてツルツルになっていたが、いまでは金属製の緑のサイドテーブルの上でほこりをかぶっていた。ごくたまに、気が乗らないながらも西部劇《せいぶげき》ごっこをしてうっすら笑顔《えがお》を浮《う》かべることはあるものの、それはまた、ジョーを思い出すきっかけにもなってしまう。ジョーを思い出すたびに、カルビンはさらに深く自らを殻《から》の奥《おく》におしこんだ。

ジョーがいなくなってから、ほかにもいろいろと変化があった。いままでは、ピーティの世話をしているのは女性の介護《かいご》助手だ。若《わか》くて健康な男性介護《かいご》助手のほとんどは、ドイツと日本との戦争にかりだされ、かわりにやってきたのは、年をとった男性か女性、ウォームスプリングズで精神病患者《かんじゃ》の看護《かんご》を学ぶ学生たちだった。

十八号室にやってきた女性のひとりキャシー・グレーバーは、魅力的《みりょくてき》な二十四歳《さい》の看《かん》護師《ごし》だった。日本軍の真珠湾攻撃《しんじゅわんこうげき》のあとに兵役《へいえき》についた夫は、ヨーロッパに配属されて、キャシーがふたりのあいだにはじめての子どもを身ごもっていたことも知らなかった。キャシーの毎日は、長時間の病院での勤務《きんむ》と、小さな娘《むすめ》リサの世話、夫のアレックスに手紙を書くことのくりかえしだった。単調な毎日を、ただひとつなぐさめてくれるのは、信じられないほどゆがんだ体を持っているのに、とても快活なピーティ・コービンという二十二歳《さい》の患者《かんじゃ》だった。カルテ上ではピーティは重い知的障害《しょうがい》とされていたが、すばらしい人間だということに、キャシーは気づいていた。ふたりはすぐに、親しい友人になった。

ある日、ピーティがしずかに窓《まど》の外をながめているとき、キャシーがうしろからしずかに近づいて、ピーティの肩《かた》にそっと手をのせた。「なにを考えてるか教えて」

ピーティはとつぜん触《ふ》れられたせいで体がはね、両腕《りょううで》をばたつかせた。たいていの人間にはそなわっている、おどろいたときの反射的《はんしゃてき》な動きをおさえる能力が、ピーティには欠けていた。だれだか気づくと、おどろきはうすれ、大きな笑顔《えがお》が浮《う》かんだ。

「アオー」ピーティは笑顔《えがお》で金髪《きんぱつ》の看護師《かんごし》を見あげて「ハロー」を意味する声をあげた。

「たいくつそうね」

「オー」ノー、ほんとうは、感覚がまひするぐらいたいくつしていたが、キャシーに触《ふ》れられたおかげで、たいくつどころではない気分だった。「ハーヨーフェフィー？」ピーティはたずねた。

「わたしのベビーのこと？」

「アイー」

「リサは元気よ。あしたにでもまたつれてきて、どんなに大きくなったか見せてあげる」

「フィーグー、フィーグー」そういいながら、カルビンがしょげきったようすですわっているほうに、心配そうな目をむけた。ジョーがいなくなって以来、ピーティのさびしさを埋《う》めてくれたのはキャシーだった。キャシーはまるで太陽の息吹《いぶ》きのように病室にやってきて、いろいろとピーティの世話をしてくれたり、じょうだんをいって元気づけたりしてくれた。しかし、カルビンには、さびしさを埋《う》めてくれるものはない。

「カルビンが心配なのね？」キャシーがたずねた。

「アイー」

「わたしもよ。わたしにはどうしたらいいのかわからないの。だいじな友だちを失ったあと、自分の存在意義《そんざいいぎ》まで失ってしまうことはあるらしいのね。いつだってあしたはあるんだし、新しい友だちだって作れることを、カルビンにもわかってほしいんだけど」

「アイー」

「ピーティにもわかる？」

「アイー」

「そうね、ピーティにはわかってるわね。さて、仕事にかからなくちゃ。あした、リサをつれてくるね。あしたは一日休みだから」

「イーサ」

「そうよ、リサ」立ち去りぎわに、キャシーはピーティの髪《かみ》をくしゃくしゃと乱《みだ》した。

「じゃ、またね」

「グーバー」

ピーティは立ち去るキャシーをよく見ようと、体をひねった。その歩く姿《すがた》は大きな美しい猫《ねこ》のようだった。なだらかなカーブをまとった体は、ひきしまっていて魅力的《みりょくてき》だ。キャシーが微笑《ほほえ》んだり、ピーティのおでこを軽くたたくたびに、ピーティはいままで感じたことのないよろこびに思わず息をのんでしまう。小児棟《しょうにとう》からつづく長い道をキャシーと手をつないで歩く夢をしょっちゅう見るようになっていた。いつも、男性棟《とう》にたどりついたところで目をさまし、自分のゆがんだ体とベッドのわきの車椅子《くるまいす》に気づくことになる。いつか、夢のなかでちがう道にいけるかもしれない。キャシーといっしょに、病棟《びょうとう》の裏《うら》にあるひろびろとした野原に足を踏《ふ》み入《い》れ、二度ともどってこない。

昼になるまで、ピーティはあらぬ方向を見つめてもの思いにふける。意に反してときどき体がぴょんとはねるおかげで、耳や鼻に入ろうとするハエを追いはらうことができた。いつも、昼食が終わるとすぐに、オムツの交換《こうかん》が必要になる。けれども、長いあいだそのままの状態ですわっていなければならない環境《かんきょう》には慣れているので、なるべく気にしないようにしていた。キャシーがいそがしげにやってくるのは、午後もだいぶおそくなってからのことだ。キャシーは糊《のり》のきいたブラウスを白いロングスカートにたくしこんでいる。

「ピーティ、きょうはすごくいそがしかったんだ。オムツ、かえたほうがいい？」

しぶしぶピーティはうなずく。

車椅子《くるまいす》をベッドまでおしてもらいながら、ピーティはすぐ真上にあるキャシーのやさしい顔を見あげた。何本かの長いほつれ毛が、肩《かた》にかかっている。キャシーが前かがみになると、ときどきその髪《かみ》がピーティの顔にかかることがあった。ピーティの体は、そよ風になでられたかのようにふるえる。キャシーのことは、いくら見ていても見あきることがなかった。

車椅子《くるまいす》がベッドにぶつかる衝撃《しょうげき》で、うっとりとした状態からわれにかえった。キャシーとほかの看護師《かんごし》に、オムツをかえるためにベッドに移される。オムツをかえてもらうときに、なにもできずに身をさらすことを恥《は》ずかしいと思ったことは、キャシーが病棟《びょうとう》にやってくるまで一度もなかった。しかし、とつぜん自分でも説明できない、けっしてのがれることのできない恥《は》ずかしい思いでいっぱいになるようになってしまった。

くりかえしくりかえし、いまオムツをかえるために触《ふ》れている手は、キャシーのものではないと自分にいいきかせる。患者《かんじゃ》の世話を職業とするプロの手なんだと。キャシーの手は、ほおに触《ふ》れるときのものであり、そのあたたかい笑顔《えがお》とともにピーティに息をのませる、おでこをなでるときのものなのだ。でも、いくら自分にそういいきかせても、ピーティにまとわりついてはなれない思いがあった。キャシーは自分のことを、自分でトイレにもいけない、ゆがんだ、すくいようのない体の持ち主として考えているんだろうか？

ピーティはその答えがこわかった。

シャツと靴下《くつした》だけの姿《すがた》で、ピーティはそろそろと車椅子《くるまいす》にもどされた。キャシーはだれよりも手際《てぎわ》がいい。白いシーツをすばやくかけ、曲がった足をおおい、すそをたくしこんでいく。安全にくるまれて、ピーティは恥《は》ずかしそうに顔をあげていった。「サーウー」

サンキューを意味することばだ。

「いいえ、どういたしまして」キャシーはハンサムな王子さまにでもむけるように微笑《ほほえ》んだ。「ねえ、ピーティ、あしたリサをつれてきたとき、外に散歩にいきたい？」

ピーティは信じられない思いで見つめた。外へ散歩！　キャシーはからかっているんだろうか？　「ワーイー？　ワーイー？」

「どうしてっていいたいの？」

「アイー」

「あしたはね、モンタナ州立大学のバンドがきて演奏《えんそう》するからよ。池のそばでやるんですって。わたしはあした一日休みだし、あなたをつれだす時間はたっぷりあるわ。どう、いきたい？」

「アイー！　アイー！　アイー！」ピーティはあえぐようにいった。

「わかったわ。じゃあ、あしたね」

キャシーが立ち去るとき、ピーティの目に、テーブルにつっぷしてしょげきっているカルビンの姿《すがた》が入った。

「ウー！　ウー！」

キャシーがふりかえった。「いまなにかいった？　なに？」

ピーティはうなずき、微笑《ほほえ》み、カルビンに目をやった。

「カルビンもいっしょにいけるか、知りたいの？」

「アイー、アイー」

キャシーは尊敬《そんけい》するようなまなざしでピーティを見た。近づいていくとぎゅっと肩《かた》をにぎった。「あなたはいつも、ほかの人のことを考えてるのね。もちろん、カルビンもだいじょうぶ。きっといい気晴らしになるわね」

「アイー、アイー」

ピーティは、病室を去るキャシーの姿《すがた》を、なにひとつ見のがさないように目で追う。とうとう白いドレスの最後の縫《ぬ》い目《め》がドアから消えた。

その日は、夜おそくまでふたつのことを夢見ていた。キャシーのことと、外にでることだった。何年も何年も前に、小児棟《しょうにとう》から移ってきたとき以来、ピーティは一度も外にでたことがなかった。考えただけで、ピーティは興奮《こうふん》のあまりめまいがするような思いがした。

第11章

ピーティは夜明け前に目ざめた。期待に胸《むね》をうずかせて、窓《まど》ガラスが灰色《はいいろ》の影《かげ》から、すこしずつ明るくなるようすを見つめていた。最初は気づかないほどに、それからとつぜん生き生きと、窓《まど》に赤みがさしてきて、やがて光りかがやいた。

前回外にでたときの思い出は、時間のなかでうすれていて、いまではほんとうのこととは思えないほどだった。いまピーティは、朝の時間の進み方のおそさにじりじりした思いでいた。キャシーがやってくるまでが何時間にも思えた。長い待ち時間を、ピーティは一秒一秒耐《た》えた。

ついにキャシーの声がきこえた。

「おはよう、ピーティ。準備はいい？」キャシーは病室を横切りながら声をかけてきた。

ピーティは微笑《ほほえ》みながらうなずいた。それから、カルビンに目をむけた。

「あとでもどってきてつれだすから」

「グー、グー」

ピーティを乗せた車椅子《くるまいす》は、介護《かいご》助手の手でガタピシ音を立てながら長いコンクリートの階段《かいだん》をおろされた。その横を、キャシーが自分の赤《あか》ん坊《ぼう》を抱《だ》いておりた。フリルのついた短いそでのカラフルな青い花柄《はながら》のドレスを着ているせいで、キャシーは空を舞《ま》っているように見えた。髪《かみ》は結ばずにゆったりと肩《かた》にかかっている。キャシーを見ているピーティは、息をするのも忘《わす》れてしまいそうだった。

外にでると、目もくらむような太陽に迎《むか》えられた。患者《かんじゃ》たちがピーティの両わきをおしあいへしあいしながら通りすぎていく。まぶしさに細めたピーティの目は、あちらからこちらへといそがしく動いた。自動車がクラクションを鳴らしながら、地面をおおった黒くてなめらかな道の上を走りすぎた。新鮮《しんせん》でいい香《かお》りのする風がピーティを包みこみ、体じゅうをくすぐった。ピーティの両腕《りょううで》は、興奮《こうふん》で思わずパタパタと動いていた。

キャシーは、池のふちに木かげを見つけた。介護《かいご》助手がカルビンをつれに病室にもどると、キャシーはピーティにサングラスをかけさせ、芝生《しばふ》の上にすわって、しずかに見つめている。

「ワー?」ピーティがたずねる。

「あなたを観察してるの。すごくハンサムね」

ピーティの目にけわしい色が浮《う》かんだ。「オー! オー!」ピーティはそう否定《ひてい》の声をあげた。

キャシーはピーティの手をとった。「ねえピーティ。あなたはわたしが出会ったどの患《かん》者《じゃ》さんともちがうわ。目をとじたら、あなたがはっきりと話している姿《すがた》が思《おも》い浮《う》かぶの。まっすぐに背筋《せすじ》をのばして、足も曲がっていないし、車椅子《くるまいす》も必要としないあなたの姿《すがた》も見えるわ。目をあけていたって、あなたは背《せ》の高いハンサムな男性よ。わたしが知っているなかでもいちばんのハンサムよ」

ピーティはキャシーの目に皮肉の色を読みとろうとしたが、そんなものはどこにもなかった。

待っているあいだ、キャシーは小さなリサをピーティの胸《むね》の上においた。ことばにならないかわいらしい声をあげながら、リサはピーティのかたむいた顔にふっくらした指をはわせた。ピーティもいつもより高い声で返事をする。リサの小さな手が、ピーティの耳をつかんだ。ピーティは微笑《ほほえ》みながら、繊細《せんさい》で小さくて、完璧《かんぺき》なリサの顔を賛嘆《さんたん》しながら見つめた。

介護《かいご》助手がカルビンの車椅子《くるまいす》をピーティの横にならべるのとほぼ同時に、バンドが生きとしたマーチを演奏《えんそう》しはじめた。ドラムや管楽器の音が、ほがらかな笑い声のように空気中にこだました。

「フィーグー！　フィーグー！」ピーティは声をあげた。

「ほんとうね」キャシーもにっこり笑って、リサを自分の腕《うで》に抱《だ》き直《なお》した。

ピーティとカルビンは、カラフルなユニフォームに身を包んだ若《わか》い男女の演奏《えんそう》する楽しい音楽に耳をかたむけた。ピーティはすべてをとりこもうとしているように、まわりに目をむけていた。池に浮《う》かんだアヒルが、魔法《まほう》のようにすいすいと泳ぎまわっている。リスが木から木へと追いかけっこをしたり、音楽にも負けない声でおしゃべりしたりしている。芝生《しばふ》にならべられた木のベンチの列には、何百人という患者《かんじゃ》がすわっているが、おおむね、みんな行儀《ぎょうぎ》よくしている。

一度だけ、音楽をかき消す轟音《ごうおん》がひびいたことがあった。なにごとだろうと、音のするほうに目をむけると、大きな機械が空をとんでいた。ピーティにとって、世界は魔法《まほう》に満ちていた。そして、自分はその世界に生きている！

バンドは二時間ほど、栄光に満ちた音楽を奏《かな》でた。ピーティの手に重ねられたキャシーの手を見て、カルビンの目にうらやましそうな色が浮《う》かんだ。キャシーに触《ふ》れられていたせいで、ピーティはバンドの演奏《えんそう》はあまりおぼえていなかった。病室にもどるころになると、カルビンは笑い声をあげたり、おどけた表情をしたりするようになっていた。

カルビンの機嫌《きげん》のよさは、ちゃんと気づかれていた。翌日《よくじつ》、キャシーがピーティのもとにやってきていった。「ねえ、ピーティ。きのうカルビンが笑っているのをはじめて見たわ。気づいてた？」

ピーティは微笑《ほほえ》んで声をあげた。

「わたし、考えてたの。カルビンに必要なのは生きる目的なんじゃないかって。人間はだれでも目的が必要なのよ。カルビンにあなたの世話をお願いしてもいいかしら？」

ピーティはしりごみした。

キャシーはそのようすを見ていった。「カルビンに、だれかに必要とされていると感じさせてあげたいの。それが、あなたがカルビンにしてあげられるいちばんのことだと思うんだけど」

しぶしぶピーティはうなずいた。その日から、病室ではカルビンがピーティに責任を持つことになり、オムツの交換《こうかん》の時期を介護《かいご》助手に知らせるのもカルビンの仕事になった。ピーティに食事を食べさせるのを手伝うのもカルビンの日課だ。カルビンは車椅子《くるまいす》から慎重《しんちょう》に前かがみになって、車椅子《くるまいす》に身をあずけた友だちにスプーンで食事を運んだ。

カルビンは、スプーンで運んだ食事をつぎつぎと食べてもらえるのがとても楽しいことに気づいた。キャシーはゆっくりするように注意したが、ある日、キャシーがテーブルの反対側でほかの患者《かんじゃ》に気をとられているすきに、大盛《おおも》りのマッシュポテトをピーティの大きくあいた口に入れた。ピーティは食べきれずに、マッシュポテトは顔にこぼれ落ちた。カルビンは笑いながら、ほかの患者《かんじゃ》の皿にまで手をのばしてマッシュポテトをかすめとった。顔についたポテトを自分でふり落とすことのできないピーティは、くやしい思いで、口から吐《は》きだした。

笑い声と、むせかえる声にキャシーが気づいたときには、カルビンはピーティの顔のほとんど全体をマッシュポテトでおおっていた。ほかの患者《かんじゃ》たちはけたたましく笑っている。キャシーがかけつけて、ピーティのびっくりした顔からポテトをこそげ落とした。キャシーは笑いをかみ殺しながら、カルビンをしかった。

ピーティには自分ががまんをすれば、カルビンに目的をあたえる助けになるとわかっていた。でも、キャシーは、人間には目的が必要だといっていた。どんな人にでも。だとしたら、自分の目的はいったいなんなのだろう？　ピーティ・コービンの生きる理由とはなんなのだろう？　なんのために毎日すりつぶした食べ物を食べ、オムツをよごしているのだろう？　これが目的のある生活だとは、とても思えない！

この考えは、ピーティにとりついてはなれなくなった。

◇

病室の外の世界の新鮮《しんせん》な思い出ができたことで、夢を見ることがまた楽しくなった。そして、夢のなかにはいつも、美しくて魅力的《みりょくてき》なキャシーがいた。夏が終わるまでにさらに二度、キャシーはピーティとカルビンを外につれだしてくれた。最後のときには、あまり長くいたので、その後一週間ほども肌《はだ》が赤くほてり、やけどのように痛《いた》んだ。

キャシーはふたりの日焼けをとても気にして、自分自身を責めた。ふたりの顔や腕《うで》に、力強くやさしい手で軟膏《なんこう》をぬった。外にでられるうえに、キャシーに顔や腕《うで》に触《ふ》れてもらえるのなら、よろこんで日焼けしたいとピーティは思った。

キャシーは夜によく病室にやってきて、夫からの手紙を読んでくれた。十月なかばのある夜、キャシーは帰りぎわに私服《しふく》で立ちよった。すその長い黄色のコットンのドレスを着たキャシーは、看護師《かんごし》というよりは天使のようだった。

「アオー」ピーティがハローという。

「ハロー、ピーティ。調子はどう？」

「フィーグー」ピーティは、キャシーのいつもとはちがったようすに気づいた。

「あとでもう一回よるけど、その前にオムツ、かえたほうがいい？」キャシーはたずねた。

「オー、オー」とピーティは嘘《うそ》をついた。オムツの交換《こうかん》は友だちのキャシーではなく、ほかの看護師《かんごし》と介護《かいご》助手にしてもらおう。キャシーはえくぼを浮《う》かべて微笑《ほほえ》みながらベッドのわきに立っている。やっぱり、変な胸騒《むなさわ》ぎがする。キャシーのようすがいつもとはちがう。「ワーイー？　ワーイー？」

「どうして立ちよったのかって？」

「アイー、アイー」

「あなたがとってもハンサムだからよ。それが理由」

「グーバー」さよならやおやすみを意味することばを、ピーティは「じょうだんはやめてよ」という意味でもつかっていた。キャシーの微笑《ほほえ》みを見ていると、あたたかい思いが、こおりついて縮《ちぢ》こまった手足のすみずみにまでかけめぐった。

「じょうだんなんかじゃないのよ。あなたはハンサムなんだから。鏡で見たことある？」

「オー」

「すぐもどるから、ちょっと待ってて」キャシーはナース・ステーションにかけこんだ。ピーティはそのようすを目で追った。もどってきたキャシーは、小さな四角い鏡をピーティの前につきだした。「ほら、見てピーティ。これでも、ハンサムじゃないっていうつもり？」

ピーティは鏡をじっと見つめた。鏡に映《うつ》った自分の顔をすみからすみまで目を動かして見る。短く切った黒い髪《かみ》、大きな鼻、角ばったあご、そして、かたむいた四角い顔。口をすぼめると、鏡のなかの顔もおなじことをする。つぎには、はれぼったい舌を口のまわりにはわせた。目ははなさない。顔の角度をあちこち変えながら、ピーティは鏡に映《うつ》った自分の顔を、魅入《みい》られたように見つめた。

「ね、いったとおりでしょ」キャシーがからかう。

「グーバー」ピーティはキャシーがなにかをいいだせないでいることを感じて、もう一度目を見てたずねた。「ワー？」

鏡をしずかにサイドテーブルにおくと、キャシーは目を伏《ふ》せたまま、しばらく答えなかった。「ピーティ、きょう、アレックスから手紙がとどいたの。国に帰ってくるんですって」

「グー、グー、グー」

「そうね、いいことね。でも、わたしはここをやめなくちゃいけないの」

キャシーのことばは、空中にはりついたようにとどまった。そんなことありえない。キャシーがやめる？「ワーイー？」どうしてとたずねる。

「アレックスは飛行機でニューヨークに着くの。わたしはあしたここをたつわ」

「カーバク」もどってきて、とピーティはたのんだ。

キャシーは目を伏《ふ》せている。ほおのやさしい曲線がふるえていて、小さなえくぼは消えてしまった。キャシーは泣いていた。「だめなの、ピーティ。もどってはこられない。ニューヨークはここからはものすごく遠いの。アレックスはニューヨークに配属されるの。あなたには嘘《うそ》をつきたくない。かくしごともしたくない。あなたはほんとうにいい友だちだから」

ピーティはキャシーの目から流れ落ちる涙《なみだ》を見ていた。ピーティはこわかった。キャシーがいなくなることがこわかったし、キャシーを泣かせるようなひどいことをしてしまったのではないかとこわかった。自分は収容施設《しゅうようしせつ》にいる、ぞっとするような患者《かんじゃ》でしかない。目的も家族も持っていない。そんな自分に会えなくなることを、キャシーが悲しむはずがない。自分のために泣くなんてありえない。

「オー、アムオーグー、アムオーグー」自分がわるかったとピーティは声をはりあげた。

「いいえ、あなたはわるくなんかない」

「オー、オー」

「ピーティ、きいて」キャシーはピーティの手をにぎって持ちあげた。大きなアーモンド色の目が涙《なみだ》で光っている。「自分がわるいだなんて、ぜったいに思わないで。あなたはすばらしい人なんだから」

「オー、オー」ピーティはそういいつづけたが、その声には、こんなバカげたことばしか発することができないいら立ちがあった。

「わたしは、心からそう思ってるの」キャシーはピーティの腕《うで》を持ちあげて、自分の胸《むね》に強く抱《かか》えこんだ。

「オー、オー」ピーティは腕《うで》をひきぬこうとしたが、キャシーは自分のほおを、ピーティの曲がった手におしつけてはなさない。キャシーのあたたかい涙《なみだ》が、指を伝うのを感じた。ピーティのあごはわなわなとふるえた。キャシーを泣かせたのは自分だった。自分の心臓《しんぞう》の鼓動《こどう》があまりに大きくて、きっとキャシーにもきこえているだろうと思った。

「ピーティ、よくきいて。あなたは、わたしが出会ったなかでいちばんすばらしい人よ。あなたはただの一度だってわがままだったり、いじわるだったりしたことがない。いつもわたしのことを気にかけてくれたし、カルビンやリサが元気でいるかを知りたがっていたわ」

「アムオーグー！」

キャシーはピーティの動かない手を強くにぎりしめた。「ばかなこと、いわないで。あなたはすばらしい人なの！　この体や車椅子《くるまいす》があなたなんじゃない。あなたは光りかがやく鎧《よろい》を身にまとった騎士《きし》なの。あなたは勇敢《ゆうかん》ですばらしい人。わたしはあなたを愛してる」キャシーの声はふるえていた。

あこがれてやまないこの女性に、これ以上さからう気持ちはすっかり失《う》せた。ピーティの目にも涙《なみだ》があふれた。ピーティにおおいかぶさるようにして泣いているキャシーの、やわらかくて傷《きず》つきやすい部分が感じられた。自分の腕《うで》で抱《だ》きしめて、キャシーを守り、なぐさめたいと思った。ピーティは自分の体のなかでこおりついたままの力をのろった。いまこの瞬間《しゅんかん》、手をのばし、抱《だ》きしめてあげなければならないのに。

「アーアフウー！　アーアフウー！」それはアイ・ラブ・ユーという叫《さけ》びだった。ピーティは泣いた。涙《なみだ》が目のはしから流れ落ちる。

ふたりは涙《なみだ》をぬぐいもせずに見つめあった。キャシーはピーティの腕《うで》を自分の腰《こし》にまわした。「わたしも愛してるわ、ピーティ。とっても、とっても愛してる」キャシーはささやいた。そして、前かがみになって、顔をピーティの顔に近づけた。

ピーティはこれまで経験したことのない恐怖《きょうふ》にかられた。自分でも理解できないし、コントロールすることもできないなにかが起こっていた。ピーティの感じている恐怖《きょうふ》を無視《むし》するように、キャシーがほおにやさしくくちびるをおしつけた。そのときはじめて、キャシーの真剣《しんけん》な気持ちを信じることができた。けれども、それによってなおさら、ピーティの心はふたつに引《ひ》き裂《さ》かれるようだった。

キャシーが身をひくと、ピーティはパニックにおちいった。こんなふうに終わっちゃいけない。自分もおかえしのキスをしなければいけない。ピーティはくちびるをまるくすぼめてうなり声をだした。キャシーはピーティのジェスチャーの意味を理解した。キャシーはもう一度頭を低くした。今度は、自分のほおを、ピーティのゆがんだくちびるにそっとおしあてた。キャシーは、ピーティの気持ちに整理がつくまでの長くて貴重《きちょう》な時間、そのままの姿勢《しせい》でいた。

それから、キャシーは体を起こすと、ピーティの首に細くて長いチェーンをかけた。そのチェーンには、半分に割《わ》れた金色のハートがぶらさがっていた。ハートのもう半分は、キャシー自身の首からさがっている。

「ねえ、ピーティ。このハートの表面にはこんな文字が刻《きざ》まれているの。『神よ、はなればなれになったふたりを、見守りたまえ』。それから、裏《うら》には『わたしたちはけっして忘《わす》れない』って刻《きざ》まれてる。もし、さびしくなったら、これを見て思い出してね。わたしがいつもあなたのことを思っていることを。わたしもさびしくなったら、これを見て思い出すわ。ピーティ、あなたがいつもわたしのことを思ってくれてることを。だから、悲しむ必要はないの。世の中には、愛を知らないまま生きている人がおおぜいいるわ。わたしたちは運がよかったのよ」

ピーティはこみあげてくるもので息がつまりそうだった。「アイー、アイー」

「さよなら、ピーティ」

「グーバー、キーシー、グーバー」

歩き去るキャシーの姿《すがた》がぼやけて見えた。キャシーはピーティの家族であり、愛する人、そして、ピーティの人生から去っていくゆらめく天使だった。キャシーといっしょにピーティの天国も遠ざかっていく。それから、まるまる一時間ほども、ピーティはおなじことばをくりかえしていた。「アーアフウー、アーアフウー、アーアフウー」涙《なみだ》はいつまでたってもかれることはなかった。

第12章

二十年後　一九六五年

キャシーが去ってからも、ウォームスプリングズの収容施設《しゅうようしせつ》のレンガ造りの壁《かべ》のなかでの時間は、容赦《ようしゃ》なく進みつづけた。都会の人が、孤独《こどく》を楽しむために山の頂上《ちょうじょう》に登るように、患者《かんじゃ》たちの多くは、自分の精神を病棟《びょうとう》の外のどこか遠くにとばして孤独《こどく》を楽しんでいた。なかには、二度ともどらない場所にいったきりのものもいた。

いまでも自分の意識を病棟《びょうとう》のなかにとどめているピーティにとっては、単調な時間のリズムは、石に刻《きざ》まれるように心に深く刻《きざ》まれていった。しかし、カルビンにとって、時間のリズムはあいまいになっていた。カルビンの心は体からはなれはじめていた。

容赦《ようしゃ》のないときの流れは、一九六五年の春に、ハイウェイをゆっくりとおりてきた黄色のシボレーが、ウォームスプリングズの施設《しせつ》の門をくぐるまでなにひとつ変わらずにつづいていた。車には眼鏡をかけたやせた男が乗っていた。農場の作業で風雨にさらされ、たこのできた手は、スーツのなかできゅうくつそうだった。

「パームビーチのリゾートとはほど遠いな」オーウェン・マーシュはつぶやいた。引退するかわりにこんな場所にきたのはまちがいだったろうかと思った。だれかを助けたいとずっと思ってきたが、六十五歳《さい》をこえた男を雇《やと》ってくれたのはここだけだった。

オーウェンは並木《なみき》のある舗装《ほそう》された道と、見るものを威圧《いあつ》するようなレンガの建物をじっくりと見た。大きな鏡のようになめらかな池には、アヒルがのんびりと泳いでいる。

オーウェンはよごれた車を管理棟《とう》の正面にとめた。いまでは州立病院と呼《よ》ばれているが、精神病患者収容施設《かんじゃしゅうようしせつ》と呼《よ》ばれていたころを想像するのはむずかしくなかった。

建物に入ると、ごま塩頭の背《せ》の高い細身の姿《すがた》は、ベテランの大学教授のように見えた。くぐもった悲鳴やどなり声が、ひろびろとした廊下《ろうか》に不気味にひびいていた。

「これが州立病院だって?」オーウェンは、見まわしながら不安げにつぶやいた。

それから一時間ほどで事務手続きも終わり、オーウェンは成人男性棟《とう》の十八号室で、新人研修を受けることになった。駐車場《ちゅうしゃじょう》ではうどの大木のような介護《かいご》助手に出迎《でむか》えられた。

「ふん、こいつはすごい！　やつら、ついに化石を送りこんできたぞ。あんた、なんで引退してないんだよ？」

オーウェンは明るく微笑《ほほえ》んだ。「さあな。どっかのゴルフ場で球を打っててもよかったんだがな」

鼻毛のとびだした介護《かいご》助手は肩《かた》をすくめた。「まあ、人さまざまだな」それから、手をさしだしていった。「おれはガスだ」オーウェンの骨《ほね》ばった手をにぎる。

「仕事はいつからはじめたらいい？」オーウェンは微笑《ほほえ》みながらたずねた。毎年、何百頭もの子牛をとりあげた手で強くにぎりかえす。

介護《かいご》助手は顔をしかめて手をふりほどいた。弱々しく笑いながら、この新人をじろじろと観察した。「いまからでどうだい？」そういうと、建物のなかに移動して、急な階段《かいだん》をのぼりはじめる。「十八号室にようこそ。この『動物園』じゃ、がまんはしなくていいからな。だれかがあばれたり、頭がおかしくなったり、とにかくいきすぎだと思ったら、とじこめちまえばいい」ガスはそういって笑い声をあげた。「そうすれば、おれたちまでおかしくならなくてすむからな。さあ、何人か紹介《しょうかい》してやろう」

おしゃべりで、そのくせ無表情な介護《かいご》助手は、よごれたスニーカーのほつれた靴《くつ》ひもをひきずって階段《かいだん》をのぼる。白のシャツとズボンは染《し》みだらけで黄ばんでいる。腰《こし》まわりにたっぷりついたぜい肉が上下にゆれるたびに、きゅうくつなシャツのボタンがはじけそうにつっぱる。二階にたどりつくと、ガスはぜいぜいと息をついた。

病室に足を踏《ふ》み入《い》れると、タバコのにおいとなにかがくさったような悪臭《あくしゅう》がむっと鼻をつき、オーウェンは思わずたじろいだ。大音響《だいおんきょう》のカントリーミュージックに悲鳴とどなり声がまじっている。病室じゅうにあらゆる種類の奇妙《きみょう》な人間が散らばっていた。背《せ》の高いの低いの、太ったのやせたの、年寄りも若者《わかもの》も、活発なのも寝《ね》たきりのもいるが、その多くが「千マイル」先を見ているような表情だ。あるものは、酔《よ》っぱらいのように、ありもしない風に立ちむかって前かがみで部屋じゅうをうろついている。

「よう、ガス」部屋のむこうから大声がする。「そいつは介護《かいご》助手か？　それとも、おれたちの同類か？」

ガスはオーウェンを見ていった。「どっちだ？」

オーウェンは弱々しく微笑《ほほえ》んだ。「いまは介護《かいご》助手だが、じきにおなかまになるかもな」

「おまえさんが、ひとり目ってわけじゃないぞ」

ガスが本気なのか、からかっているだけなのかわからない。「まずはハロルドを紹介《しょうかい》しよう」ガスはいちばんそばにいた患者《かんじゃ》に近づいていった。「ハロルドはビタールート山脈で木こりをやってたんだが、木から落ちて頭を打ったんだ。ハロルド、調子はどうだい？」ガスはその男の背中《せなか》をたたきながらいった。

がっしりしたその男は、無表情な視線《しせん》をむけただけだった。その視線《しせん》は、その後もふたりのあとを追った。

つぎの患者《かんじゃ》は椅子《いす》にかしこまってすわっていた。ふたりにていねいな笑顔《えがお》をむけた。

「こいつはクーパー・エリオット。どこかがプツンと切れちまうまでは、地方裁判所《さいばんしょ》の判事をやってた。過去にあつかった裁判《さいばん》のことは全部おぼえてるんだが、女房《にょうぼう》や子どもの顔がわからないんだ。自分の名前もおぼえてない」

そのあとも何人かを紹介《しょうかい》されたあと、ふたりは娯楽《ごらく》スペースに近づいた。ガラスの仕切りのむこうの空間は、がんじょうそうなベンチのついたふたつの木製の細長いテーブルで仕切られていた。壁《かべ》ぎわのテレビは調整されていないのか、白黒の画像が際限なく上へ上へと流れている。集まっている患者《かんじゃ》たちは、気にするようすもなく、めいめい鼻をほじったり、ハエをたたいたりしている。かたほうのテーブルのはしには、どこもわるいようには見えない男たちが五人すわっていた。トランプをしながらじょうだんをいいあい、タバコをふかしている。まわれ右をして立ち去ろうとするガスをとめて、オーウェンはたずねた。「あそこの五人はどこがわるいんだい？」

ガスはオーウェンに娯楽《ごらく》スペースからでるようにうながした。部屋からでるとガスはささやいた。「やつらは心神喪失《しんしんそうしつ》を訴《うった》えてる犯罪者たちだ」

「どこもわるくないのか？」

「だから危険《きけん》なんだ。あいつらにはかかわらないほうがいい」

オーウェンはここから走ってにげだしたい気持ちを必死でおさえた。だが、病室のいちばん奥《おく》にはさらに奇妙《きみょう》な光景が待ちかまえていた。

まるまると太った中年の男が、車椅子《くるまいす》のひじかけを乗りこえて前かがみになっている。そのぼさぼさの髪《かみ》の頭は、かたわらのベッドに寝《ね》たきりの患者《かんじゃ》にもたれている。ベッドの患者《かんじゃ》の体ははげしくゆがんでいた。ふたりは眠《ねむ》っているようだ。

「車椅子《くるまいす》のほうがカルビン・アンダーズ。あいつは、ただ食って寝《ね》て、糞《くそ》をするだけだ。心は中国あたりをうろついてる」

「ベッドのほうは？」オーウェンがたずねた。

「ピーティ・コービンだ。考えることはできないが、人なつこいやつさ。よく笑い声をあげるし、にこにこしてる。ちゃんと考えてるんじゃないかと思うときもあるが、ただの条件反射《じょうけんはんしゃ》だ。むかしは、毎朝、起こして車椅子《くるまいす》にすわらせてた。ありがたいことに、いまじゃやってないがな」

「ふたりは友だちなんだな」信じられないような騒《さわ》ぎのさなかで眠《ねむ》っている奇妙《きみょう》なふたりを見て、オーウェンはそういった。ふたりとも四十代の後半に見える。こんな場所に四十年も暮《く》らすことが、オーウェンには想像できなかった。

「ああ、ふたりは毎日あんな調子だ。カルビンがなにかいうと、ピーティがわけのわからないことばで返事をする。あのふたりの道化芝居《どうけしばい》にも慣れなきゃな。あんなやつらはほかにも山ほどいるからな。なにか質問は？」

「いや、特にないよ」

「じゃあ、これで新人研修は終了《しゅうりょう》だ。さあ、仕事だぞ」

ふたりはすぐに働きはじめた。オーウェンは午後のほとんどの時間を、二十五人ほどの入浴と着替《きが》えの介助《かいじょ》についやした。バスルームは、便座《べんざ》もふたもついていないさびの染《し》みついた便器が三つと、おなじように染《し》みだらけであちこち欠けた陶器製《とうきせい》の洗面台《せんめんだい》が三つあるだけのがらんとした場所だった。バスルームのすぐ横には小さく仕切られた部屋があって、そこに古い猫足型《ねこあしがた》のバスタブがおいてあった。

オーウェン自身はタバコを吸《す》わないので、何人かの患者《かんじゃ》から、タバコのまき方も知らないのかとののしられた。オーウェンは患者《かんじゃ》どうしの口論《こうろん》を二度とめた。けんかをしているふたりをひきはなして、ことばで説得してやめさせた。しかし、いつまで、ことばだけですむのか自信がなかった。夕方近くになったころ、はやくも答えがでた。

「おい、オーウェン、助けてくれ！」ガスの叫《さけ》び声《ごえ》がする。

ふりむくと、ガスと体格のいい患者《かんじゃ》が、床《ゆか》の上でもつれあっている。ふたりはがんじょうな金属製のベッドに体ごとぶつかった。「こいつの腕《うで》をおさえてくれ！」ガスがどなる。

オーウェンはふたりのあいだに割《わ》って入った。格闘《かくとう》しながら、精神病患者《かんじゃ》の腕力《わんりょく》の強さと乱暴《らんぼう》さを身をもって知ることになった。ふたりがかりでようやく患者《かんじゃ》をベッドにおさえつけ、革《かわ》ひもで腕《うで》と足をしばりつけると、オーウェンはガスを見ていった。「いったい、なにがあったんだ？」

「この野郎《やろう》が風呂《ふろ》に入るのをいやがったのさ」

「説得しようとしたのか？」

「もちろんだ。二分以内に服をぬがないと、おれが無理矢理ぬがしてやるといったのさ」

オーウェンはしずかに自分の仕事にもどった。

その日の午後おそくに、ピーティという名のゆがんだ体の患者《かんじゃ》のオムツをかえているとき、オーウェンはローションをさがしていた。サイドテーブルの引き出しをあけると、チェーンのついていない金色の小さなペンダントに目がとまった。その下には、聖書《せいしょ》の一節が入った額が見える。ペンダントはふたつに割《わ》れたハートの形をしていた。オーウェンは手にとってみた。表面には「神よ、はなればなれになったふたりを、見守りたまえ」の文字が、そして裏《うら》には「わたしたちはけっして忘《わす》れない」と刻《きざ》まれていた。

オーウェンは体の不自由な患者《かんじゃ》に目をむけ、じっと観察した。この患者《かんじゃ》のことをおぼえているものなど、どこにもいないように思えた。すくなくとも、この患者《かんじゃ》に注意をむけているものはいない。オーウェンはペンダントを元にもどし、今度は聖句《せいく》の入った額を手にとった。

「主を待ち望む者は新たなる力を得、鷲《わし》のように翼《つばさ》をはって、のぼることができる。走っても疲《つか》れることなく、歩いても弱ることはない」という一節だった。印刷されたインクの色があせかけたその額に、息を吹《ふ》きかけてほこりをとばした。だれかが、「鷲《わし》」を線で消し、「鳩《はと》」と書きかえたあとがあった。

その額も引き出しにもどすと、ピーティがじっと自分のことを見ているのに気づいた。その肌《はだ》は長く日にあたっていないため、灰《はい》のようにくすんでいた。その目には、まちがいなくなにかを問いかけているようなかがやきがあった。

第13章

州立病院での仕事は、想像をはるかにこえる世界の連続だった。オーウェン・マーシュは、多くの患者《かんじゃ》たちの悲惨《ひさん》な状況《じょうきょう》や、粗暴《そぼう》な性格に、どうしてもなじむことができなかった。ほんのささいな障害《しょうがい》のせいで、どうしてこれほどにも残酷《ざんこく》な人生を送らなければならないのだろう？

毎日の起床《きしょう》時間には、けたたましいカントリーミュージックが病室じゅうにひびきわたる。混乱《こんらん》をきわめる病室にあって、もっとも胸《むね》を打つ光景は、自らの意志でまわりとの接触《せっしょく》を断《た》ったピーティとカルビンの姿《すがた》だった。カルビンはオーウェンがいくら話しかけても、いっさい反応をしめさなかった。カルビンはピーティ以外のなかまを必要としない小さな世界にひきこもっている。ピーティについていえば、重度の知的障害《しょうがい》という診断《しんだん》とは結びつかないような、印象的でなにもかも見通しているような視線《しせん》、理解をしめすやさしげな目をしていた。

◇

オーウェンの最初の夏と秋がすぎていった。クリスマスイブには小さなアパートの一室で、明かりもついていない小さなクリスマスツリーのかたわらに、ひとりでぽつねんとすわっていた。プレゼントはなにもない。いまは大きく育った子どもたちの思い出と、数年前の離婚《りこん》の思い出があるだけだ。クリスマスイブはオーウェンを考え深くしていた。いったい自分はなんのためにこの世に生をうけたのだろう？　オーウェン・マーシュが存在《そんざい》したことで、だれかの役に立っているのだろうか？

オーウェンは発作的《ほっさてき》にキッチンに足を運んだ。入念に小さなキャンディの包みをふたつ作り、寒々しい夜のなかへとでていった。

頭上には、スイッチのひもがついているのではないかと思うほどのまぶしい満月ががやいていた。流れ星がひとつ、空を小さく横切った。月明かりのすがすがしい空気は、かつて所有していた牧場を思い出させた。こんな夜には裏《うら》のポーチでくつろいで、つぎの日の作業の手順を考えていたものだ。冷たい空気のなかでまたたく星を見あげた。州立病院はあの牧場とはまったくの別世界だ。そうはいっても、おなじ空の下にあることに変わりはない。

オーウェンが病室に着いたときには、もう消灯時間をすぎていた。オーウェンはベッドの列のあいだをしずかに移動した。明るい色のプレゼントの包みをひとつ、カルビンのサイドテーブルにおく。もうひとつは、ピーティの体のすぐ横においた。オーウェンは、ピーティのおだやかで子どものように平和な寝顔《ねがお》に見入った。この患者《かんじゃ》は、ほんとうに考えることができないというのだろうか？　いくら待っていても、夜はその秘密《ひみつ》を明かしてはくれなかった。オーウェンはしぶしぶ立ち去った。

クリスマスを迎《むか》えた翌朝《よくあさ》、プレゼントをあけるのを手伝おうと、オーウェンはいつもより、はやめに出勤《しゅっきん》した。カルビンはすでにピーティのベッドのわきにすわっていた。そして、ふたりは興奮《こうふん》したようすで、わけのわからないやりとりをしている。

「ピーティ、きみのプレゼント、あけようか？」カルビンが申しでる。

「アイー」ピーティはそういって、プレゼントに目をやる。

カルビンが小さな包みをあけた。ピーティはお礼として、キャンディのいくつかをカルビンにあげると視線《しせん》で合図している。

「ああ、ありがとうピーティ」カルビンはいった。「きみは最高の友だちだよ」カルビンは自分のぶんのキャンディからいくつか手にとって、ピーティの横においた。「ほら、これはぼくからのプレゼント」

オーウェンはふたりの中年の男を見つめながら思った。条件反射《じょうけんはんしゃ》だって？　バカバカしい！　無邪気《むじゃき》で、ふたりを支配する世界に対してはまったく無力な子どものようだ。ふたりには、見かけや診断《しんだん》以上のなにかが感じられた。障害《しょうがい》を持ったために社会のつまはじきものにされているが、ふたりはそれ以上の存在《そんざい》なのではないだろうか？

じきにカルビンはピーティによりかかり、目をとじた。ふたたび、ふたりから微笑《ほほえ》みが消えた。オーウェンは不意をつかれたように悲しみを感じ、同時に、決意を強くした。オーウェンは引退するかわりにウォームスプリングズにやってきた。なにか価値《かち》のあることをするためにだ。いままで、自分がしてきたのは、ただ、患者《かんじゃ》を生かすことを手伝っていただけだった。

翌日《よくじつ》のオーウェンは午後からの仕事が予定されていた。そこで、熱に浮《う》かされたような目的を胸《むね》に、午前中を自分のやりたいことについやすことにした。まずは病室に立ちよった。ピーティとカルビンに近よると、ふたりの横に腰《こし》をおろした。カルビンが自分と話してくれないのはわかっている。そこでピーティのほうをむいて話しかけた。「なあ、ピーティ。きみはぼくのいってることがわかるのかい？」

ピーティは返事をせずにただ見つめかえすだけだ。

オーウェンは祈《いの》るようにくりかえした。「なあ、ピーティ。いってることがわかってるんだろ？　もし、そうなら返事をしてくれ。とてもだいじなことなんだ」

ゆっくりと、ためらいながら、ピーティはうなずいた。

「イエスはいえるのかい？」

「アイー」ピーティが小さな声でいった。

「それはどういう意味なんだ？」

「アイー、アイー」

オーウェンはそののどからしぼりだすような声をききながら、首を横にふった。「なんていってるんだか、わからないよ」

ピーティはもう一度、ゆっくりと声をあげた。「アイー、アイー」くちびるがことばを発しようとひきつっている。

「わるいな、ピーティ。やっぱりわからないよ」

オーウェンのうしろで、カルビンが怒《いか》りの声をあげた。「ピーティはイエスっていってるんだよ。マヌケ！」

オーウェンははじかれたようにカルビンをふりかえった。しかし、カルビンはもう、自分の膝《ひざ》を見つめている。

「ありがとう、カルビン」オーウェンはにっこり笑って、またピーティとむきあった。

「アイー」ピーティがもう一度、か細い声をあげた。

オーウェンは微笑《ほほえ》んだ。「なあ、ピーティ、もし車椅子《くるまいす》を見つけられたら、毎日すわって、病室のなかを動きまわりたいかい？　それとも窓《まど》ぎわにすわったり、テレビを見るのがいいかい？　外にだってでられるぞ。いってることは、わかるな？」

ピーティは、短く首をたてにふってうなずいた。

「よしわかった。じゃあ、なにかできることを考えてみるよ。もし、給料ぶんの働きができたら、ふたりはクリスマスのキャンディよりずっといいものを手に入れられるぞ」

ピーティはまだ警戒《けいかい》しているような笑顔《えがお》を見せた。カルビンはまだ自分の膝《ひざ》を見つめたままだ。

その後、オーウェンは大急ぎで管理棟《とう》にむかった。看護部長《かんごぶちょう》のオフィスに着くと、あけっぱなしのドアをノックしてなかをのぞきこんだ。「エルギンさん、ちょっといいですか？」オーウェンは息せき切っている。

年配の女性が書類をがさごそさせながら顔をあげた。「いま、すごくいそがしいんだけど。どんな御用《ごよう》なの、マーシュさん？」

オーウェンはオフィスに足を踏《ふ》み入《い》れた。「エルギンさん、わたしは十八号室に勤《つと》めてかれこれ半年になります。あの十八号室にはあらゆるタイプの……」

「十八号室のことならよく知ってます」ミセス・エルギンがぶっきらぼうにいう。

オーウェンはこの看護部長《かんごぶちょう》が仕事人間だということは知っていた。率直《そっちょく》で、勤勉《きんべん》で、よほどのことがなければ、人と角《つの》をつきあわせるようなことは好まないことも。オーウェンは緊張《きんちょう》して咳《せき》ばらいをした。「あの病室には、カルテに書かれている以上の能力を持っていると思われる患者《かんじゃ》がふたりいます。わたしが見たところ、ふたりははっきりと現実を認《にん》識《しき》しているようです。ひとりはピーティ・コービン。重い知的障害者《しょうがいしゃ》としてベッドに寝《ね》たきりにされています。もうひとりはカルビン・アンダーズ。やはり、軽い知的障害《しょうがい》があると診断《しんだん》されています。たしかにそうなのかもしれませんが、いちばんの問題は足の障《しょう》害《がい》と重いうつ病なんじゃないかと思います。ふたりは病室のかたすみで文字どおり飼い殺しにされています」

電話が鳴った。「ちょっと失礼、マーシュさん」看護部長《かんごぶちょう》はそういって電話をとった。五分がすぎる。そのあいだに、何人かが入口から頭をつっこんで、メッセージや催促《さいそく》をささやいていく。電話で話しているあいだも、ミセス・エルギンの手や目はいそがしく動いて、メモ用紙をめくったり、紙にサインをしたりしていた。ようやく電話が終わった。

「ごめんなさいね、マーシュさん。で、ふたりの患者《かんじゃ》の話だったわね。もし、ふたりが現実を理解しているのだとしたら、どうしてそのうちのひとりは、そんなにひきこもったり、うつになったりしてるの？」

「もし、精神科病棟《びょうとう》の大混乱《だいこんらん》のなかに二十四時間とじこめられっぱなしだったら、わたしだって、うつになりますよ。うつ状態になることこそ、正常であることの証拠《しょうこ》だと思います」

「その点は賛成できないけど、仮にあなたのいってることが正しいとしましょう。それで、あなたはどうしたいの？　ふたりにはほかにいくところはありませんよ」

「それはわかっています。でも、ふたりの世界をひろげてあげることはできると思うんです。ピーティに車椅子《くるまいす》を用意して、いろいろと活動をさせてあげられればと」

「どのような活動ですか？」

ミセス・エルギンの事務的な声が、オーウェンの気にさわった。かといって、口論《こうろん》になるのもいやだ。「まずは、テレビを見せるために病室内を移動させます」オーウェンは冷静に答えた。「外につれだしたりもいいですね。とにかく、なにか希望や生きる目的になるようなことです。だれにとっても、人生には希望と目的が必要ですからね」

ミセス・エルギンは、さぐりを入れるように目を細めた。「マーシュさん、それで、あなたがここにきた目的は？　どうしてそんなにそのふたりが気になるの？」

オーウェンは床《ゆか》に目を落として、おちつきなくだまりこんだ。ふたたび電話が鳴った。今回は受話器をとりあげると相手にむかってちょっと待ってといっている。保留ボタンをおすと受話器を両手で持って、オーウェンに目をやった。「さあ、いってみて。あなたがここにきた目的はなに？」

オーウェンはうろたえながら、電話機の点滅《てんめつ》するライトをちらっと見た。「エルギンさん、ここ数か月、あのふたりにわたしができたのは、生きながらえるのを手伝うことだけでした。それはつまり、わたしもここでただ生きていただけの毎日でした。わたしはもっとなにかがしたいんです。ふたりのためだけでなく、自分のためにも」

「それはりっぱなこと。けれど、ここの運営費には限界があります。重度の知的障害《しょうがい》と診断《しんだん》された患者《かんじゃ》について、あなたはその診断《しんだん》自体に疑問《ぎもん》を抱《いだ》く立場にはありません。患者《かんじゃ》はひとりひとり、定期的に専門《せんもん》の医者や心理学者によって診断《しんだん》されています。患者《かんじゃ》に回復の見こみがあれば、それに応じた治療《ちりょう》は可能です。作業療法《さぎょうりょうほう》などもふくめてね」

オーウェンは椅子《いす》のひじかけをきつくにぎった。「それではじゅうぶんではありません。ピーティにはそれ以上のものが必要なんです」

「その患者《かんじゃ》のことはよく知りませんが、症状《しょうじょう》から判断すれば、現状に問題があるとは思えませんね。カルビンという患者《かんじゃ》に関しては、ほかの患者《かんじゃ》と同等の機会をあたえています。暴力をふるわないのであれば、テレビは自由に見てかまいませんし、運動場で開催《かいさい》しているダンスや映画《えいが》にも参加させていいですよ。ただし、そうした機会を利用するかどうかは本人次第《しだい》です。ざんねんですが、そのふたりを特別あつかいするつもりはありません」

「わたしが勤務外《きんむがい》の時間をつかって、ふたりを援助《えんじょ》するのはどうでしょう？」オーウェンがぶっきらぼうにいった。

ミセス・エルギンは氷のように冷たい視線《しせん》を投げかけた。「わたしに、あなたの自由時間にまで口をだす権限《けんげん》はありません。ただし、患者《かんじゃ》と親密《しんみつ》になりすぎるのは、あまり感心できることではありませんね。さて、お話は以上ですね。わたしはとてもいそがしいので」ミセス・エルギンはそれだけいうと、もう受話器をあげていた。

オーウェンは怒《いか》りに顔を赤くしてミセス・エルギンをにらみつけた。そして、立ちあがるとゆっくり部屋からでていった。

ミセス・エルギンとの会話のあと、オーウェンはいらいらしていた。あの理屈《りくつ》はまちがっている。オーウェンはわざとさからった。ピーティとカルビンに毎日チョコレートバーをこっそりわたし、いっしょにすごす時間も余分にとった。

ピーティは口のなかに入れたチョコレートのかけらをじっくり味わう。ねじれた舌で、チョコレートを歯ぐきや二、三本しか残っていない歯にぬりつけた。ピーティの歯は、虫歯になったときに一度にごっそりぬかれたのではないかと、オーウェンは疑《うたが》っていた。

カルビンは直接には受けとろうとしない。ベッドの横においていったチョコレートを見つめながら、ひとりっきりになるのを待つ。そして、がつがつとむさぼり食べる。ときには、チョコレートバーを一本まるごと口におしこみ、リスのようにほおをふくらませていることもあった。

ときがたつうちに、オーウェンはピーティの発する声とジェスチャーの意味をおぼえていき、体に重い障害《しょうがい》を持ったこの男がますます好きになっていった。カルビンとのつきあいは思っていた以上にむずかしかった。うつのせいで無気力で、無関心の殻《から》にとじこもっていた。カルビンのとざされた世界をひらく鍵《かぎ》はなんなのだろうとオーウェンは思いめぐらした。

露骨《ろこつ》な規則違反《いはん》をすれば、職を失う可能性があることはわかっていたが、オーウェンはピーティをベッドからすくいだすためにあえて行動にでた。ある日、患者《かんじゃ》がひとりほかに転院していって、シートが木製の古ぼけた車椅子《くるまいす》がおき去りにされた。オーウェンは、すぐにそれをピーティのもとへおしていった。「よう、ピーティ、ベッドからでる準備はいいかな？」

「アイー、アイー」ピーティは、声をあげて大きな笑顔《えがお》になった。

「よし、うまくいくかどうかたしかめよう」オーウェンに共感してくれている看護師《かんごし》の助けをかりて、ピーティを抱《だ》きあげて車椅子《くるまいす》にすわらせる。古い車椅子《くるまいす》の直角の木の背《せ》もたれに、ピーティの体はぎこちなくそりかえり、顔は痛《いた》みにゆがんだ。

「ちょっと改良が必要だな、ピーティ」オーウェンはいった。

自分の計画が、州の財産の破壊行為《はかいこうい》だと受けとめられるかもしれないことはじゅうぶんに承知だったし、ミセス・エルギンが経費を認《みと》めてくれるかどうかも疑《うたが》わしかったが、オーウェンは休みの日に、その車椅子《くるまいす》を積んで近くの町アナコンダに持ちこんだ。溶接工《ようせつこう》にたのんで切ったり曲げたりのすえに、背《せ》もたれをベッドのようにたおした位置に改造し、シートをまっすぐ前につけたして、ピーティのからみあった足をささえられるようにした。さらにあちこちにたっぷりとクッションをつけた。その日の午後、その改造された車椅子《くるまいす》をおして病室へ入っていった。「さあ、どうだい、ピーティ？」

新しいくふうをじっと見つめるピーティからは、期待と不安がはっきり読みとれた。

「ちょいと乗ってみないか？」オーウェンがすすめる。

すすめるまでもなく、ピーティはいった。「アイー、アイー」

オーウェンはクッションをひとつと枕《まくら》をふたつシートの上においた。看護師《かんごし》にも手伝ってもらってピーティをすわらせる。「どうだ？」オーウェンはたずねた。

最初は体が緊張《きんちょう》でこわばり、もぞもぞと体を動かしていたが、やがて力がぬけて、うまくおさまった。「グー、グー」目はよろこびにかがやいていた。

「よし、ゆっくり試運転だ」

ピーティは微笑《ほほえ》んだ。「グーバー」首をあちこちにひねってまわりを見ようとしている。

「まずはどこにいこうか？」

ピーティは視線《しせん》を窓《まど》のほうにむけた。オーウェンが窓《まど》ぎわまでおしていくと、ピーティは四角い小さな窓《まど》から、壁《かべ》のむこうの世界を目を細めてながめた。風景がにげてしまうとでもいうように、ピーティの目はあちこちとはげしく動きまわった。

「アイー、アイー」ピーティはよろこびの声をあげる。

何年かぶりに外を見たらどんな思いがするのか、オーウェンには想像もつかなかった。三十分ほども木や草の緑、太陽の光に目をこらしている。いくら見ていても飢《う》えきった感覚を満たすことができないとでもいうように、ありふれた風景を楽しみつくしている。食事の時間になって、ピーティはしぶしぶ窓《まど》のそばをはなれた。

「これからは毎日見られるから」オーウェンはそう約束した。

ピーティの目には疑《うたが》いが浮《う》かんだ。

◇

オーウェンは看護部長《かんごぶちょう》がやってくることをとてもおそれていたが、ある日、なんの予告もなしにミセス・エルギンが病室にやってきた。オーウェンがちょうどピーティの車椅子《くるまいす》をおしているときだった。

「こんにちは、マーシュさん」ミセス・エルギンはピーティと改造された車椅子《くるまいす》に目をやりながらいった。「こちらが、この前、話のあった患者《かんじゃ》さんのひとりなのかしら？」

オーウェンは深く息を吸《す》った。「そうです。紹介《しょうかい》しましょう。ピーティ・コービンです。ピーティ、こちらはミセス・エルギンだよ」

「アオー、アオー」

「ハローっていってるんです」オーウェンが口をはさんだ。

ミセス・エルギンはピーティ、オーウェン、そして改造された車椅子《くるまいす》を順番に見た。

オーウェンの目には、ミセス・エルギンがかすかに微笑《ほほえ》んだように見えた。

「こんにちは、ピーティ。車椅子《くるまいす》は気に入ってますか？」

「グー、グー」

「グッドといっています、ミセス・エルギン」

「なるほどね」ミセス・エルギンはオーウェンにむき直った。「あなたは、なかなかがんこな人なんじゃありませんか？　そうでしょ、マーシュさん」

オーウェンはうなずいた。

「さて、わたしはそろそろ失礼します。近々また話しあいましょう。……そう、あなたもいっしょにね、ピーティ。さようなら」

「グーバー」

ミセス・エルギンはオーウェンを制するように手をあげた。「だいじょうぶよ、マーシュさん。これはグッドバイね」

ピーティはにっこりと微笑《ほほえ》んだ。「アイー、アイー」

オーウェンも微笑《ほほえ》んだ。ミセス・エルギンとのつぎの話しあいでは、これまでずっとおそれていたことに反して、しかられることにはならないだろうと思った。

第14章

ミセス・エルギンが病室にやってきて以来、オーウェンはピーティとカルビンのためにいろいろな活動を企画《きかく》するようになった。毎週金曜日の夜には、ふたりを映画《えいが》につれていった。毎週水曜日の夜には、勤務外《きんむがい》の時間をつかって病室にやってきて、ふたりをダンスパーティーにつれていった。

ウォーレン棟《とう》でひらかれるダンスパーティーは活気のあるイベントで、患者《かんじゃ》たちで作ったバンドが生演奏《なまえんそう》をする。バンドのメンバーのなかには、病院に入院する前にはプロのミュージシャンだったものもいて、不安定ながらなかなかの演奏《えんそう》をしていた。

オーウェンはピーティの車椅子《くるまいす》をダンスフロアにおしていって、ワルツやフォックス・

トロットにあわせて、前へうしろへと動かした。そんなとき、ピーティは頭をうしろにのけぞらせて、目をつぶっている。おさえきれない楽しそうな笑顔《えがお》を浮《う》かべながら。

映画《えいが》やダンスにいくということは、建物の外にでるということだ。カルビンはいっさい反応をしめさなかったが、ピーティは興奮《こうふん》やよろこびに、あけっぴろげに声をあげて笑った。歩道を移動しているあいだじゅう、うれしそうにのどを鳴らした。

オーウェンはすこしでもふたりを楽しませようと、毎日いろいろくふうをした。テレビを見るときには、ほかの患者《かんじゃ》の抗議《こうぎ》を無視《むし》して、ふたりがお気に入りの番組にチャンネルをあわせた。ピーティには「カルビン」と発音することはできなかったが、元大統領ドワイト・アイゼンハワーについてのドキュメンタリー番組を見てからは、「アイク」と呼《よ》ぶようになった。元大統領の愛称《あいしょう》だ。舌をつかわなくても発音できる名前で、ピーティはじきに大きな声で「アイーク！　アイーク！」と呼《よ》ぶようになった。

ピーティのお気に入りの番組は『幌馬車隊《ほろばしゃたい》』『西部のパラディン』だった。『三バカ大将《たいしょう》』はカルビンがひきこもりから一歩踏《ふ》みだす助けになった。ある日、カルビンは『三バカ大将《たいしょう》』を見たあと、登場人物のまねをしてほうきをふりまわした。ところが、ほうきはピーティの顔を直撃《ちょくげき》して、歯が三本折れてしまった。それから一か月ほどは、カルビンが近づくたびに、ピーティは声をあげて、カルビンを遠ざけようとした。何十回もあやまったすえに、カルビンはようやくピーティに近づくことを許されるようになった。

ピーティにとって、あいかわらず毎日が危険《きけん》との背中《せなか》あわせだった。しょっちゅう手足や体がひきつったり、びくんと勝手に動いてしまうことがあるため、けがもひっきりなしだった。ある日、カミソリでひげをそってもらっている最中に、大きな物音がした。そのせいで、体がとびはねてしまい、右のほおが十センチほどにわたって切れ、傷《きず》が残ってしまった。

◇

オーウェンとのつきあいがはじまってからまる二年ほどもたってようやく、カルビンは外の世界に対するかたい殻《から》をやぶりはじめた。

「なあ、カルビン」ある日、オーウェンがたずねた。「きみは毎日ピーティのベッドによりかかって、どんなことを考えてるんだい?」

「夢を見てた。ここの騒音《そうおん》やバカ騒《さわ》ぎのなかで、人がどんどんおかしくなっていくのをぼくは見てきた。ぼくまでおかしくならないための、たったひとつの方法が、夢を見ることなんだ。たいていは、城《しろ》や地下牢《ちかろう》の夢だよ。だって、地下牢《ちかろう》には悲鳴をあげる人がいるもんだからね」

「ほかにはどんな夢を？」

カルビンの顔が赤くなった。「そうだな、かわいい女の子のことも。おかげで頭がおかしくならずにすむ」

オーウェンは笑った。「かわいい女の子のことを考えたら、逆に頭がおかしくなりそうだけどな」

カルビンは大きく微笑《ほほえ》んだ。「ぼくたちは、どっちももうおかしくなってるのかもね」

「ああ、そうかもしれないな」オーウェンも賛成した。

◇

一九七三年になると、オーウェンはそろそろウォームスプリングズを去る時期がきたと思うようになった。毎日の仕事の量がどんどん多くなっていた。新任の院長が、ルールや管理体制をきびしくしたことも、オーウェンの決意を急がせることになった。ある週には、壁《かべ》に新しく通達がはりだされた。池のアヒルに餌《えさ》をあたえるのを禁じる通達だった。それまで患者《かんじゃ》たちは、パンやクラッカーをすこしずつ残して、羽の生えた友だちにあたえることを楽しみにしていた。オーウェンはうんざりしながら、首を横にふった。すでに、さんざんさまざまなものをとりあげられている患者《かんじゃ》から、こんなささやかな楽しみまでうばうなんて信じられない思いだった。

オーウェンは紙でアヒルの張り子を作って、防水加工した。病院を立ち去る朝、オーウェンは池にそのアヒルを浮《う》かべた。アヒルの首には主の祈《いの》りの「われらの日用《にちよう》の糧《かて》を、きょうあたえたまえ」と書いた紙をひもでぶらさげておいた。オーウェンは笑いながら池をあとにしたが、友だちにさよならをいうために病室に足を踏《ふ》み入《い》れるころには、楽しい気分はすっかり消えていた。病室じゅうを歩きまわって、おしゃべりしたり、握手《あくしゅ》したりしながら、病院のスタッフや患者《かんじゃ》たちに別れを告げた。一時間ほどもぐずぐずしていると、看護師《かんごし》がたしなめるようにいった。「さあ、オーウェン、でていくのか仕事にもどるのか、どっちかにしてちょうだい」

オーウェンは悲しげに微笑《ほほえ》んだ。「まだ、ピーティと話してないんだ」オーウェンはこのつらい任務を避《さ》けるためにぐずぐずしていたのだった。ピーティの看護《かんご》については心配していなかった。いまでは、ピーティはスタッフみんなのお気に入りの患者《かんじゃ》になっていた。ピーティのためにアルバムを作りはじめたものもいるほどだ。何人かの看護師《かんごし》は、ピーティとカルビンを、まるで子どもであるかのようにこまめにめんどうをみた。オーウェンがいちばんおそれているのは、自分自身の喪失感《そうしつかん》だった。ピーティは自分にとって家族のような気がしていた。

ピーティはだれよりも人生を楽しんでいた。ピーティは一瞬一瞬《いっしゅんいっしゅん》を、はかりしれないほどの感謝をこめて楽しんでいる。ささいなよろこびや楽しみが、かけがえのないできごとになった。ピーティの思いやりや思慮《しりょ》の深さには、理由づけは不要だった。

オーウェンはひらいた窓《まど》のそばにすわっているピーティを見つけた。もの思いにふけっているようだ。「いい天気だな」オーウェンは声をかけた。

びっくりしたピーティの腕《うで》が、ぴょんと大きくはねあがった。「アイー、ワー？」不思議そうにどうしたの？　とたずねる。オーウェンの休みの日だと知っていたからだ。

「ピーティ、おまえさんにわるいニュースを伝えなきゃならないんだ」

「ワー？　ワー？」ピーティの腕《うで》は、またはねあがった。目が心配そうにくもる。

「ぼくはここをやめることになった」

ピーティはすわったまま雷《かみなり》に打たれたようだ。「ワーイー？」どうして？　とたずねる。

「ここで働くには年をとりすぎたのさ。ぼくももう七十三歳《さい》だからな。そろそろ、引退しろっていわれたんだ」

ピーティには信じることができず、目が泳いでしまった。「ウーオーゴー！」いっちゃだめだという叫《さけ》び声《ごえ》だった。

「いかなくちゃならないんだ。モンタナ州内にいるんだから、ときどき遊びにくるよ」オーウェンはピーティのすがるような視線《しせん》から目をそらした。目をそらしたまま、しぼりだすように声をだす。「ひとつだけ、忘《わす》れないでいてほしいことがあるんだ。いいかな？」

「ワー？」なに？　とたずねるピーティの声は、悲しみにあふれていた。

「いつかきっと、いまよりもずっといい世界がやってくるだろう。もし、そんなときがきたなら、いいかいピーティ、きみはいちばんにその世界に入れる。いちばんだぞ、ピーティ」オーウェンはピーティにおおいかぶさって、力強く抱《だ》きしめた。

ピーティも強く抱《だ》きかえした。体は動かないので、気持ちだけで。

◇

オーウェンがいなくなると、ピーティは自分の殻《から》にとじこもってしまった。オーウェンが遊びにきたのは一度だけだった。ピーティにとってもカルビンにとっても、その再訪《さいほう》はただ混乱《こんらん》を増しただけに終わった。失ったものの大きさをあらためて知ることになったからだ。ピーティはいっさいの感情を外にださなくなってしまった。ウォームスプリングズでは、たくさんの友だちができたが、オーウェンほどの存在《そんざい》はひとりもいなかった。ピーティは急に自分が老《ふ》けてしまったような気がした。実際の年齢《ねんれい》をはっきりとは知らなかったが、五十歳《さい》をとうにこえたことはわかっていた。

ピーティに染《し》みついた時間の感覚をまひさせるリズムは、自分を永遠へとひきずりこむリズムなのではないかと疑《うたが》っていた。ピーティはたいくつな毎日のくりかえしを、ねじ曲がった手足とおなじように受け入れた。家族を持たないことも受け入れ、かなわない期待を抱《いだ》いて自分を苦しめることはやめようと決意した。そうすることで、自分自身をコントロールしているように感じることができた。

しかし、そんな決意も長くはつづかなかった。一九七五年の秋、病室からすこしずつ患《かん》者《じゃ》がいなくなっていることに気づいた。一九七七年のクリスマスに、なんの前触《まえぶ》れもなくカルビンがつれ去られた。ピーティにはただ転院したとだけしか説明がなかった。その一か月後、看護師《かんごし》がこういった。「ピーティ、あなたはあしたボーズマンにいくことになったわ」

「ワーイー？」どうして？

「州の近代化政策《せいさく》の一環《いっかん》なの。ほかでよりよい看護《かんご》が受けられる患者《かんじゃ》は、みんな移ることになったのよ。あなたも、介護《かいご》ホームでもっといい生活ができるわ」

ピーティは一生懸命《いっしょうけんめい》考えた。ピーティはウォームスプリングズ以外の場所を知らない。介護《かいご》ホームってなんだろう？

看護師《かんごし》はピーティがこわがっていることに気づいた。「こわがらなくてもだいじょうぶ。あなたはボーズマン介護《かいご》ホームにいくの。しずかだし、あばれる人たちもいないわ。自分専用《せんよう》のテレビも持てるし、外にもでかけられる。毎月、好きなものが買えるお金もでるの。きっと、すてきな友だちもできるわよ」

ピーティは首を横に強くふった。自分が知っているのはここだけだ。知らないところはおそろしくてたまらない。どうして、このままここにいてはいけないのだろう？　どうして、カルビンをかえしてくれないのだろう？

「ハーバー、アイーク？」カルビンはどうなったの？　とピーティは大声でくりかえした。

「ハーバー、アイーク？」

看護師《かんごし》は首を横にふりながら申《もう》し訳《わけ》なさそうにピーティを見て、その場を立ち去ろうと背《せ》をむけた。「ごめんなさいね、ピーティ。わたしにはなにをいってるのかわからないの」

看護師《かんごし》がいなくなってから、ピーティの心のなかではひとつの考えが何度もくりかえされた。カルビンはどうなったのだろう。その夜、はげしい風が病院に吹《ふ》きつけて、ピーティをどん底の気分でおおってしまった。心のなかは外とおなじように荒《あ》れていた。いま、カルビンはどこにいるのだろう？　元気でいるのだろうか？　ふたりはさよならもいえずに別れてしまった。

夜がふけると、風はいっそう強く吹《ふ》き荒《あ》れ、ピーティは眠《ねむ》ることができなかった。ウォームスプリングズは、ただひとつの知っている場所で、ここにいたいし、ここ以外の場所を想像することもできない。ピーティにとっては、病室から見える範囲《はんい》が宇宙《うちゅう》のすべてだった。ボーズマンというのはどこにあって、どうやっていくのかもわからない。車椅《くるまい》子《す》でしか動けないというのに！　車椅子《くるまいす》の人間をいったいどうしようというのだろう？

翌朝《よくあさ》、出発の準備をする看護師《かんごし》の横で、ピーティは深い沈黙《ちんもく》ににげこんでいた。

「さあ、ピーティ。きょうはすばらしい日になるわよ。あなたはわたしといっしょに列車に乗るの。ボーズマンの駅には、介護《かいご》ホームからわたしたちを迎《むか》えにきてくれてるわ。どう、ピーティ、楽しみでしょ？」

ピーティはかたく目をとじた。けれども、暗闇《くらやみ》はピーティの恐怖《きょうふ》を消してはくれなかった。

列車が規則正しくガタンゴトンとピーティをゆらしはじめた。その音には、なんとなくききおぼえがあるようななつかしさがあった。それでもピーティは、おそろしくてたまらず、おびえたウサギのように、どこまでもにげていきたい気分だった。

◇

列車がキキーッと音を立ててボーズマンの駅にとまったとき、二十五セント硬貨《こうか》ほどの大きな雪の花びらが舞《ま》いおりていた。そのなかにレンガ造りの駅が黒く浮《う》きあがっている。駅前の広場に白いバンが入ってきて、駐車場《ちゅうしゃじょう》に大きな弧《こ》を描《えが》き、バックして駅舎の前にとまった。ピーティ本人はもちろん、半世紀も前に、まさにこのおなじ場所から汽車に乗った小さな赤《あか》ん坊《ぼう》がいたことを知っているものはだれもいなかった。

バンのなかでは、ピーティは目をかたくとじて体をガタガタとふるわせていた。ボーズマン介護《かいご》ホームにたどりつくまで、ピーティは一度も目をあけなかった。不安げに車椅子《くるまいす》に横たわるピーティは、笑顔《えがお》ひとつ見せず、心をとざした。ピーティにとってのいちばんひどい悪夢が、現実になってしまった。

好奇心《こうきしん》がすこしずつ恐怖心《きょうふしん》を追いはらい、目をあけると、小さな部屋におしこめられたのがわかった。鉄格子《てつごうし》のドアが、勝手にしまった。おどろいたピーティの腕《うで》がはねあがり、壁《かべ》を強くたたいてしまった。ピーティは鉄格子《てつごうし》ごしに外を見て、混乱《こんらん》していた。その小部屋全体が下にむかって動いている！

「ねえ、ピーティ」ウォームスプリングズからつきそってきた看護師《かんごし》がいった。「エレベーターに乗ったのははじめてでしょ？」

車椅子《くるまいす》が小さな角部屋に入るまでのあいだも、ピーティはいっさいしゃべろうとしなかった。その部屋には、ベッドと椅子《いす》が一脚《きゃく》あり、ピーティの車椅子《くるまいす》がくわわると、もういっぱいになった。窓《まど》があることにはすぐに気づいた。壁《かべ》の二面いっぱいにひろがる大きなすばらしい窓《まど》だ。

一時間後、ウォームスプリングズからつきそってきた看護師《かんごし》が帰る準備をしているとき、ピーティははじめて沈黙《ちんもく》をやぶった。

「グーバー、グーバー」自分の世界とつながるたったひとつの糸を断《た》ちきられる思いに絶望的になっていった。そして、ついにピーティはひとりぼっちになってしまった。看護師《かんごし》や介護《かいご》助手が入れかわり立ちかわりあいさつにやってくるが、だれもかれもおどろきをかくすことができなかった。ピーティのゆがんだ体を見て、あわれむような表情を見せ、それからあわてて部屋をでていく。

◇

ボーズマン介護《かいご》ホームとウォームスプリングズの生活のリズムは、共通していた。ゆっくりで、規則正しく、単調だ。最初の一週間は、地獄《じごく》のようだった。看護師《かんごし》や介護《かいご》助手は一生懸命《いっしょうけんめい》なのだが、びくびくしながらピーティを持ちあげようとするものだから、足や背中《せなか》に激痛《げきつう》が走る。コーヒーがほしいと合図をしても、そのジェスチャーや声の意味が理解できない介護《かいご》助手は、無視《むし》をする。食べ物がのどにつまると、放《ほう》っておいて咳《せき》をさせてくれればいいのに、前かがみに体をたおして背中《せなか》をたたくものだから、ますますひどいことになった。眠《ねむ》るときにあおむけにされることもあった。体を動かそうとしてもバカみたいにただじっと見ているだけだ。寝返《ねがえ》りを打つことができず、ひと晩《ばん》じゅう苦しむはめになる。

いらついたり、怒《おこ》ったりするのはいやなので、生きぬくためだけに力をつかわなければならなかった。こまったような叫《さけ》び声《ごえ》や、氷のように冷たい視線《しせん》で、なんとか居心地《いごこち》のわるさを伝えた。

そして、ピーティは孤独《こどく》だった。

カルビンのことがしきりに思い出された。カルビンはどこにつれていかれたのだろう？ カルビンはべつの時間、べつの場所でのただの思い出になりはじめた。カルビンはいまではどこにも存在《そんざい》しないのとおなじことだった。

介護《かいご》ホームでの生活は、ただスケジュールにしたがうだけのものになっていった。朝食、昼食、夕食。木曜日はビンゴ大会。ボランティアの人がピーティのかわりにカードを持つ。金曜日の朝は、歌の集《つど》い。日曜日には礼拝《れいはい》。春になると、介護《かいご》助手が建物の正面にひろがる芝生《しばふ》に毎日だしてくれて、日光浴を楽しめた。ピーティはスクールバスが大好きだった。近くの学校から家に帰る生徒たちを乗せて、目の前の道路を通りすぎていく。

けれども、ピーティをとりまくつらい思いをふりはらってくれるものはなにもなかった。いままでは、カルビンの長年にわたるさびしさや恐怖《きょうふ》が、ピーティにもよくわかった。いいことだけを考えれば、幸せな気分でいられることはわかっていたが、こうも思わずにはいられない。どうして、だれかを好きになるたびに、その人はどこかにいってしまうのだろう？ 最初はエステバンだった。つぎにはネズミたち。それからジョーとキャシー。キャシーのことは、一度だって忘《わす》れたことはない。そのあとには、オーウェンがいなくなった。そして、カルビンまでも失ってしまった。

ピーティにとって、かれらが家族だった。ピーティが知る唯一《ゆいいつ》の家族だ。いまでも、みんなのことが大好きだし、かわりになる人などいない。けっして！

ある日、芝生《しばふ》の上にひとりでいたピーティは、あることを誓《ちか》った。たとえ幸せな気分にはなれるとしても、これから先は、どんなにむずかしくても、だれかを好きになるのはやめよう。もうこれ以上傷《きず》つくのはごめんだ！

第二部

第15章

十三年後　一九九〇年春　モンタナ州ボーズマン

学校の帰り道、トレバー・ラッドはしめった春の雪をけ散らした。生徒たちは大声で叫《さけ》んだり、ゲラゲラ笑ったりしながらどろどろの雪玉をぶつけあっている。浮《う》かれた気分があたり一面にただよっている。最初はゆっくりと、やがて大きくなりながら、耳ざわりな音がつづけてきこえた。空気をふるわせているのは、奇妙《きみょう》な甲高《かんだか》いうなり声のような音だ。

トレバーは、なんの音かたしかめようと道路をわたった。介護《かいご》ホームの角を曲がると、トレバーとおなじクラスの八年生の男子が三人、大きな松の木のかげにかくれているのが見えた。学校でも有名な不良たち、ずんぐりしたケニー、いつもニタニタと笑いを浮《う》かべているバド、やせて背《せ》の高いストリングの三人だ。三人は木の上をこすように、介護《かいご》ホームの芝生《しばふ》にむかって雪玉を高く放《ほう》り投《な》げていた。

標的は背《せ》もたれが大きくたおれた車椅子《くるまいす》に寝《ね》そべった患者《かんじゃ》だ。足は白いシーツにおおわれている。その老人は雪でびしょびしょになっていた。ドサッと音がして雪玉があたるたびに、なにかをつかむように曲がったままのしわくちゃの手をふりまわして、うなり声をあげていた。痛《いた》みのせいか目をかたくとじている。

「おい、やめろよ！」トレバーはかけよりながら叫《さけ》んだ。数秒後には、その体のゆがんだ老人のわきに番兵のように立っていた。

「すげえぞ。標的がふたつにふえた！」ケニーが笑いながら、力いっぱい雪玉を投げつけると、トレバーの首にあたった。

「やめろってば！」トレバーはどなる。

「うるせえな。おまえの頭をたたき落としてやる」ストリングがゲラゲラ笑いながら投げた雪玉は、車椅子《くるまいす》にぶつかってくだけ散った。「ぶっ殺してやるからな！」

トレバーは盾《たて》のように車椅子《くるまいす》の前に立ちふさがった。雪玉がはげしいいきおいで、何度も何度もぶつかる。三つの方向から雨あられとふりそそぐ雪玉にまぎれて、カチカチにかためられた雪玉が顔を直撃《ちょくげき》した。目にするどい痛《いた》みが走って、トレバーは思わずひざまずいた。

「助けて！」トレバーはせいいっぱいの声をあげた。「だれか助けて！」

その声を合図に、新たに一斉砲撃《いっせいほうげき》がはじまった。トレバーは老人の上におおいかぶさって助けをもとめつづけた。とつぜん、雪玉がとまった。ちらっと顔をあげると、笑いながら道路を走り去る三人の姿《すがた》が見えた。

「いったい、なんの騒《さわ》ぎ？」女の人の声がした。

右目はほとんどひらかなかったが、芝生《しばふ》を横切ってかけよる背《せ》の高い看護師《かんごし》が見えた。

「ピーティからはなれなさい！」看護師《かんごし》はそういって、トレバーを車椅子《くるまいす》からひきはがすようにおしのけた。看護師《かんごし》は、老人の体からしめった雪のかたまりをはらっている。

「オー、オー！」患者《かんじゃ》が声をあげた。

トレバーは涙《なみだ》でぬれた右目を手でかくしながらいった。「このお年寄りに、雪玉を投げつけてたやつらがいたんです」

「やつらって、だれよ？」老人の世話をしながら、こわい声で問いかける。

トレバーは道を指さした。「もう、いっちゃいました」

「あなた、目はどうしたの？」看護師《かんごし》がたずねた。

「雪玉がぶつかったんです」トレバーは顔をしかめながらいった。

トレバーの母親とおなじ年ごろの看護師《かんごし》は、車椅子《くるまいす》の老人にむき直った。

「だれかが、雪玉を投げつけたの？」

「アイー、アイー」老人が甲高《かんだか》い声をあげる。

「この子も投げた？」

「オー、オー！」老人はふるえながら声をあげる。目にはまだはげしい恐怖《きょうふ》の色があった。

「なかに入りましょうね、ピーティ」看護師《かんごし》はいった。それから、トレバーを指さした。

「あなたもよ。名前は？」

「えーと、トレバー・ラッド」

「あなたはここでなにをしてたの？」

「学校から帰るとちゅうで、変な音がきこえたんです。そしたら、三人がこの人に雪玉を投げていて」

「だれだか、知ってるの？」車椅子《くるまいす》をおして、灰色《はいいろ》の建物に入りながらきいてきた。

「いいえ」トレバーはとっさに嘘《うそ》をついた。告げ口なんかしたら、あの三人に殺される。

「あなたもこの町の学校に通ってるんでしょ？　なのに、だれだかわからなかったの？」

「引《ひ》っ越《こ》してきたばかりなんだ」トレバーはいった。半分はほんとうだ。引《ひ》っ越《こ》してきたのはクリスマス前だったけれど。

看護師《かんごし》は疑《うたが》わしげな目で見ながら、ポケットからペンとメモ帳をとりだした。「あなたの名前と電話番号を書いてちょうだい」

メモ帳にいわれたとおりに書き終えたトレバーは、体のゆがんだ老人に目をむけた。

「もし、ぼくのことが信用できないんなら、この人にきいてよ」一瞬《いっしゅん》、ことばを切ってからつけたした。「もし、できるならだけど」

「あら、できるわよ。そうさせてもらうから。それじゃあ、そろそろ失礼させてもらうわ。ピーティを乾《かわ》いた服に着替《きが》えさせてあたたかくしてあげなくちゃ。お年寄りには命とりになりかねないの」看護師《かんごし》は、きびしい口調でいった。

トレバーは去りぎわに、まわりに目を走らせた。かすかに、くさったようなにおいがただよっている。あちこちに、椅子《いす》に沈《しず》みこむようにすわっている老人がいた。天井《てんじょう》をじっと見ている人たちがいる。自分ではどうにもならないのか、頭や手が、無秩序《むちつじょ》に動いている人もいる。よだれをたらしっぱなしの人もいる。おかしな年寄りたちのホームだと思いながら、トレバーは足ばやに歩き去った。

トレバーが家に着いたときには、両親はまだ仕事から帰っていなかった。ふたりは、いつでも仕事に追われているように見える。自分の両親よりも、郵便《ゆうびん》配達のおじさんのほうが、よく顔をあわせているぐらいだ。でも、きょうはふたりがいなくてほっとした。これ以上、めんどうくさいことにならずにすむには、どう説明したらいいだろう？　もしかしたら、両親は介護《かいご》ホームに電話をするかもしれないし、最悪の場合は、あいつらの親に電話をするかもしれない。

◇

けれども、その日の夜、はれあがった目をかくすことはできなかった。

「いったいぜんたい、なにがあったの？」夕食のとき、母親にきかれた。

「雪玉がぶつかったんだ」トレバーは弱々しい声でいった。

「雪合戦で目が見えなくなることだってあるんだぞ」父親がきびしい口調でいった。

「うん、わかってるよ」トレバーはつぶやいた。頭のなかでは、午後に見た、あのおかしな人たちの住むホームのことを考えていた。何十回となく、あのホームの横を通っていたのに、あそこにあんな人たちがいるとは一度も考えたことがなかった。あそこはまるで、変人の収容施設《しゅうようしせつ》だ。

翌日《よくじつ》、トレバーは例の不良たちをなるべく避《さ》けようとした。けれども、廊下《ろうか》でケニーに見つかって追いつめられ、ロッカーに強くおしつけられた。「てめえ、わかってんだろうな？」ケニーは指でトレバーの胸《むね》をつつきながら、どすのきいた声でいった。

放課後、トレバーは不良たちと介護《かいご》ホームを避《さ》けて、大きく遠まわりをして帰った。トレバーは年寄りがあんまり好きじゃなかった。たいがいは、なんだか気持ちがわるい。とはいっても、ふつうの年寄りは、きのう見た人たちほどには気持ちわるくない。家に着くと、ジャンパーをテーブルの上に放《ほう》り投《な》げ、なにかおやつがないかと冷蔵庫《れいぞうこ》をあけた。サンドイッチを食べながら、いつものように留守電のメッセージをきく。

ほとんど全部、両親あてのメッセージだったが、一件だけ、自分あてのものがあった。ボーズマン介護《かいご》ホームからの電話だ。あの看護師《かんごし》、シシー・マイケルからで、もう一度会いたいということだった。そのメッセージがちゃんと消えたことを確認《かくにん》してから、いやいや折り返しの電話をかけた。もしかしたら、あの看護師《かんごし》は、あの年寄りを傷《きず》つけたのはぼくだとまだ思っているのかもしれない。

「ボーズマン介護《かいご》ホームです」女の人がでた。

「シシー・マイケルさんはいますか？　こちらはトレバー・ラッドです」

「はい、シシーはわたしよ。電話ありがとうね。きのうはひどいあつかいをしてごめんなさい。ピーティから話をきいたわ。あなたは、ピーティを守ってくれたのね」

「そんなたいしたことじゃないんです」トレバーは、もうこの話はすべておしまいにしたいと思いながらいった。

「いいえ、たいしたことよ。だから、電話したの。きのうピーティは、寒すぎたのと、おびえすぎたのとで、あなたにお礼をいえなかったでしょ。だから、ピーティがぜひ、またよってほしいっていってるの」

「ああ、そんなことといいんです。あの人が元気だってきいたら、それだけでじゅうぶんだって伝えてください」

シシーがぐっと真剣《しんけん》な声になった。

「これまで介護《かいご》ホームに入ったことがなかったのなら、きっと、すごくおそろしい場所に見えたでしょうね。それはわかってる。でもね、ピーティにとって会ってお礼をいうことは、ほんとうに重要なことなの。ね、またよってくれるわね？」

「えーと、はい、たぶん」

ほかにいいわけを考えているうちに、シシーは電話を切った。トレバーは手のひらでおでこをぴしゃりとたたいた。とつぜん、おそろしくなった。どうして、あの不気味な場所にもう一度いくなんて約束してしまったんだろう？

夕食のとき、トレバーの母親がいった。「きょう、一度家に帰ってきて留守電のメッセージをきいたんだけど、介護《かいご》ホームからあなたへの電話って、なんの用事だったの？」

トレバーは思わず息をのんでから肩《かた》をすくめた。「だれかがあそこのお年寄りにむかって、雪玉を投げたんだって。ぼくのことも疑《うたが》ってたみたい」

父親が、きびしい目でにらむようにしてきいた。「やったのか？」

「はいはい、そのとおり！」トレバーは椅子《いす》を荒々《あらあら》しくひいていった。「父さんは、ぼくが、年寄りにむかって雪玉を投げるような人間だって思ってるわけ？」それから、大またで玄関《げんかん》から外にでた。こんなことなら、さっさと介護《かいご》ホームへの訪問《ほうもん》を終わらせてしまおうと思った。

「どこにいくの？」母親が声をかける。

「年寄りに、雪玉をぶつけにいくんだよ！」トレバーはどなるようにいった。腹《はら》が立ってしかたがなかった。雪玉をぶつけたと責め立てられるより、不気味に体のゆがんだ年寄りと話すためにあの気持ちのわるい場所にいくほうがよっぽどましだ。

レンガ造りの建物に近づくと、花壇《かだん》のそばにひざまずいていた老人が顔をあげて手をふった。銀色の長髪《ちょうはつ》のおじいさんで、だぶだぶのオーバーオールを着ていた。「花壇《かだん》を手伝ってくれるかい？」

「えーっと、用事があるんで」トレバーはていねいに答えながら、老人がなにをしているのかと花壇《かだん》の土に目をやった。「なにを植えてるんですか？」

「タバコの吸殻《すいがら》だよ」

じょうだんではなかった。その老人は一ダースほどの小さな穴《あな》をほり、そこに、慎重《しんちょう》にタバコの吸殻《すいがら》を植えていた。「どうだ、りっぱなもんだろ？」老人は誇《ほこ》らしげにいった。

トレバーはそのことばには答えずに、あわてて建物のなかにかけこんだ。ここの人たちはみんな変だ。ここはおかしな人でいっぱいだ。トレバーは大急ぎでシシー・マイケルを見つけた。

「あら、トレバー」シシーがうれしそうにいった。「いますぐ、いくから」シシーの笑顔《えがお》はあたたかかった。

「いそがしいなら、またあとで出直してもいいんだけど」トレバーは、なんとかここからにげだすいいわけを考えていった。

「あら、いいの。すぐだから」

ほんとうに、待たされることはなかった。長い廊下《ろうか》を進み、階段《かいだん》をおりた。歩きながらシシーがいう。「こっちよ」シシーは先頭に立って、居住者であって、患者《かんじゃ》さんじゃないのよ。患者《かんじゃ》さんは病院にいる人たちのことだから。ここに住んでる人たちは居住者であって、患者《かんじゃ》さんじゃないのよ。

信じられないような人生を送ってきた人たちがいるの。ある女の人は、今世紀のはじめに、まま放置された。ただ、ちょっと知的障害《しょうがい》があったという理由で」

「じょうだんでしょ？」

「いいえ。あなたがきのう助けたピーティ・コービンは、脳性《のうせい》まひ者《しゃ》なんだけど、赤ん坊《ぼう》のときに考える能力までまひしていると診断《しんだん》されて、人生のほとんどを、重い知的障害《しょうがい》者《しゃ》としてあつかわれてきたの」

「脳性《のうせい》まひってなんですか？」トレバーはたずねた。

「運動中枢神経《うんどうちゅうすうしんけい》が傷《きず》つけられて起こる障害《しょうがい》なの。ピーティの頭脳《ずのう》は明晰《めいせき》よ。でも、心は障害《しょうがい》のある体にとじこめられているの。ピーティはとても特別な人」

「特別って、なにが？」

シシーは微笑《ほほえ》んだ。「自分の人生を、信じられないほどの感謝の思いで受けとめてるの。人生の大半はつらいことばかりだったのにね」

歩きながら、シシーは立ちどまっては居住者に声をかけた。シシーはホームの人たちに対して、ふつうの人とおなじように接した。たとえば、こんなふうに声をかける。「だいじょうぶよ、ハーマン。ロシアはここには爆弾《ばくだん》を落とさないわ」とか、「そうよ、メーベル。きょうは水曜よ。あしたはビンゴの日ね」

だぶだぶの黄色い服を着た、やせたしわだらけのおばあさんが、助けをもとめるように手を前にのばして、ふらふらと歩いていた。「そのままずぐよ、エリザベス」シシーは、指をさしていった。「あなたの部屋は廊下《ろうか》のすぐ先だから。さあ、手を貸しましょうね。ねえ、トレバー、ころばないように、ちょっと手をつないであげてくれないかしら？」

トレバーはためらった。関節の浮《う》きでた細い手は、ちょっと触《ふ》れただけで折れてしまいそうに見える。まるで、枯《か》れて乾《かわ》ききった草のようだ。華奢《きゃしゃ》なグラスをあつかうように、おそるおそる骨《ほね》ばった手をとったトレバーは、だれかが見ていないかとうしろをふりむいた。もし、この人がころんだらどうなるんだろう？　さいわいなことに、その答えを知ることがなくてすんだ。

エリザベスを無事《ぶじ》に部屋まで送りとどけると、シシーは廊下《ろうか》のいちばん奥《おく》の部屋の前で立ちどまった。それから、声を落としていった。「ねえ、トレバー、これだけは忘《わす》れないで。ピーティは考える力がないわけじゃないの。もし、ちがう体に生まれていたら、ふつうに立ってふつうに話をできたはずなのよ」

「じゃあ、どうして、ぼくがくることがそんなに重要だったんですか？」

「ピーティは十三年前にウォームスプリングズ州立病院からここに移ってきたの。以前は精神病患者《かんじゃ》の収容施設《しゅうようしせつ》だったところよ」

「あの人は、収容施設《しゅうようしせつ》で育ったってこと？」

シシー・マイケルはうなずいた。「悲しいけどそうなの。だれにもわかってもらえなかったけど、ピーティには幸せを感じる力があったの。ここにきてからも、だれとも親しい友だちになろうとはしなかった。だけど、けさ、ピーティはあなたに会いたいっていう意思をはっきりしめした。自分からだれかにむかって手をさしだすのを見たのは、わたしもはじめてよ。きのう、あなたがしたことは、それだけ重要だったたっていうことなの」

トレバーは、汗《あせ》ばんだ手のひらをズボンでぬぐいながらうなずいた。ぼくは、なにをこんなにこわがっているんだろう？　ただ、お年寄りと会うだけだ。たいしたことないじゃないか。そういいきかせて、ピーティ・コービンの小さな部屋に足を踏《ふ》み入《い》れたトレバーは、うっと息をのんだ。

背《せ》もたれをベッドのようにたおした車椅子《くるまいす》に寝《ね》そべったピーティは、これから、手術室にむかうところのように見える。シーツを通して浮《う》かぶゆがんだ体が、トレバーをおじけづかせる。あんな奇妙《きみょう》な形に見えるなんて、足はいったいどんなふうにねじれているんだろう？　細い腕《うで》は、ひじのところでおかしな角度に曲がっていて、両手は獲物《えもの》につかみかかる鳥のかぎ爪《づめ》のようにかたまっている。あいたままの口のなかには、奇妙《きみょう》にねじれた舌が見えているし、頭はそっぽをむいたように曲がったままだ。鼻の下とあごには短く切ったごま塩のようなひげが生えている。右のほおには長い傷跡《きずあと》が見える。だれかにおそわれでもしたんだろうか？

「ピーティ」シシーがやさしく声をかける。「トレバー・ラッドがきたわよ。きのう会ったでしょ」

トレバーは、命の通っていないように見える手と握手《あくしゅ》をするべきかどうか迷った。そのかわりにおどおどと手をふって、口ごもるようにいった。「こんにちは、ピーティ。また会えて、うれしいです」

ピーティは目に好奇心《こうきしん》をいっぱいに浮《う》かべてトレバーを見あげている。

「アオー」

トレバーは助けをもとめるようにシシーを見た。

「ハローっていったの」

「ハロー、ピーティ。シシーからいろいろきいてるよ」

今度はピーティがシシーを見ていう。「ワー？　ワー？」なにを？　なにを？

シシーは微笑《ほほえ》んだ。「ピーティに、わたしがいったことを話してあげて」

トレバーはふたりのつきさすような視線《しせん》を感じた。まるで、わなにつかまった獲物《えもの》みたいだ。ピーティは体はうまくつかえないかもしれないけれど、目はちがう。じっとつっ立ったまま、この人には嘘《うそ》をつくべきじゃないと思った。「えーと」そこでいったん口ごもった。「シシーは、あなたが、精神病患者《かんじゃ》の収容《しゅうよう》施設《しせつ》で育ったって教えてくれました」ひと息でまくし立てるようにいった。「それから、ぼくが話していることは全部わかっているってことも」

ピーティはうなずく。トレバーのはれあがった目を見て、心配そうにあごをつきだした。

「オーエイー？」

「オーケーかってきいてるのよ」

「うん、だいじょうぶ。なんでもないよ」

「サーウー」ピーティが声をあげた。

「サンキューですって」

トレバーはひきつったように微笑《ほほえ》んだ。「ぜんぜん、なんでもないよ」

ぎこちない空気がしばらく流れ、ピーティとトレバーはおたがいに見つめあった。シャツのボタンをいじくりながらトレバーが、とつぜんいった。「そろそろ帰らなきゃ」

ピーティはもう一度、視線《しせん》でトレバーを釘《くぎ》づけにして声をあげた。

「ウービー？」

トレバーは、また、助けをもとめてシシーを見た。

「また、きてくれるかどうか教えてほしいって」

トレバーはもぞもぞと体を動かしながらいった。「うん、たぶん」またくることなんて、ぜったいないと思った。トレバーははやく外にでたかった。ピーティの車椅子《くるまいす》の前からのがれたかった。この介護《かいご》ホームからにげだしたかったし、ここに住んでいるおかしな人たちからもにげたい。ここは、なんだか気味がわるい。

「ピーティ、ぼくはもういくね」もごもごと口ごもりながらいう。「お目にかかれて楽しかったです」

ピーティの目には、はっきりとがっかりしたような色が浮《う》かんだ。トレバーの嘘《うそ》はお見通しのようだった。ピーティはあごを動かしていった。「グーバー」ピーティのグッドバイが命令のようにきこえた。

階段《かいだん》をのぼりながら、トレバーはしずかな声でシシーにいった。「あの人、ぼくのこと、怒《おこ》ってたみたいだね」

「ピーティには家族がひとりもいないの。新しい友だちを作るのをこわがってた」

「だから？」ピーティの気持ちがわかりすぎるほどわかったけれど、そう口走った。トレバー自身も、引《ひ》っ越《こ》しをするたびに、いつもよそものの気分を味わってきた。数すくない友だちと別れるたびに、もう二度と友だちなんか作るものかと思ってきた。

トレバーの気持ちを見透《みす》かしたようにシシーがいう。「きょうはね、ピーティにとって大きな賭《か》けにでた日だったの。だれかにむかって手をさしだしたんだからね。結局、失敗に終わったけど」

トレバーはもごもごという。「べつに失敗したってわけじゃ……だって、あれは……ちきしょう、ぼくはただ、あの人に雪玉をぶつけるのをやめさせようとしただけで……べつにたいしたことじゃないんだし……」

シシーがやさしく微笑《ほほえ》む。「自分ではどうすることもできない人にとっては、すごく重要なことだったの」

自分ではどうすることもできない人だって？　とんでもないよ、と思った。あの目でにらみつけられたら、百メートル先のカラスだって死んじゃうよ。

「またきてくれる？」ドアにむかってトレバーを送りながらたずねた。「ピーティは散歩が大好きなんだけど、手がたりなくて、なかなかつれだしてあげられないんだ。あなたには想像もできないかもしれないけど、ピーティから学べることもあると思うわよ」

「たぶん、また」はっきりと「ノー！」というより、ずっとたちがわるいと思いながらも、トレバーはそう返事をした。

「そのつもりがないんなら、たぶん、なんていわないで」シシーがきっぱりといった。

トレバーは息を大きく吸《す》って怒《おこ》ったようにいった。

「わかったよ。ぼくは、二度とここにはこない！　これで満足でしょ？」

第16章

「おれたちで、おまえのおいぼれのお友だちをやっつけてやるからな！」ケニーが指をつきつけて、あざけるようにいった。

「あの人は友だちなんかじゃない！」トレバーがどなりかえす。

ケニーの笑い声が、マシンガンの銃声《じゅうせい》のように学校の廊下《ろうか》にひびきわたった。「あの、気持ちのわるい化石は、おまえの恋人《こいびと》なんだろ！」ケニーがはやし立てる。

「ちがうよ」トレバーはそうつぶやいて、数学の授業のある教室にむかった。あの老人を見たりなんかしなければよかったし、雪玉から守ろうなどとしなければよかった。

その日の放課後、トレバーは学校の玄関《げんかん》で立ちどまった。先週は介護《かいご》ホームに近よるのを避《さ》けつづけた。でも、ケニーの脅迫《きょうはく》が気になる。気がむかないながらも、しかたなしに介護《かいご》ホームにむかって歩きはじめた。

大きな灰色《はいいろ》の建物に近づくと、ピーティが表の芝生《しばふ》で日光浴をしているのが見えた。もしあの三人の不良がおそいかかるとしたら、学校が終わってすぐの時間帯だろう。トレバーは半ブロックほどはなれた生垣《いけがき》のなかにかくれて、見張りをはじめた。

車椅子《くるまいす》にすわる遠くのピーティをじっと見守りながら、トレバーは首を横にふった。あんな体におしこまれているのに、どうして幸せでなんかいられるんだろう？　シシーはピーティには家族がいないといっていた。「ちゃんとした家族がいない人なんて、たくさんいるんだし」トレバーはそうつぶやいて、雑草をけった。

なにもかもに腹《はら》が立つ。ケニーのような不良が、自分ではなにもできない人をいじめるなんてフェアじゃない。あんな体にとじこめられて生まれてくる人がいるなんてフェアじゃない。世の中はフェアじゃないことだらけだ。よりいい仕事につくためだといって、数年ごとに引《ひ》っ越《こ》すのだってフェアじゃない。たしかに、ぜったいフェアじゃない。

◇

ケニーは毎日毎日、ピーティを傷《きず》つけると脅迫《きょうはく》した。だからトレバーは、学校帰りに介《かい》護《ご》ホームのそばにかくれてすわって、見張りをした。ピーティがだれとも話さずに、何時間でもただすわっていられることが信じられなかった。自分でかゆいところをかくこともできない体にとじこめられるっていうのは、いったいどんな気分なんだろう？　トレバーはあのピーティという老人が、幸せなはずがないという結論《けつろん》に達した。

金曜日、いつもどおり生垣《いけがき》のかげにすわりつづけたあと、トレバーは家に帰る前にちょっと立ちどまった。どうせ両親はもっとおそい時間にならないと帰ってこない。ピーティにあいさつぐらいしたって、どうってことはないだろう。もじもじと、まるで刑務所《けいむしょ》に足を踏《ふ》み入《い》れるように、トレバーはピーティのそばまで歩いていった。「こんにちは、ピーティ。ぼくのことおぼえてる？」

とつぜんのことにおどろいて、ピーティの体がはねあがった。曲がった腕《うで》が真横にふりまわされて、もろにトレバーのおなかをたたいてしまった。

トレバーは一瞬《いっしゅん》息がとまった。「なんだよ、ぼくだよ！　もう忘《わす》れちゃったの？」

ピーティの歯のない口元にゆっくりと笑顔《えがお》が浮《う》かんだ。

「ちょっとあいさつしにきただけだよ」

「アイー！」ピーティが甲高《かんだか》い声をあげた。頭が横をむいて、目で道のほうをさししめした。

「そうだよ、ちょうど学校から帰るところ」

「オー」ピーティは、トレバーがすわっていた生垣《いけがき》のあたりを見ながらいった。

「ぼくがあそこにすわってたの、知ってたの？」

「アイー、アイー」ピーティはにっこり笑いながら声をあげる。

「さてさて、ここになんの御用《ごよう》かしら？」そういったのは、シシー・マイケルだった。シシーがとつぜんあらわれたので、トレバーもピーティもびっくりした。ピーティはまた腕《うで》を横にふりまわした。今度は、トレバーがぴょんとうしろにとびのいて、その腕《うで》を避《よ》けた。

「ああ、びっくりした。おどろかさないでよ」トレバーはシシーにいった。「どうしてピーティは、おどろくと体がはねて腕《うで》をふりまわすの？」

「だれだって、おどろいたときには、体がはねあがるものなのよ。夜道を歩いてるあなたのうしろから『バー！』って声をかけたら、あなただってとびあがるわよ。でも、すぐに自分で自分の体をおさえこむの。でも、ピーティは急にはとめられないの。体じゅうが、自分でも予測できない方向にはねあがったり、ねじれたりするの」シシーはあらためてトレバーをじっと見ていった。「それで、ピーティに会いにきてくれたの？」

トレバーは肩《かた》をすくめた。「通りかかったから、ちょっとあいさつしただけ」

ピーティが声をあげて、生垣《いけがき》のほうに目をやる。あごをはげしくつきだして、その場所をさししめそうとしている。

またしても、ピーティに嘘《うそ》を見やぶられてしまった。「あいさつする前に、ちょっと生《いけ》垣《がき》のそばにすわってたけどね」

「ああ、なるほど。ピーティがずっといおうとしてたのは、そのことだったのね。今週になって毎日、夕食前につれもどそうとすると、ピーティは生垣《いけがき》のほうにわたしの注意をむけようとしてたの」

トレバーはピーティをじっと見た。「ぼくが毎日あそこにいたこと、気づいてたの?」

ピーティはうなずいた。「アイー」それから、不思議そうな表情が顔いっぱいにひろがった。「ワーイー? ワーイー?」

トレバーは助けをもとめてシシーを見た。

「なぜだか知りたいんですって」

トレバーは、自分を見つめるピーティを見ていった。「まいったな、なんにも見のがさないんだな」

「アイー」ピーティがいう。「ワーイー?・」

「雪玉をぶつけた連中に、またピーティをおそうって脅《おど》されたんだ。だから、あそこにすわって見張ってた。それだけだよ」

「ということは、雪玉を投げたのがだれなのか、知ってたってことじゃないの」シシーが責めるようにトレバーを見た。

「いえるわけないよ。あいつらに殺されちゃう」トレバーは地面に目を落としていった。

ピーティがまた生垣《いけがき》に目をやってたずねる。「ワーイー?・」

「ピーティはね、どうしてあんなところにすわって、おしゃべりしにきてくれなかったのかって」

トレバーはどう答えていいのかわからなかった。自分のやったことは、なにもかもまちがっていたような気がする。この老人にかかわると、なにをやっても失敗してしまうようだ。最初はこの人を助けようとしたのに、傷《きず》つけたと責められた。そして今度は、見守っているつもりで、半ブロックもはなれた生垣《いけがき》のかげにすわっていたことが、なにかわるいことをしていたように思える。トレバーはおそろしくて口をひらくことができなかった。今度なにかいったら、とりかえしのつかない墓穴《ぼけつ》をほりそうな気がする。

「ワーイー？」ピーティはしつこくたずねる。

シシーの目にもおなじ疑問《ぎもん》が浮《う》かんでいる。

ごくりとつばをのみ、ピーティの視線《しせん》を避《さ》けていった。「ぼくは、あの不良たちがこわかったんだ。……それに、ピーティのことも」トレバーはねじれた体の老人にちらりと目をやった。にらみかえされるかと思ったら、ピーティはよくわかったというように、あたたかくうなずいていた。

「グー」ピーティはそういって、くちびるに微笑《ほほえ》みを浮《う》かべた。

「こわがってもいいっていうの？」トレバーはたずねた。

「ちがうわ」シシーがいった。「ピーティはね、あなたがとうとうほんとうのことをいったのがよかったっていったの」

トレバーは長い時間、じっとピーティを見つめた。「ところで、元気だった？」トレバーはたずねた。

「グー、グー」ピーティが声をあげた。

「そうだ、トレバー、いま急いでる？」シシーがいった。

「えーと、たぶん、そんなには。父さんも母さんも、おそくまで帰ってこないから」

「ピーティを散歩につれていってもらえないかな?」

トレバーはしりごみした。「えーと、ぼく、そんなこと一度もしたことないし……」

ピーティが大きく微笑《ほほえ》んだ。

「むずかしいことじゃないの。ほら」シシーはそういって、下に手をのばし、タイヤを固定していたレバーを解除《かいじょ》した。「縁石《えんせき》の段差《だんさ》や道のでこぼこに気をつけてほしいだけ。この古い車椅子《くるまいす》にも古きよき時代はあったんだけどね」シシーが合図した。「さあ、やってみて」

トレバーは、その奇妙《きみょう》な形の椅子《いす》を慎重《しんちょう》におした。「ピーティがなにをいってるのかわからなかったら?」このバカげた冒険《ぼうけん》を終わりにしたくてきいた。

シシーは笑った。「ピーティが教えてくれるわよ」

シシーってほんとに役に立つよ、と思いながら、トレバーは道を進みはじめた。歩きながらついまわりを見まわしてしまう。ありがたいことに、学校帰りの生徒はどこにもいない。なによりもありがたいのは、ピーティのうしろにいるので、じっと見つめられずにすむことだ。

トレバーは、何度かピーティに質問をした。けれども、ピーティのあげる声がなにを意味するのかはわからなかった。ピーティは白分だけの世界にとじこもっているように見えた。動いているあいだ、ピーティは目をとじて、春先の空気に心をうばわれているかのように、やさしく声をだしている。

車で追いこしていく人は首をひねってふりかえり、じっと見た。トレバーは穴《あな》があったら入りたい気分だった。いったいどういうわけで、ボーズマンの中心街をストレッチャーのような車椅子《くるまいす》に体のねじれた老人を乗せて、おして歩くはめになってしまったんだろう?

ピーティはどんな小さな音もききのがさないし、どんな小さな動きも見落とさなかった。大きなトラックがクラクションを鳴らしながら、轟音《ごうおん》をあげて通りすぎた。ピーティは腕《うで》を大きくふりまわして笑い声をあげた。

「オーボーイー!　オーボーイー!」びっくりしたことをよろこんでいる。あんまり、その表情が楽しげなので、トレバーもつられて笑った。「いまのはでっかい音だったたねえ。トラックもバカでかかった」

シシーのいっていることは正しいと思った。ピーティは、ささいなことにも幸せを感じる。トレバーはべつのことにも気づいた。ピーティと会話をするつもりなら、新しいことばを学ばなければならない。そして、最後にもうひとつ気づいた。ピーティの車椅子《くるまいす》は、がらくたのかたまりのようなものだ。トレバーは車輪からはずれたタイヤを元にもどすために四度もとまらなければならなかった。フレームもこわれていて、でこぼこではねるたびにバラバラになってしまいそうだ。

角を曲がったところで、大きな笑い声がした。顔をあげると、歩道のほんの三十メートルほど先に、ケニー、バド、そしてストリングが立ちふさがっている。

「おい、見ろよ」バドが叫《さけ》んだ。「あの化石じいさんとクズ野郎《やろう》だぞ」

「化石のお友だちをこっちにつれてこいよ」ストリングがどなる。

「そうだそうだ。つれてこい。この前は、ちゃんとごあいさつできなかったからな。ハハハ」ケニーが笑い声をあげる。

トレバーはどうしたらいいか考えた。不良たちが歩道をふさいでいる。自分ひとりなら走ってにげられるけれど、ピーティをおいていくわけにはいかない。おんぼろ車椅子《くるまいす》をおして走ってにげることも問題外だ。

「ねえ、ピーティ、ちょっとこまったことになったよ」トレバーはささやいた。

第17章

三人がぶらぶらと近づいてくるあいだ、トレバーは必死で考えた。「ねえ、ピーティ」そっとささやく。

見あげるピーティの目は、不安げにくもっていた。

「もし、必要になったら、大きな声をあげて、両腕《りょううで》を大きくふりまわすことはできる？」

ピーティはうなずいた。

「じゃあ、ぼくがうなずいて合図をしたら、やってほしいんだ。いいかな？」

不良たちが近づくなか、ピーティはわかったというように声をだした。ストリングがトレバーの胸《むね》をドンとついた。「おい、このおいぼれおやじはなんでこんななんだ？　ごみ収集車《しゅうしゅうしゃ》にでもはねられたのか？」

「かまわないでくれないかな」トレバーは体勢を立て直しながらいった。

「この化石じいさん、おれたちがおしてやるよ。おまえのおし方はへなちょこだからな」

ケニーが車椅子《くるまいす》のハンドグリップをつかんで、円を描《えが》くようにおしはじめた。ピーティはすがるようにトレバーを見ている。

「やめろ！」トレバーは車椅子《くるまいす》にとびついて動きをとめた。「けがしたら、どうするんだ！」

「ちょっとまわるぐらいでけがするはずないだろ。おまえがじゃまさえしなけりゃな」ケニーがいった。

ずんぐりした体つきのケニーが、もう一度ピーティをまわしはじめる前に、トレバーはしずかな声でゆっくり話した。「ピーティは、おどろくと発作《ほっさ》を起こすんだ」

「ああ、そうかい。おれなんか、鼻をほじるとガンになるぜ」ケニーがバカにしたようにいう。

「いいから、そこどけっての、このマヌケが！」バドがそういいながら、トレバーを強くおした。トレバーは歩道にしりもちをついてしまった。トレバーはピーティを見あげて、小さくうなずいた。

ケニーがまた、車椅子《くるまいす》をまわしはじめる。とつぜん、ピーティが甲高《かんだか》い大声をあげはじめた。両腕《りょううで》はバタバタと動き、体全体がけいれんを起こしている。

「発作《ほっさ》が起こったんだ！　ピーティが死んじゃう！」トレバーはしりもちをついたまま悲鳴をあげた。

ストリングがどなった。「やめろよ、ケニー。ほんとうに発作《ほっさ》を起こしてるのかもしれないぞ」

「だまれよ、びびりやがって！」ケニーはさらにスピードをあげてまわした。

「おれは、いくからな」バドがとつぜんそういって、背中《せなか》を見せて走り去った。

ストリングがうなずきながらいった。「そうだよ、もうやめろって、ケニー。こいつになにかあったらどうするんだ。ただちょっとふざけたかっただけじゃないか……」ひょろっとしたストリングもバドを追って走りはじめた。

ひとりになったケニーは、不安げにまわりを見て、まわしていた車椅子《くるまいす》から手をはなした。ピーティはサイレンのような高い声をあげつづけている。曲がった腕《うで》をはげしくふりまわしている。ケニーはあとずさりした。「おれはなにもしてないぞ。なんでこいつは、腕《うで》をバタバタさせて、こんなに大声をだしてるんだよ？」

トレバーは真剣《しんけん》な顔のままいった。「死にかけてるんだよ！」

ケニーの顔に恐怖《きょうふ》が浮《う》かんだ。「おれは、おれは、なにもしてないからな！」口ごもるあいだに車椅子《くるまいす》はとまった。

トレバーは非難《ひなん》するように指をつきだした。「もし、この人が死んだら、おまえは殺人罪で逮捕《たいほ》されるんだからな。もし、死ななかったとしても、後遺症《こういしょう》に一生苦しむかもしれないんだぞ」

ケニーはあとずさりしつづけている。ピーティは疲《つか》れてしまって、だんだんしずかになった。

「ほら、だいじょうぶじゃないか」ケニーが叫《さけ》ぶ。

トレバーは、心臓《しんぞう》の音をきこうとしているかのように、ピーティの体におおいかぶさった。「死んだふりをして、ピーティ」そうささやく。とつぜん、ピーティがぐったりした。両腕《りょううで》は椅子《いす》のはしから力なくたれさがっている。「どうしよう、死んじゃったよ！」トレバーはいった。そして、ケニーの目をまっすぐに見ていう。「殺したのはおまえだからな」

それまでえらそうだった不良は車椅子《くるまいす》を見つめた。口がパクパクとあいたりとじたりしている。まるで、水からあがった魚みたいだ。ケニーは首を横にふった。「嘘《うそ》だろ！　そんなつもりじゃなかったんだ。おれはただ……」ケニーはとつぜん、まわれ右をして走っていった。

トレバーはピーティを見おろした。ひたいに大粒《おおつぶ》の汗《あせ》が光っている。

「だいじょうぶ？」

ピーティは目をあけてうなずいた。それから、とつぜん笑いはじめた。とても大きな笑い声だ。体全体をふるわせるように笑っている。トレバーも、老人のあまりにも楽しそうな笑い声につられて、笑いはじめた。「あの発作《ほっさ》はすごかったよ」なおも笑う。「ほんとうに心配になっちゃったよ」

ピーティがにやっと微笑《ほほえ》む。

「アイー！　アイー！」それから、あごをつきだした。「ウー」

「ぼくにも、発作《ほっさ》をやってみろって？」

ピーティは微笑《ほほえ》む。「アイー」

トレバーも微笑《ほほえ》みかえした。「わかったよ」そういうと、トレバーは道ばたの芝生《しばふ》に寝《ね》ころんで、苦しげな声をあげながら、ばたばたところげまわった。すぐにふたりとも、大笑いになった。あんまりはげしく笑いすぎて、ふたりのほおに涙《なみだ》が流れ落ちたほどだ。

ひと息ついて、ようやく話せるようになると、ピーティはトレバーを見あげていった。

「サーウー、トワー」

「サンキューっていったの？」

「アイー。サーウー、トワー」ピーティはあごをつきだしながらいった。

「もしかして、トワーはトレバー？」

「アイー、アイー、アイー」ピーティは歯のない口をあけて大きく微笑《ほほえ》んだ。「サーウー、トワー」

「どういたしまして」トレバーはピーティの肩《かた》をぎゅっとにぎった。

ピーティはもぞもぞ体を動かしながら、また大きく笑った。

トレバーは車椅子《くるまいす》をゆっくりおして、介護《かいご》ホームにもどった。二週間前は、この老人とは会ったこともなかった。なのにいまは、ついに友だちが見つかったと思っていた。

◇

つぎの週のある日、散歩を終えたトレバーが軽い調子でいった。「ピーティっておもしろいね」

ピーティの顔が真剣《しんけん》になった。「ワーイー？　ワーイー？」

「どうしてかって？　だって、すごくイカレてるから」トレバーはそういった瞬間《しゅんかん》に、その答えではピーティが納得《なっとく》しないのがわかった。

それから、何日かあとにトレバーがやってくると、ピーティはするどい目つきで見すえてきいた。「ワーイー？　ワーイー？」

「どうしてって、いったいなんのこと？」

ピーティはじっと待っている。

トレバーは必死で考えた。いったいなんのことなんだろう？　トレバーは前回の散歩のときにした会話など忘《わす》れてしまっていた。

「どうして、ぼくがピーティのところにくるのが好きかってことがききたいの？」

「アイー、アイー」ピーティは真剣《しんけん》な表情を浮《う》かべている。

「それはね、前にもいったけど、ピーティはいつも幸せそうだから。ぼくはピーティのこと、車椅子《くるまいす》でだけど、さんざんふりまわしてるし、へたなじょうだんばかりいってる。なのに、たたきかえされる心配はないんだよ。そんな相手、ほかにいると思う？」

「グーバー」ピーティが微笑《ほほえ》みながら「グッドバイ」をいうときは、「じょうだんはやめてよ」という意味だ。

トレバーはピーティがそれ以上追求しなかったのでほっとした。自分でもどう答えたらいいのかわからなかったからだ。

その一週間後、トレバーはちょっとあいさつだけしに立ちよった。いつものように笑顔《えがお》ではなく、またしても真剣《しんけん》な表情でたずねられた。

「ワーイー？　トワー？　ワーイー？」

トレバーはつっ立ったまま、見つめかえした。

「ぼくがどうしてここにくるのか、まだ知りたがってるの？」

「アイー」

「その質問にちゃんと答えるまで、ぼくを解放してくれないつもり？」

「アイー」ピーティの顔は大まじめだ。

トレバーはごくりと息をのんだ。「わかったよ、ピーティ。散歩しながら話そうか」

ピーティはうなずいた。

◇

その日、八年生の男の子と、七十歳《さい》の老人はたくさんのことを話しあった。トレバーがしゃべり、ピーティは賛成や反対をあらわす声をあげたり、質問をしたりした。ふたりは人生のこと、不良たちのこと、痛《いた》みについてや友情についても話した。会話はスムーズには進まなかったが、ピーティはしんぼう強く待った。

「ねえ、ピーティ、もしかしたら、助けが必要なのはピーティじゃないのかもしれない」

「フー?」だれ?　と問いかけるピーティの表情はやさしく、まるで、トレバーもすこしはかしこくなってきたとでもいうようだった。

「フー?」ピーティはくりかえす。

「ぼくもなんだと思う。もし、ピーティのことを気にかけていなかったら、ぼくも、不良たちと変わりがなかったかもしれない。人のことなんか気にもかけないで一生をすごすんだ。ボーズマンに引《ひ》っ越《こ》してきて、ピーティとおなじくらい、ぼくにも友だちが必要だったんだ」

「グー、グー」ピーティはうなずく。

ホームへの帰り道はしずかで、心おだやかなものだった。その日、ホームを去る前に、トレバーはピーティとむかいあって、しっかり目を見ていった。以前はのぞきこむのがこわかったのに、いまはもうそんなことはない。

「ねえ、ピーティ。これで、ぼくがどうしてピーティに会いにくるのが好きか、わかってもらえたかな？」

「グー」ピーティの目にはやさしさがあふれていた。

「そうだ、ピーティ。いいことを思いついた」

「ワー？」

「ただ散歩にいくだけじゃなくて、もっとほかのこともしてみない？　たとえば、釣《つ》りとか買い物とかはどう？」

「アイー、アイー、ボー」

「ボーって、ボースのこと？　どっちもってこと？」

「アイー、アイー」

「うん、わかった。どっちもやろう。まずはどっちから？」

「フィー」ピーティは期待のこもった笑顔《えがお》だ。

「フィッシング、釣《つ》りのことだね。これまで、やったことある？」

「オー」

トレバーはこぶしをマイクのように口の前に持ってきて、大きな声でアナウンサーのようにしゃべった。

「レディース、アンド、ジェントルメン、あした、天下無敵のピーティ・コービンは、生まれてはじめて魚を釣《つ》りあげることでしょう！」

ピーティの顔がうれしそうにかがやいた。ホームをあとにしたトレバーの背中《せなか》に、いつまでもピーティの声がきこえていた。

「ゴーフィー、ゴーフィー、ゴーフィー」釣《つ》りにいこう、と。

第18章

翌日《よくじつ》、登校したトレバーは、まだ不良たちがやったことに対して怒《いか》りがおさまっていなかった。廊下《ろうか》でケニーを見つけると、つかつかと歩みよって、胸《むね》に指をつき立てた。ケニーの目に恐怖《きょうふ》の色が浮《う》かぶ。

「あの車椅子《くるまいす》の人、この前はもうちょっとで死ぬところだったんだぞ」トレバーはいった。「おまえたちが、今度、ちょっとでもピーティに近よったら、すぐに警察《けいさつ》に電話するからな。そしたら、みんな殺人未遂《みすい》で逮捕《たいほ》だぞ!」

ケニーは、かんべんしてくれとでもいうように両手をあげて、あとずさる。「だから、おれたちは、あいつを傷《きず》つけるつもりはなかったんだって」

トレバーは背《せ》をむけて歩き去った。ケニーの視界《しかい》からはなれるとすぐに、にやにや笑っていた。

◇

学校が終わると、トレバーは家に帰って釣《つ》り竿《ざお》を用意し、裏庭《うらにわ》で餌《えさ》のミミズをつかまえた。ピーティの車椅子《くるまいす》の補修《ほしゅう》につかえるかもしれないと思って、ビニールテープも持った。介護《かいご》ホームに着くと、シシーに釣《つ》りにいくつもりだと話した。

「いいわね、わたしも準備を手伝うわ」

トレバーは、わくわくしながらシシーといっしょにピーティの部屋にむかった。

「オムツの交換《こうかん》のしかたを教えておくわね。外出先で必要になるかもしれないから」

「ぼくがやるの？」

「たいしたことないって。ちゃんと教えるから」

シシーがピーティをベッドに寝《ね》かせるのを手伝ったあと、トレバーはベッドから目いっぱいはなれて、シシーがピーティを横むきに寝《ね》かせるのを見た。老人の下《しも》の世話を見るのは、気持ちのいいものではなかった。まるで体重五十キロの赤《あか》ん坊《ぼう》のオムツをかえるようなものだ。シシーの作業が終わるとほっとした。ふたりでピーティをまた車椅子《くるまいす》にもどす。

「ピーティには完全介護《かいご》が必要なの。つまり、生活のなにもかもの世話が必要っていうこと。服を着替《きが》えるのも、ごはんを食べるのも、鼻をかくのも、オムツの交換《こうかん》もなにもかも」シシーはちらっと窓《まど》の外を見た。「ちょっと寒そうね。ジャケットを着せましょう」

シシーはクローゼットから青いジャケットを選び、それを前うしろ反対に着せて、ジッパーの部分を体の横にたくしこんだ。

シシーはサングラスもとりだした。「日が照ってきたらかけてあげて。長いあいだ室内で暮《く》らしてるから、強い日ざしには弱いの」シシーは古い、よれよれになったアルバムを手にとった。「もし、時間があったら見てね。ピーティとピーティが知ってた人たちの写真よ。ピーティはこれを見るのが大好きなの」

トレバーはうなずいた。でも、外に車椅子《くるまいす》をおしていくあいだはなにもしゃべらなかった。ぼくは、どうしてこんなことをするはめになったんだっけ？　友だちを釣《つ》りにつれていくっていうのはいいとして、オムツまでかえるなんて考えられない。

シシーが手をふっている。「楽しんできて。あんまりたくさん釣《つ》りすぎないでよ！」

トレバーは車椅子《くるまいす》をおしはじめた。釣《つ》り竿《ざお》とミミズはピーティの腕《うで》の横においてある。ピーティは、細い銀色の髪《かみ》を風になびかせて、鼻歌をうたっている。とちゅう、何度か車《くるま》椅子《いす》の修理のためにとまらなければならなかった。

「なんとか、新しい車椅子《くるまいす》を手に入れる方法はないのかな？」トレバーは不平をもらした。

ピーティは悲しげに首を左右にふる。

「オー」

「きっとなにか方法が見つかるよ」トレバーはいった。車椅子《くるまいす》をとめて、勝利をおさめたボクサーのように両腕《りょううで》を高くつきあげた。それから『ロッキー』のテーマをハミングしながら、ピーティのまわりをピョンピョンとびはねる。トレバーは高らかにアナウンスした。

「みなさん、おききください！　トレバー・ラッドが不可能に挑戦《ちょうせん》しようとしています。かれはきっと、ピーティ・コービンの新しい車椅子《くるまいす》を手に入れることでしょう！」

ピーティは半分はおもしろそうに、半分は不思議そうな目でトレバーを見ていた。

三十分ほどで、ボーズマンの北のはしにある小さな湖に着いた。そこに着くまで、ピーティは何十回となく、「オーボーイー」とおどろきの声をあげた。車椅子《くるまいす》を桟橋《さんばし》までおすと、タイヤを確実にロックした。ピーティと水泳をしようとまでは思わない。いまのところはまだ。

もぞもぞと動くミミズを釣《つ》り針《ばり》にしかけるところを、ピーティは熱心に見ている。それから、針《はり》から一メートルほど上の位置に浮《う》きをつけた。

「ピーティ、用意はいい?」トレバーはそういうと、思いっきり遠くまで投げた。竿《さお》をピーティの曲がった腕《うで》の下に通して、おなかの上にのせるようにした。これなら、どんな動きも感じることができるだろう。

「あの浮《う》きをよく見ててね。あれが水のなかに沈《しず》んだら、ぼくに教えて。いいね?」

「アイー、アイー」

ピーティが釣《つ》り糸《いと》をにらんでいるあいだに、トレバーは自分の釣《つ》り針《ばり》をセットして投げた。むかしは、よく両親といっしょに釣《つ》りにいった。ふたりは釣《つ》りにいくとはいわないで、ミミズをおぼれさせにいくといっていたけれど。でも、それも、父親が食品スーパーの生産管理部長の職を得るまでのことだった。母親は会計士として働きはじめた。ボーズマンに引《ひ》っ越《こ》してきたのは、両親がよりよい仕事につくためだった。この五年で三度目の引《ひ》っ越《こ》しだ。いまでは、三人でいっしょになにかをする機会なんて、ぜんぜんなくなってしまった。

二本ならんだ竿《さお》のうち、ピーティのほうに魚が食いついてくれたら、とトレバーは祈《いの》っていた。浮《う》きがちょっと動くたびに、ピーティの声が短い興奮《こうふん》したあえぎになった。

「まだだよ」トレバーがいう。「浮《う》きが完全に沈《しず》まないと。そしたら、ぼくが竿《さお》をあげて針《はり》からはずすから」

ふたりはピクピク動く浮《う》きを見つめた。とつぜん、ピーティの浮《う》きがぐっと沈《しず》みこんだ。トレバーは手をのばして、竿《さお》をぐいとひいた。そのとたん、竿《さお》が大きくしなった。ひきがくるたびに、ピーティの体じゅうに電気が走るように興奮《こうふん》がひろがり、思わず甲高《かんだか》い声をあげながら、体をよじっている。

トレバーは慎重《しんちょう》にリールをまわして魚をひきよせた。二十センチぐらいのパーチだ。トレバーは巨大《きょだい》なクジラを釣《つ》りあげるかのように格闘《かくとう》した。ピーティは満面の笑顔《えがお》だ。ちょっとでもピーティから楽しみをうばわないようにと、魚を針《はり》からはずすときにも、ピーティの曲がったままの手を魚にそえた。筋肉《きんにく》を自分で動かすことはできなくても、肌《はだ》の感覚はあるんだとシシーからきいていた。

魚が動くたびに、ピーティの腕《うで》がびくんと動いた。ピーティは笑顔《えがお》のまま、ずっと「オーボーイー、オーボーイー、オーボーイー」と感動の叫《さけ》び声《ごえ》をあげつづけた。

ようやく針《はり》から魚がはずれると、ピーティはその小さな魚を見つめている。なんだか心配そうだ。

「どうしたの？」

「オーダー！　オーダー！」

「ノー・ダイ、死んじゃだめだっていってるの？」

「アイー」

「この魚、はなしてあげようか？　そうしたら、死なずにすむけど」

「アイー、アイー」

トレバーはピーティのリクエストにこたえて、慎重《しんちょう》に魚を湖にかえした。ネス湖の怪《かい》獣《じゅう》を釣《つ》りあげたとしても、ちゃんとかえしてあげただろう。

まもなく、ピーティの竿《さお》に二匹目《ひきめ》の魚がかかった。すぐに三匹目《びきめ》も、四匹目《ひきめ》も。五匹目《ひきめ》はもがいてピーティの手をのがれて、車椅子《くるまいす》の上ではげしくあばれた。トレバーは、ピーティが甲高《かんだか》いよろこびの声をあげながら、体をびくんびくんと動かすのを見て、興奮《こうふん》のしすぎでぐあいがわるくならないかと心配だった。

その日、ピーティは七匹《ひき》釣《つ》りあげた。トレバーは一匹《ぴき》だけだ。どれも小さなニジマスやパーチばかりだった。それでも、ピーティが釣《つ》りあげるのを見ているだけで、むかし自分が釣《つ》ったときのどんな興奮《こうふん》もかすんでしまうほど楽しかった。介護《かいご》ホームにもどるピーティの体の上にかけた白いシーツは、どこもかしこも魚の粘液《ねんえき》でベタベタだった。それに、生臭《なまぐさ》い。トレバーはオムツをかえずにすんだことをよろこんでいた。

シシーは玄関《げんかん》で出迎《でむか》えてくれた。ピーティのよごれたシーツに目をやってこういった。

「あらまあ、ふたりともずいぶん楽しんできたようね」

トレバーとピーティはふたりともいたずらっ子のように微笑《ほほえ》んだ。

別れるとき、ピーティがトレバーにむかって声をあげた。

「どうしたの、ピーティ?」

「シャーフ」

「わかんないな。なにかつぎにしたいことをいってるの?」

「アイー、シャーフ」

「もしかして、釣《つ》りも終わったばかりなのに、もう、ショッピングはいつかっていってる?」

ピーティはにやっと笑った。

「アイー、アイー」

「かんべんしてよ、人づかいが荒《あら》いなあ!」トレバーは怒《おこ》ったふりをした。「わかった、わかった。あしたでもはやすぎるってことはないよね?」

ピーティは微笑《ほほえ》みながらうなずいた。

「ふたりには、スケジュール帳が必要なんじゃない？」シシーがからかった。

ピーティの部屋からでたトレバーは、廊下《ろうか》でシシーをとめてたずねた。「ねえ、シシー、新しい車椅子《くるまいす》を手に入れる方法って、なにかないかな？　あれはバラバラにこわれちゃいそうだよ」

シシーは顔をしかめた。「むずかしいかもね。介護《かいご》ホームの施設長《しせつちょう》からの要請《ようせい》は、州議会の承認《しょうにん》を受けなくちゃいけないことになってるの。でも、きいてみるのはかまわないわ。ピーティといっしょにいってみましょう」

シシーとトレバーはピーティの車椅子《くるまいす》をおして施設長《しせつちょう》のオフィスにいった。ヘドリック氏は背《せ》の低い男の人で、アイロンをかけたてのスーツを着ていた。髪《かみ》はべったりとワックスでかためられている。

紹介《しょうかい》がすむとシシーがいった。「さあ、トレバー、ヘドリックさんにわたしたちがここにきた理由を話してさしあげて」

トレバーは緊張《きんちょう》したようすで、身をかがめて、ゆるみきってはずれたゴムタイヤをひっぱってみせた。「ピーティには新しい車椅子《くるまいす》が必要です」自分がビニールテープで補修《ほしゅう》したフレームの部分や、背《せ》もたれのクッションなどをさししめす。「この車椅子《くるまいす》で散歩につれだすのは危険《きけん》です」

「いいかな、トレバー」ヘドリック氏はていねいに返事をした。「きみが、わたしたちの施設《しせつ》の居住者に関心を持ってくれるのは、とてもありがたいことです。この人に新しい車《くるま》椅子《いす》が必要なのもよくわかります。ところがですね、この人のお年を考えると、せっかく新しい車椅子《くるまいす》が手に入っても、この先、その恩恵《おんけい》をどのぐらい受けられるのか、ということも考えないといけないのです」

トレバーはヘドリック氏がピーティのことを、冷たく機械的に話すことに腹《はら》が立った。「外にでられる新しい車椅子《くるまいす》がなかったら、ピーティはそれこそ、死んじゃうかもしれないんだ」トレバーはとつぜんピーティをふりかえっていった。「ねえ、ピーティ。ヘドリックさんがいうみたいに、この先、すぐに死ぬ予定はある?」

トレバーの質問はヘドリック氏をびっくりさせた。目をパチパチとしばたたいて、顔を赤くしている。ピーティは笑い声をあげた。両腕《りょううで》はブーメランのようにぶんぶんふりまわしている。

「アーオーダー」ぼくは死なない。

トレバーはヘドリック氏の机《つくえ》の上にかかげられた額を指さした。そこには「わたしたちは、人々に死ぬ理由ではなく、生きる目的をあたえる」と書かれていた。

ヘドリック氏は、風で髪《かみ》が乱《みだ》れたとでもいうように頭に手をやった。もごもごと口ごもっている。「だが、……それは、そのう、そんなにかんたんな話ではないんです。まずは、理学療法士《りょうほうし》の推薦状《すいせんじょう》が必要です。それに、医療扶助《いりょうふじょ》を受けるために、申請《しんせい》する写真もいります」この小心者は、もう一度ゆっくりと首を横にふった。「それ以前に、わたしの承認《しょうにん》が必要ですが、わたしにはそのつもりはありません。こちらの居住者はお年をとりすぎていて、そのような出費は……」

トレバーがどなるように口をはさんだ。「あなたがいつか、こわれた車椅子《くるまいす》にとじこめられる日を楽しみにしてますよ！」

トレバーは車椅子《くるまいす》をおしてオフィスからでた。その瞬間《しゅんかん》、あんなことはいうべきではなかったと思った。でも、なんとかしてピーティの新しい車椅子《くるまいす》を手に入れる方法を考えなくては。なまけものの施設長《しせっちょう》の助けなどいるもんか！

トレバーの頭のなかには、もう計画が浮《う》かんでいた。

第19章

その日、トレバーは介護《かいご》ホームを立ち去る前に、シシーから新しい車椅子《くるまいす》を手に入れるための手順をきいた。「写真はわたしにも撮《と》れるわね。でも、まず理学療法士《りょうほうし》に評価をしてもらわなくちゃならない。そのあとには、医療《いりょう》機器の会社との交渉《こうしょう》ね」シシーはそこでいったんことばを切った。「ところで、お金はどうやって手に入れるつもりなの？」

「いいこと、思いついたんだ」トレバーは興奮《こうふん》していった。「でも、ぼくには元気のでるオーラが必要だよ！」

「わかったわ、ほら、元気のでるオーラよ」シシーは鼻にしわをよせ、くちびるをすぼめて、魔法使《まほうつか》いのように、両手の指先を何度も波打つようにトレバーにむかってなびかせた。

ふたりは大笑いした。「これ、ビリングズにある会社の電話番号。それと、トレバーを助けてくれるかもしれない理学療法士《りょうほうし》のも」

トレバーは興奮《こうふん》でめまいがするような気分で家に帰った。両親が帰ってくる前に、自転車でいくつかのレストランをまわり、大きなコーヒー缶《かん》をとっておいてくれるようにたのんだ。計画を説明すると、ほとんどのレストランはよろこんで手伝ってくれるといった。医療《いりょう》機器の会社に電話をするには時間がおそすぎたが、あしたは土曜日だ。ゆっくりかけられる。

その夜、トレバーは両親にピーティのことや、新しい車椅子《くるまいす》を手に入れようとしていることをくわしく話した。

「そんなこと、介護《かいご》ホームはいいっていいってるのかい？」父親がたずねた。

「だいじょうぶ。だれも気にしないよ。ピーティを散歩につれだすひまもないんだから。きょうの午後は、ぼくが魚釣《さかなつ》りにつれていったんだ。ピーティは七匹《ひき》つかまえた。ぼくは一匹《ぴき》だけだったけど。信じられる？　あの人は、すごく運がいいんだよ」

トレバーの母親が口をはさんだ。「学校で、おなじ年ごろの友だちを作ったほうがいいんじゃないかしら。どうしてそんなに、そのお年寄りにこだわるの？」

うまく説明したくてもできなかった。問題は、自分自身にもよくわからないことだ。

「きっとわかってもらえないだろうな」トレバーはつぶやく。

「話してごらん」父親がいった。

「それじゃあ、今度ピーティをここにつれてきて、ふたりに会わせるよ」

トレバーが部屋からでていったあと、ふたりはちらりと目を見かわした。

◇

翌朝《よくあさ》、トレバーは起きるとすぐに、自転車のハンドルに大きなビニール袋《ぶくろ》をしばりつけて、コーヒー缶《かん》を集めてまわった。車椅子《くるまいす》のために寄付をつのるという活動は、気晴らしにもなった。新しい学校ではまだ友だちはひとりもいなかったからだ。そもそも、友だちなんか必要だろうか？　新しく友だちができたと思ったら、両親がよりよい仕事を見つけて、引《ひ》っ越《こ》すことになるんだから。

夕方近くには、集めた缶《かん》は五十個ほどになっていた。車椅子《くるまいす》がいくらぐらいするのかは見当もつかなかったが、最新式の自転車より高いとは思えない。たぶん、二、三百ドルぐらいだろう。

つぎに、トレバーは電話をかけた。最初の電話をかけ終えたとき、トレバーの頭のなかは真っ白だった。医療《いりょう》機器の会社は、どのくらいの改造が必要かにもよるけれど、ちゃんとした車椅子《くるまいす》は三千ドル以上になるといったからだ！

「三千ドルだって」トレバーはうめき声をあげた。「三千ドルなんて集められるわけないよ」それでも、いまさらピーティの期待を裏切《うらぎ》るわけにはいかない。もう一件べつの電話をかけるとき、トレバーはおちつけ、おちつけと自分にいいきかせた。冷静に考えなければならない。

「もしもし、こちらジョージア・アダムズです」明るい声がした。

「もしもし、理学療法士《りょうほうし》のアダムズさんですか？」

「はい、そうです。どんな御用件《ごようけん》でしょう？」

なるべくおちつきはらった声で、用件を説明した。

「車椅子《くるまいす》の資金はあるんですか？」

「いえ、まだなんです。でも、ぼくは……」

ジョージア・アダムズがことばをさえぎった。「もし、お金がまだなのなら、まず、そちらを用意することが先ですね」

トレバーは大きく息を吸《す》った。「お願いがあるんです。もしぼくが、車椅子《くるまいす》のお金を用意することができたら、評価を無料でしていただけませんか？」

しばらく返事がなかった。「いいわよ。約束しましょう。あなたのように、人のことを心配できる人が、世の中にはもっと必要ね」

「ありがとうございます」トレバーはそういって電話を切った。その日、やろうと思っていたことを全部し終えて、トレバーは自転車で介護《かいご》ホームにむかった。まだ、ピーティをショッピングにつれていくだけの時間はある。

店に近づくとピーティの顔が期待でかがやいた。けれども、とても混乱《こんらん》しているようだった。

「ワー？」ピーティは質問のしどおしだった。

「これからKマートっていうスーパーマーケットにいくんだよ。でっかい店で、お客さんがいっぱいいものを買いにくるんだ」

「ワーイー？　ワーイー？」どうして？　とたずねる。

「どうして、ものを買うのかって？」

「アイー」

「必要だから」

「ワー？」なにが？

とつぜん、ピーティにはショッピングがどういうものなのか、わかっていないことに気づいた。これまで生きてきて、一度も店にいったことがないなんてありうるんだろうか？

「ピーティ、店に着いたら説明するよ」

ピーティはもどかしげにうなずいた。

車椅子《くるまいす》でKマートの駐車場《ちゅうしゃじょう》を横切った。店の正面で動物の形をした機械にまたがっている子どもたちがいた。親は機械に二十五セント硬貨《こうか》を入れている。ピーティは子どもたちと動きはじめた機械をじっと見つめた。「オーボーイー、オーボーイー！」とおどろきの声をあげる。見つめながら、不思議そうにいう。「ワー？」あれは、なに？

トレバーは一瞬《いっしゅん》答えにつまる。「えーと、あれはね、お金を入れると動く機械なんだ。子どもたちには、とてもおもしろいんだ」

ピーティはわけがわからず首を横にふる。

店に入ると、ピーティの目はあちらからこちらへといそがしく動いた。明るく点滅《てんめつ》する光、どこからともなくきこえる音楽、子どもたちの叫《さけ》び声《ごえ》、食べ物のにおい……。なにもかもがいっせいにピーティにおそいかかる。ピーティはよろこびのあまり、甲高《かんだか》い声をあげた。店内の客がピーティをふりむく。好奇心《こうきしん》と嫌悪感《けんおかん》をかくそうともしていない。背《せ》の高い、きれいな女の人がふたりのほうに歩いてきた。ピーティは微笑《ほほえ》んで、曲がった両腕《りょううで》をパタパタと動かした。「アオー、アオー」目にいっぱいの期待をこめて、ピーティが声をだした。

女の人はにこりともせずピーティに目をやった。

そのまま歩き去る女の人の背中《せなか》にむかって、トレバーは大きな声で話しかけた。「この人はハローっていったんです」

女の人はトレバーも無視《むし》した。

「ワーイー？」ピーティがいった。とまどった表情だ。

「どうして、いまの人はあいさつをかえしてくれなかったって？」

「アイー」

トレバーは怒《おこ》ったように口をへの字にして答えた。「父さんはよくいってるよ。美しさっていうのは皮一枚《まい》ぶんのことだけど、みにくさは骨《ほね》まで染《し》みてるってね！」

ピーティは笑い声をあげた。「アグー！」アグリー、みにくいという意味の声だ。そのあと、ピーティの目が明るい彩《いろど》りの箱にとまった。「ワー？」あごでさししめしながらたずねる。

「箱入りのお菓子《かし》だね」

「オーボーイー!」ピーティの目はもう、べつのものを見ていた。「ワー?」

「あれは電子レンジ」

「ワー?」

「食べ物をあたためる機械だよ」

ピーティにはよくわからないようだ。

「ここはきっと、ディズニーランドとおなじぐらい楽しいんだろうな」トレバーはいった。

ピーティはトレバーを見あげる。さっぱりわからないという表情だ。

「いいんだ、気にしないで。介護《かいご》ホームとくらべたら、信じられないようなところだよね」

「アーイー、アーイー!」ピーティが叫《さけ》ぶと、店内の客が露骨《ろこつ》に見つめたり、あわててべつの通路に移動したり、無理に視線《しせん》をはずしたりした。なかには、おそろしげにピーティを見つめて、自分の子どもたちの手をひいて、ピーティから遠ざけようとした親もいた。

それに気づいてピーティが「オーグー、オーグー」という。

「ほんとにノーグッドだね」トレバーも賛成する。Kマートの店内を歩きまわっていて、ピーティに微笑《ほほえ》みかけたり、あいさつをしてくれたのはふたりだけだった。トレバーはそのふたりを抱《だ》きしめたいぐらいだった。

ピーティは何百もの品物の名前とそのつかいみちを知りたがった。トレバーにとっても新しい発見だった。ピーティのように文字を読めない人にとって、ラベルがはってあるだけで、中身のわからない箱がどれほどあることか。トレバーは自分がもごもごとつぶやきつづけるマヌケな人間のように思えてならなかった。おもちゃの飛行機がどうしてとぶのか、ボートはどうして水に浮《う》かぶのか、タイヤのなかのチューブはどんな働きをしているのか、いろいろな道具のつかいみちや、香水《こうすい》のようにバカげたもののことを、どうやって説明したらいいのやら。

ところがピーティは、香水《こうすい》が気に入った。すべてのサンプルのにおいをかぎたがる。そのなかのいくつかをかいだときには、目をとじてうっとりと香《かお》りを味わっているようだった。

Kマートをあとにしたときには、もうおそい時間になっていた。それでも、トレバーはピーティにたずねてみた。「これから、ぼくの父さんと母さんに会いにいく?」

「アーイー、アーイー！」ピーティは叫《さけ》んだ。

家に着くまでに、車椅子《くるまいす》の補修《ほしゅう》のために二度立ちどまらなければならなかった。トレバーは車椅子《くるまいす》を家の前の芝生《しばふ》にとめて、両親を呼《よ》びに家に入った。

玄関《げんかん》からピーティにむかってのろのろと歩く両親の目のなかには、Ｋマートの客たちとおなじ恐怖《きょうふ》と嫌悪感《けんおかん》があった。

第20章

トレバーの両親は、ピーティにぎこちなく微笑《ほほえ》みかけ、まるで、耳のきこえない子どもに話しかけるように、かんたんなことばを大声でいった。

「ふつうにしゃべってよ」トレバーがいう。「ピーティはちゃんと考えられるし、きこえるし、理解もできる、父さんたちとおんなじにね」

母親は頭をピーティのほうにかたむけた。「きっとそうなんでしょうね」まるで、ピーティがそこにいないかのような口ぶりだ。

「ぼくたち、もういくよ」トレバーは両親の態度にとまどって、とつぜんそういった。

「ああ、そうか。よってくれてありがとう」父親がいった。

トレバーはタイヤのゴムがはずれないぎりぎりのスピードで家からはなれた。「ぼくの父さんと母さん、スーパーにいた人たちとおなじようにピーティのことをあつかってたね」トレバーはぼそりといった。

「ウー」ピーティはトレバーをさししめしながら声をだした。

トレバーは急に恥《は》ずかしくなった。「そうだね。ぼくも最初はそうだったかも。でも、ピーティのことをよく知るようになる前のことだよ」

ピーティはそのとおりというようにうなずいた。

「ピーティのこと、ほかの人にも知ってもらえばいいのかもね」

ピーティは微笑《ほほえ》む。「グー!」

つぎにトレバーがしゃべったのは、介護《かいご》ホームの裏《うら》に着いてからだった。

「ピーティの部屋にいく?　それとも食堂?」

ピーティはあごで自分の部屋のほうをさして叫《さけ》んだ。

「ブーッフ!」

車椅子《くるまいす》をピーティの部屋までおすと、トレバーはたずねた。

「なにか、ぼくに見せたいものがあるの?」

「アイー、ブーッフ！」

「ブックっていってるんだね。それなら、きっとこれのことかな」トレバーは引き出しからアルバムをとりだした。

ピーティは笑顔《えがお》になった。「グー、グー」

ピーティに見えるようにアルバムを持って、古い写真がはってあるアルバムのページをめくっていく。ボーズマン介護《かいご》ホームで撮《と》った最近の写真も何枚《まい》かあった。それ以外はウォームスプリングズで撮《と》った古いポラロイド写真だった。そのなかに、車椅子《くるまいす》にすわって微笑《ほほえ》むぽっちゃりとした男の人の写真があった。牛乳《ぎゅうにゅう》びんの底のような分厚いレンズの眼鏡をかけている。

「アイーク、アイーク」ピーティが声をあげた。

「だれ？」

「アイーク」

「ピーティの友だち？」

「アイー」

「いま、どこにいるの？」

ピーティの微笑《ほほえ》みが消《き》え失《う》せた。首を横にふる。

「知らないんだね」

「アイー」

トレバーはページをめくりつづけた。ピーティの目に誇《ほこ》らしげな光が宿っている。ピーティにとって、これらの写真だけが、トレバーには想像もつかない過去とつながっているものなのだとわかった。このアルバムに写っている人たちは、ピーティにとっては、いちばん家族に近い人たちなんだろう。

ピーティが、車椅子《くるまいす》にすわったまるまる太った男の人のべつの写真に目をとめた。体をびくんとさせて、甲高《かんだか》い声をあげた。「アイーク！」

トレバーはそのようすにすっかりおどろいていた。この人がピーティのいちばんの親友だったのは、まちがいなさそうだ。「この人がだれなのか、きいてみるね」トレバーはいった。ピーティを待たせて、アルバムを持ち、何人かの看護師《かんごし》にきいてまわった。この謎《なぞ》の人物について、ほんのちょっとでも知っている人はだれもいなかった。「だれもこの人のこと知らないって」トレバーはピーティに報告した。

ピーティはだまったまま、アルバムを見つめている。

すぐそばにすわって、じっとピーティの目を見ていると、トレバーにも過去の亡霊《ぼうれい》を感じることができるような気がしてくる。ピーティにとりついた過去は、自分たちのことをけっして忘《わす》れないでと訴《うった》えているようだ。

それからの二、三週間は、ピーティの車椅子《くるまいす》の資金集めに目のまわるようないそがしさだった。あちこちの店にたのみこんで、寄付金入れのコーヒー缶《かん》をレジカウンターにおかせてもらった。缶《かん》のふたにコインを入れる切りこみをつけて、缶《かん》の腹《はら》にはピーティがだれで、なにを必要としているのかを書いたメモをはりつけた。

そうこうしているうちに、学校は夏休みに入った。新しい学校でまるまる一学期間をすごしながら、トレバーにはまだひとりの友だちもいなかった。おかげで、ピーティを散歩につれていく時間はたっぷりとれた。トレバーがピーティの車椅子《くるまいす》をおして歩く姿《すがた》は、この町ではおなじみの光景になった。町の人々もようやくおそろしさがうすれてきて、この奇妙《きみょう》なコンビに近よってあいさつをしてくれるようになってきた。

夏至《げし》のころには、ピーティには何十人もの知り合いができていた。トレバーの学校の生徒のなかにも、立ちどまってピーティにあいさつをしてくれる人がでてきた。

車椅子《くるまいす》の資金はなかなかたまらなかった。ようやく四百ドルそこそこといったところだ。一方、ピーティの車椅子《くるまいす》は、毎日のようにどこかがこわれた。ある日は、車軸《しゃじく》が折れてしまった。たまたま通りかかった人が、介護《かいご》ホームから助けを呼《よ》んできてくれるまで、トレバーは車椅子《くるまいす》がかたむかないように、ささえつづけなければならなかった。その日、地元の溶接工《ようせつこう》に修理してもらって、たまった募金《ぼきん》のなかから三十五ドルをつかうはめになった。新しい車椅子《くるまいす》がさらに遠ざかる。

「このままじゃ、車椅子《くるまいす》どころかただの椅子《いす》ひとつ買えないよ」トレバーはシシーにぼやいた。

「資金集めのキャンペーンでもはじめてみたらどう？」

「どうやって？」

シシーは肩《かた》をすくめた。「さあ、よくはわからないけど。たとえば、新聞社に売りこんで記事にしてもらうとか。ピーティがどんな人でどんな人生を送ってきたか、もっとよく知らせることができたら、助けてくれる人もでてくるかもしれないでしょ」

「うん、やってみるよ」その数分後には、トレバーは地元紙「ボーズマン・デイリー・クロニクル」にむかって自転車をこいでいた。

思いがけず、新聞記者はトレバーの話にとても興味を持ってくれた。その女性記者は町のあちこちに寄付金集めの缶《かん》がおいてあることに気づいていたし、トレバーがピーティの車椅子《くるまいす》をおしているところを見かけたこともあった。記者は今週中には何枚《まい》か写真を撮《と》って、日曜の紙面に記事を書いてくれると約束した。

「ありがとうございます！　やったー。ほんとうに感謝です！」トレバーは興奮《こうふん》で舌をもつれさせながらいった。

全力でペダルをこいで介護《かいご》ホームにもどり、さっそくピーティに知らせた。ピーティも興奮《こうふん》で顔をかがやかせた。

「散歩にいこうか」トレバーはいう。「繁華街《はんかがい》にでて、缶《かん》のお金をチェックしなきゃ」

「マー」ピーティがいった。

「そう、マネーをね」トレバーはすぐに車椅子《くるまいす》をおして、裏通《うらどお》りを通って繁華街《はんかがい》にむかった。ほんの二ブロックも進まないうちに、またしてもタイヤのゴムがはずれた。修理をしていると、か細い老人が一ブロックほどはなれたところから、ふたりにむかって足をひきずるようにして近づいてくるのが見えた。その老人は杖《つえ》をついている。

ビニールテープでゴムタイヤを固定し終え、歩きはじめようとしたら、その老人が大きな声をだした。

「ちょっと、きみ、待ってくれないか！」

トレバーはふりむいた。老人は手をあげて、とまってくれと合図している。

「まさか、ピーティなのか？」老人は一瞬《いっしゅん》はっと息をのんだ。あわてて追いかけてきたせいか、息が荒《あら》い。銀縁《ぎんぶち》の眼鏡が骨《ほね》ばった顔からずり落ちそうになっている。

見つめかえしたピーティも気づいておどろきをかくせない。

「オーウイー！　オーウイー！」

「やっぱりきみなんだな、ピーティ。信じられないよ。あれから何年たつんだ！」老人は大きな声でいった。

「ピーティを知ってるんですか？」トレバーはなにかを疑《うたが》うようにたずねた。

「ああ、知ってるとも。ウォームスプリングズで、何年もピーティの世話をしてたんだからな」

「アイー、アイー」ピーティの目は興奮《こうふん》で見ひらかれている。

老人はトレバーに手をさしだしていった。「オーウェン・マーシュだ」

「ぼくはトレバー・ラッドです。ピーティの友だちです」

トレバーの手をにぎる力はとても強く、こんなに細く骨《ほね》ばった手のどこに力がかくされているのだろうと思うほどだった。

一九六〇年代から七〇年代にかけての、精神科病棟《びょうとう》でのピーティとの思い出を語るオーウェンの話をきいていると、午後ののんびりした散歩が、たちまち魔法《まほう》にかかったようになった。オーウェンとピーティのあいだにかわされる感情はとても親密《しんみつ》で、トレバーは嫉《しっ》妬《と》を感じるほどだった。いつのまにか、ピーティにとって自分がいちばんの親友だと思うようになっていたせいだ。

話によると、オーウェンは仕事をやめて、ボーズマンで隠居《いんきょ》生活を送っていた。ピーティがウォームスプリングズから自分の近所に移されていたとは、考えたこともなかったということだ。オーウェンの住むアパートと介護《かいご》ホームのあいだには、二ブロックぶんの区画とひろいあき地があるだけだった。だが、その荒《あ》れたあき地が老人にとってだだっぴろい海や大陸に感じられるほどの障害物《しょうがいぶつ》になっていたとは、トレバーには想像もできない。うしろ髪《がみ》をひかれるように別れる前に、オーウェンはトレバーに住所と電話番号を書いたメモをわたした。「きっと、ふたりで遊びにきてくれよ、いいね？」

「アーイー」ピーティが甲高《かんだか》い声をあげた。

「かならずいきます」トレバーは約束した。

◇

その夜、トレバーはなかなか眠《ねむ》れなかった。オーウェンにきいてみたいことが山ほどある。ピーティはどうしてウォームスプリングズで暮《く》らすことになったのか？　あそこではピーティにちゃんと考える力があることを知っていたんだろうか？　ピーティといっしょに見たあのアルバムのことも気になる。オーウェンは、ピーティがアイークと呼《よ》んでいた車椅子《くるまいす》のぽっちゃりした男の人のことを知っているんだろうか？　ようやく眠《ねむ》りについたトレバーの夢には、たくさんの老人と何冊《さつ》ものアルバム、何台もの新品の車椅子《くるまいす》がでてきた。

翌朝《よくあさ》目がさめると、両親はもう仕事にでていた。ぐっすり眠《ねむ》れなかったせいで、重い体をひきずるようにベッドからでた。とつぜん、あのアルバムのことを思い出して、あわてて服を着た。朝食も食べずに自転車にとび乗り、介護《かいご》ホームにむかう。

トレバーが着いたとき、ピーティはちょうど朝食を食べさせてもらっているところだった。「ねえ、ピーティ」トレバーはいきおいこんできく。「オーウェンはアルバムのあの男の人のこと、知ってる？」

「アイー、アイー、アイーク、アイーク」

トレバーにもピーティの興奮《こうふん》は伝わった。「あの写真、オーウェンに見せにいっていいかな？」

ピーティは大きくうなずいた。「グー」

トレバーは、アルバムをベルトにはさんで、自転車でオーウェンの住むアパートにむかった。電話もかけずにやってきたが、これは許されるだろうと思った。

ノックをするとオーウェンが答えた。

「電話もしないですみません。いま、ちょっといいですか？」

「ひまなら持てあますほどあるよ」オーウェンはそういってにやりと笑った。「ほんとうはだれだってそうなんだが、年をとるまで気づかないものなんだな。それはそうと、犬に追われたウサギみたいにあわててどうしたんだ？」

トレバーはアルバムをオーウェンにむけてテーブルの上にそっとおいた。「ここに、ウォームスプリングズでのピーティの知り合いの写真があるんです。でも、ピーティから名前をききだすことができなくて。この人がだれだかわかりますか？」トレバーは車椅子《くるまいす》のぽっちゃりした人をさした。

写真をじっと見つめるオーウェンの目に涙《なみだ》があふれてきた。「知ってるとも。カルビン・アンダーズだ。よく知ってるとも。ピーティとはずっといっしょにあそこで育ったんだ」

「あなたは、ウォームスプリングズをやめてから、そこにいったことはありますか？」

オーウェンは窓《まど》の外に目をやった。「一度だけあったな。だが、そのせいで、ピーティとカルビンがひどく落ちこんだときいてな。こっちもおなじだったがね。どっちにしろ、ウォームスプリングズにいるふたりを目にするのは、ほんとにつらいことだった。自分がどれほど無力で助けにならないかも思い知らされた。あのまま、ふたりと関係を持っていたら、おたがいいつまでも忘《わす》れられずに、傷《きず》つくばかりだと思ったんだ」

「カルビンはいまもそこに？」

オーウェンは感情がたかぶりすぎてしわがれ声でいった。「一度たずねてからは、ピーティにもカルビンにも会っていない」そこでしばらくことばを切った。「だが、……何年か前に、ビリングズ市の新聞でぐうぜん、カルビンの写真を見たことがあるんだ」

「ビリングズ市の新聞？」

「ああ、カルビンはスペシャルオリンピックスにでてたんだ。知的障害《しょうがい》のある人たちのための大会だ。車椅子《くるまいす》レースの写真のなかに写ってたよ」

「あなたの写真は、どうしてこのアルバムにないんでしょう?」そう質問して、すぐに後《こう》悔《かい》していた。

オーウェンはトレバーを見つめた。その質問にふくまれた意味に傷《きず》ついている。「あそこはディズニーランドとはわけがちがうんだ。だれもかれもがミッキーマウスといっしょに写真を撮《と》るわけじゃないんでね。正直なところ、あの病棟《びょうとう》にカメラが持ちこまれたのを見たことは一度もないよ。写真を撮《と》るなんて考えたこともないしな」

「カルビンの知的な発達の遅《おく》れの程度は……いえ、その、どれぐらいの障害《しょうがい》だったんでしょう?」自分のへまをとりつくろうように、あわててつぎの質問をした。

「ごくわずかなものさ。だが、足の障害《しょうがい》は重かった。車椅子《くるまいす》生活もそのせいさ。カルビンは赤《あか》ん坊《ぼう》のころ、吹雪《ふぶき》の日に病院の柱のかげにおかれているのを発見された。施設《しせつ》にやってきたのは、一九三〇年代だ。何年ものあいだ、筋肉《きんにく》はずっと萎縮《いしゅく》しつづけてた」

「ピーティはカルビンの写真を見るたびに『アイーク』っていうんですけど。カルビンっていう音にはきこえませんよね」

オーウェンは悲しげに微笑《ほほえ》んだ。「アイクか……。その名前をまたきくことになるなんて思ってもみなかったよ。それはピーティがカルビンにつけた名前さ。アイゼンハワーのドキュメンタリー番組を見てつけたんだ。その名前ならピーティにも発音できるからな」

オーウェンは疲《つか》れているように見えた。そこでトレバーはいった。「ありがとうございました。いろいろ教えてもらってとても助かりました。また、ときどきたずねてもいいですか？」

「もちろんだ。いつでもおいで。今度はピーティもつれてきてほしいな。最近は、外にでかけるのも少々つらくなってきたんでね」

そこをでてから、トレバーは介護《かいご》ホームにもどった。

「やあ、ピーティ」部屋にいるピーティを見つけて声をかけた。「あのアイクっていう人のほんとうの名前は、カルビン・アンダーズなんだね？」

ピーティは息がとまりそうにおどろいている。両腕《りょううで》をパタパタさせながら甲高《かんだか》い声をあげた。

「アイー！　アイー！」

トレバーはピーティのアルバムをサイドテーブルにもどした。「もし、ピーティが望むんなら、アイクのこと見つけられるかもしれないよ」

ピーティは疑《うたが》わしげにトレバーを見た。

トレバーは、またボクサーのように両手をあげて、車椅子《くるまいす》のまわりをとびはねた。笑いながら高らかに宣言《せんげん》する。

「なにもおそれるな、トレバーがいるじゃないか。もし、きみの友人がまだ生きているんなら、きっとぼくがさがしだしてみせる！」

そのことばに、ピーティは笑顔《えがお》を見せなかった。

介護《かいご》ホームからはなれながら、またしても守れもしないバカな約束をしてしまったんではないだろうかと思った。車椅子《くるまいす》のお金にはまだ二千五百ドルもたりないし、色あせかけた写真の幻《まぼろし》の人物を見つけるなどという約束をしてしまった。それに、たとえあの人を見つけだしたとしても、ふたりの友情は元にもどるんだろうか？　それとも、墓場から亡《ぼう》霊《れい》をほり起こすようなまねなんじゃないだろうか？

第21章

トレバーはピーティの友だちのアイクをさがすための行動をなにも起こさなかった。しばらく頭を冷やして、こんなことをするのがほんとうに大きなまちがいではないことを確信したかったからだ。そうこうするうちに、「ボーズマン・デイリー・クロニクル紙」が、ピーティのことを記事にするための準備をはじめた。新聞社の記者、アン・ターナーは介《かい》護《ご》ホームでトレバーと会い、一時間ほどいろいろと質問をしたり、写真を撮《と》ったりした。ミス・ターナーはふたりと話しているうちに、すっかりピーティにも打ちとけた。ピーティにちゃんとむきあった人はみんなこうなるんだけどな、とトレバーは思った。

トレバーは、ピーティにどれほど新しい車椅子《くるまいす》が必要なのかを、何度もくりかえして話した。「お金はまだ二千五百ドルもたりないんです」とひきあげる準備をしているミス・ターナーに、念をおすようにもう一度いった。

「わたしたちは新聞をだすのが仕事なの。寄付集めじゃなくてね」ミス・ターナーはいった。「でも、ピーティの人生はとても興味深いわ。もし、一九二〇年代に脳性《のうせい》まひについて正しい知識があったなら、ピーティの人生はどれほどちがってたのかしら……」そこでしばらく間をおいた。「ピーティは必要もないのに、精神病患者《かんじゃ》の収容施設《しゅうようしせつ》におしこめられたたくさんの脳性《のうせい》まひ者《しゃ》のうちのひとりよね。とても人の心を打つ話だわ。この記事があなたのお友だちの助けになることを祈《いの》ってる」

「ぼくもです」トレバーは立ち去るミス・ターナーにいった。

ピーティの顔は紅潮《こうちょう》して、目は期待でいっぱいだ。

ふたりっきりになると、ピーティがトレバーの注意をひくようにいった。

「アイーク？」

トレバーはごくんとつばをのみ、ピーティの疲《つか》れたような目をじっと見た。

「ねえ、ピーティ。ほんとうにもう一度カルビンに会いたいの？」

「アイー、アイー。アイーク！　アイーク！」ピーティは強い調子でいった。

「そうだと思った。でも、確認《かくにん》しておきたかったんだ。わかったよ、さがしてみる」

その日、家に帰ったトレバーは、さっそくウォームスプリングズに電話をかけた。

「はい、こちらウォームスプリングズ州立病院です」ていねいでかしこまった声が答える。

「もしもし、以前そちらにいた患者《かんじゃ》さんについて教えてもらいたいことがあるんですけど」

「それでは、記録保管室におつなぎします」

十回ほど発信音が鳴って、声がきこえた。「はい、こちら記録保管室です。どのような御用件《ごようけん》でしょうか？」いらいらしたようにきこえる声だ。

トレバーは咳《せき》ばらいをした。「こちらはトレバー・ラッドといいます。むかし、そちらにいた患者《かんじゃ》さんについての情報がほしいんです」

「その患者《かんじゃ》さんのご家族ですか？」

「いいえ、そうじゃありません。ぼくはただ、むかしそこにいた人が、いまどこにいるか知りたいんです」

「緊急《きんきゅう》な用事ですか？」

トレバーは気後《きおく》れしてきた。「いえ、そうではないんですが」

電話の女の人はかたい調子で返事をした。「ざんねんですが、患者《かんじゃ》さんのプライバシーにかかわることをお知らせすることはできません。親類の方、もしくはその患者《かんじゃ》さんの正式な代理人以外の方には情報の公開は禁じられています」

「なんとか助けてもらえませんか。もしぼくが、その患者《かんじゃ》さんの代理人なら、どこに住んでるかなんて電話するわけないんですから。プライバシーをおかそうなんてつもりは、ぜんぜんありません。ただ、どこに住んでるか知りたいだけなんです」

「ざんねんですが、住所はプライバシーです」

トレバーは受話器をかたくにぎりしめた。「それじゃあ、どんなことならプライバシーにかかわらないっていうんですか？　たとえば、時間をたずねたら教えてもらえるんですか？　それとも、それもプライバシー？」それだけいうと、たたきつけるように受話器をおいた。

受話器をにぎった手にこもった力はゆっくりほどけたが、トレバーはいらいらしていた。あんなに怒《おこ》るべきじゃなかったのはわかっている。でも、かんたんにはあきらめられない。そういえば、オーウェンはスペシャルオリンピックスでカルビン・アンダーズを見たっていってなかったっけ？　トレバーは番号案内に電話をかけて、スペシャルオリンピックスの番号を調べ、すぐに電話した。

「もしもし、こちら、スペシャルオリンピックスです」女の人がでた。

「こんにちは。ぼくはトレバー・ラッドといいます」今度はもうすこし、親しげな調子でせまってみることにした。「実は、ぼく、ピーティ・コービンっていう脳性《のうせい》まひの人と親友なんです」

「それはすばらしいことね、トレバー」

「それで、ちょっと教えてもらいたいんです。そちらの大会の参加者で、カルビン・アンダーズっていうお年寄りがいると思うんです。ピーティとカルビンはウォームスプリングズ州立病院でずっといっしょに育ちました。ふたりとも、入れられたまま、放《ほう》っておかれたんです」

「それは、とても悲しいことね」女の人はいう。

トレバーはつづけた。「ところが、ふたりは意に反してウォームスプリングズでひきはなされてしまったんです」トレバーは深く息をついた。「そこで、どうか、カルビン・アンダーズの住所を教えてもらえないでしょうか。ピーティが連絡《れんらく》をとりたがってるんです」

「あら、ごめんなさいね、トレバー。わたしにその権限《けんげん》はないのよ」

受話器をにぎる手に力が入りすぎていることは、自分でもわかった。なるべく、とり乱《みだ》さないように話す。「ふたりは唯一《ゆいいつ》の家族みたいなものなんです。ほかに移されるまで、何年も最高の親友でした。ふたりが親友だったことは、だれひとり気にもかけなかったんです。ほんの最近まで。どうかお願いです。あなたに断られたら、ほかにはだれも助けてくれる人はいません。ピーティは親友と会いたがっています。ふたりは家族同然だったんです。どうか、カルビン・アンダーズを見つける手助けをお願いします」

長い沈黙《ちんもく》のあとに女の人は話しはじめた。「ほんとうに申《もう》し訳《わけ》ないんだけど、住所を教えるわけにはいかないの」トレバーは受話器をたたきつけそうになった。そのとき、女の人がつづけた。「だけど、モンタナ州にあるグループホームに電話をかけたら、その人が見つかるかもしれないわよ」そこで、いったんことばを切る。「とりわけ、ハミルトン市あたりのグループホームにね。電話番号は必要？」

トレバーはなんといっていいかわからず、たどたどしく答えた。「えーと、あー、はい。お願いします！　ほんとうにありがとうございます！」

「いいえ、わたしはなにもしてないわ。それは、忘《わす》れないでちょうだいよ」

「はい、わかりました。だけど、とにかくありがとうございます」

「どういたしまして」

ハミルトンに五件電話をかけたところで、トレバーはうめき声をあげながら、ドサッとソファーにたおれこんだ。両親が電話料金を見たら、びっくりするだろう。最後までやりとげようと思い直して、トレバーはリストの最後の番号に電話をかけた。

「もしもし」のんびりした鼻にかかった声が答えた。

「もしもし、そちらにカルビン・アンダーズはいますか？」

電話のむこうの女の人はクスクスと笑い声をあげた。「いいや、いるもんですか。ここはキッチンですからね。カルビンの部屋なら一階よ。もしここにいるとしたら、コンロの上で寝《ね》てることになるわね。こんがりとまる焼きになっちゃうよ」のんびりした鼻声が、ゲラゲラという笑い声になった。

女の人のバカバカしいじょうだんにことばがでてこなかった。けれどもすぐに、相手がカルビンとおなじグループホームの居住者のひとりだということに気がついた。「あんまり、おもしろいじょうだんじゃないね」

答えがないところをみると、相手はそのことばに傷《きず》ついたのかもしれなかった。

「カルビンはいま、自分の部屋にいるんですか？」

「いいや、いまはいないよ」

念のため、もう一度カルビンがそこに住んでいることをたしかめることにした。「失礼ですけど、あなたのお名前は？」

「サディーだよ」誇《ほこ》らしげに答える。

「ねえ、サディー、カルビンの苗字《みょうじ》なんて知らないですよね？」

「もちろん、知ってるとも。あの人はここに住んでるんだから……」そこでことばがとぎれる。「コンロの上って意味じゃないからね。住んでるのは一階だけど」もう一度ゲラゲラと笑う。

「それで、カルビンの苗字《みょうじ》は？」

「かんたんだよ」サディーは、ひとことひとことふざけたように、たっぷり時間をかけていった。「あのー、人のー、名前はー、カールビーーン……アーーーンダーーズ。カルビン・アンダーズだよ。わかったかい、これがあの人の名前だよ。ちゃんと知ってるっていっただろ」またクスクスと笑う。

トレバーは受話器を放《ほう》り投《な》げて空中で受けとめた。とうとう、カルビン・アンダーズを見つけた！　二百マイルほどはなれたハミルトンに。トレバーはサディーの笑いをさえぎった。「ありがとう、サディー。とても楽しかった。いい、ぜったいコンロの上なんかで寝《ね》ちゃだめだよ」電話を切るときも、受話器のむこうではサディーの笑い声がつづいていた。

トレバーは首をふりふり微笑《ほほえ》んだ。もし、この女の人にほんとうに知的障害《しょうがい》があるというのなら、こういう人がもっとたくさんいたほうがずっといい世の中になるのに、と思った。トレバーはすぐにシシーに電話をかけて知らせた。

「つぎのステップは、直接カルビンに電話をかけることだと思うんだ」トレバーはいった。

シシーは迷っているようだ。「ねえ、トレバー、その前にハミルトンの社会福祉《ふくし》事務所に電話して、カルビンも会いたがっているかどうかをたしかめてもらったほうがいいと思うんだけど」

「カルビンだって、ピーティに会いたいに決まってるよ」

「それはわからないわ。ピーティやカルビンは、わたしやあなたがトラックに積んでも積みきれないような人生を、ほんの爪《つめ》の先にたくわえているんじゃないかって思うの。蜂《はち》の巣《す》をつつくようなまねだけは避《さ》けなくちゃいけないでしょ」

「わかったよ」しぶしぶながら、トレバーはハミルトンの社会福祉《ふくし》事務所に電話して、状況《じょうきょう》を説明した。

電話にでた女の人は、心から関心を持ってくれたようだった。「カルビンにはわたしから話してみます。もし、カルビンも会いたがっているようなら、あなたにはかならずお知らせします」

受話器をおいたトレバーの手はふるえていた。もし、カルビンが会いたがっていなかったら？　そうしたら、どうしたらいいんだろう？　トレバーは返事がくるまでの二、三日、ピーティには会いにいかないことにした。もし、ピーティにカルビンのことをきかれたら、とても嘘《うそ》はつけない。さいわい、そんなに長く待つことはなかった。つぎの日の朝には、もう電話があった。

「もしもし、こちらハミルトンの社会福祉《ふくし》事務所です。さっそく、カルビン・アンダーズに会ってきたわ。それと、ボランティアで後見人をつとめているボイド・ハンソンにも。カルビンもすごくピーティに会いたがってました。ピーティのことを知らせたら、とても興奮《こうふん》してたわ」女の人はカルビンの友だち、ボイド・ハンソンの電話番号を教えてくれた。

「やったー！」トレバーは大声をあげて電話を切った。こぶしをにぎって、ボクサーのようにパンチをくりだす。いても立ってもいられなくて、自転車でまっすぐ介護《かいご》ホームにむかった。一刻《いっこく》もはやくピーティに伝えたい。

トレバーの知らせをきいても、ピーティはまるで信じられないようだった。

「アイーク？　アイーク？」おどろきでしきりにまばたきをするし、目には恐怖《きょうふ》といってもいいような色も感じとれた。

トレバーは、やぶをつつくようなまねはしないことにした。椅子《いす》にすわって、ピーティの車椅子《くるまいす》を横にならぶように動かした。

「さあ、ピーティ。それじゃあ、どんなふうにアイクと会うかちょっと話しあおうか」

「グー、グー」

「ほんというとね、ぼくはちょっとこわい気がしてるんだ」

「ワーイー？」

「どうしてかっていうと、すこしでもピーティを傷《きず》つけるようなことはしたくないから。ピーティはいまのままでも、じゅうぶんに幸せでしょ？」

ピーティはうなずく。

「カルビンと会うことが、亡霊《ぼうれい》をほり起こすようなことになるんじゃないかって心配なんだ。もしかしたら、思い出したくないことまで思い出しちゃうかもしれないし。ピーティはぼくよりもずっと経験を積んでるし、頭もいい。知的障害《しょうがい》なんてこれっぽっちもないのは、ぼくも知ってるし、ピーティだってわかってるよね」

「アイー」

「だからぼくには、こうしたほうがいい、とか、これはやめておいたほうがいいなんてことをいう権利《けんり》はない。決めるのはピーティだよ。この先、どんなことが起こるのかよく考えてみて」

ピーティは頭を上下に動かしていった。

「アイー」

「ピーティが決めたとおりに、実行するから」

ほんの一瞬《いっしゅん》、ピーティもとまどったようだった。遠いむかしに心に深い傷《きず》を残す形で無理矢理とりあげられた、なにかを望むということが、おそろしいとでもいうように。でも、つぎの瞬間《しゅんかん》には、疑《うたが》いはすべて消え去り、顔じゅうに笑顔《えがお》がひろがった。

「アーイー！　アーイー！」よろこびの涙《なみだ》がほおを伝う。「サーウー、サーウー」

「どういたしまして」

トレバーは前かがみになってピーティを抱《だ》きしめた。

「大好きだよピーティ。自分でもどうしてだかわからないぐらいにね」

ピーティはにこりと笑った。

トレバーは大きく息を吸《す》った。さあ、亡霊《ぼうれい》をほり起こそう！

第22章

カルビンの友だち、ボイド・ハンソンは、ピーティのことをきいて、ひどくおどろいたといった。それまでも、カルビンから話をきいていたが、ピーティという人物がほんとうに存在《そんざい》していたとは夢にも思わなかったという。カルビンが夢物語を語ることはしょっちゅうだった。

「ちょうど三週間後に、ボーズマンに住む友だちのところにいく予定があったんだ」ボイドはいった。「そのとき、カルビンもつれていくよ」

「ありがとう」トレバーはいった。

ふたりを会わせる相談が終わると、トレバーは受話器をおいて、深く息をついた。もう、とめることはできない。

◇

長い時間待たされるのは、残酷《ざんこく》なことだった。ピーティにとって、介護《かいご》ホームでのゆったりした時間の流れのなかでは、三週間は永遠にも思えた。やきもきし、不安に思い、過大な期待をふくらませる時間で満ちていた。トレバーも気が気ではなかった。毎晩毎晩《まいばんまいばん》、ベッドの上で寝返《ねがえ》りを打って、自分があけてしまった火薬庫のことを心配していた。こんなに久しぶりに会うピーティとカルビンのあいだに、いったいなにが起こるだろう？

待っている時間をすこしでも速く進めようと、トレバーはこれまでよりも、もっとピーティとすごす時間を長くした。オーウェンにはカルビンのことを、ぎりぎりまで話さないことにした。カルビンにもオーウェンのことは伝えない。不必要にふたりをじらしたり、不安がらせたりしていい理由なんてない。

ふたりは毎日、散歩をしたり、釣《つ》りをしたり、寄付金の缶《かん》をチェックしたりしてすごした。新聞に記事が載《の》ってからは、寄付金の額は大きくのびた。すぐに千ドルをこえたが、それでもまだ、二千ドルたりない。

ある雨の日、トレバーはピーティの車椅子《くるまいす》をおして、介護《かいご》ホームの廊下《ろうか》をいったりきたりしていた。

「雨がふってなかったら、オーウェンのところにいけたのにね」トレバーはいった。ホールの公衆電話《こうしゅうでんわ》の横を通りすぎるとき、ピーティが声をあげて、ジェスチャーと視線《しせん》で電話をさした。トレバーはとまって、まずピーティを、それから電話を見た。「オーウェンに電話をしたいって？」

目にいたずらっぽい光を浮《う》かべて、ピーティは微笑《ほほえ》みながらうなずいた。

「これまで、電話をかけたこと、ある？」

ピーティは首を横にふった。「オー」

うまくいくかどうか疑《うたが》いながらも、トレバーはピーティの背中《せなか》をささえて、耳に受話器がとどくようにした。トレバーがダイヤルをまわすあいだ、ピーティは期待でもぞもぞと体を動かした。

「もしもし」オーウェンがでた。

「こんにちは、オーウェン。トレバーだよ。ちょっと電話、かわるね」トレバーは受話器をピーティの耳に強くおしあてた。

ピーティの目が大きく見ひらいた。

「アオー、アオー」

オーウェンがなにをいっているのかはきこえなかったが、ピーティの声をきいているだけで、トレバーは笑ってしまった。ピーティとオーウェンは数分おしゃべりしていた。会話の終わりはトレバーにもわかった。ピーティがいう。「グーバー、オーウイー。グーバー、グーバー」

トレバーはオーウェンにお礼をいった。

「きみたちはおたがいにとてもいい間柄《あいだがら》だな」オーウェンがいった。

「ピーティはだれとでもいい間柄《あいだがら》だよ」

ピーティはにこにこ笑っていた。はじめての、魔法《まほう》のような経験がすっかり気に入ったようだ。

◇

ピーティの気持ちをカルビンからそらすために、映画《えいが》にいきたいかとたずねてみた。

「アイー」

「どんな映画《えいが》が見たい？」

ピーティはカレンダーのほうに合図をした。

「ホー」

カレンダーには馬の写真があった。

「ホースだね。馬がでてくる映画《えいが》がいいの？」

「アイー」ピーティはうなずいた。

トレバーは映画館《えいがかん》の上映《じょうえい》リストを調べた。『スノーリバー』という映画《えいが》には馬がでてくる。そこでその夜、ピーティの車椅子《くるまいす》をおして、繁華街《はんかがい》の映画館《えいがかん》にいった。チケット売り場で学生とシニアのチケットを買おうとした。売り場には長い金髪《きんぱつ》のえくぼのかわいい女の子がすわっていたが、無愛想《ぶあいそう》にピーティをじろじろ見て、「アオー、アオー」というあいさつを無視《むし》した。

その子が自分とおなじ学校の生徒だと気づいたが、話をしたことはなかった。その子の視線《しせん》がただの好奇心《こうきしん》にしては長すぎるほどピーティにむけられ、トレバーはいらいらしてきた。

「ねえ、ちょっと、シニアの証明書でもだせっていうの？」強い口調でいった。

女の子はトレバーにチケットをおしつけて、口ごもった。「あの、いえ、だいじょうぶ。必要ないです」

車椅子《くるまいす》をおして映画館《えいがかん》に入りながら、トレバーは自分自身に腹《はら》を立てていた。またしても、頭にきてよく考えもせずよけいなことをいってしまった。いまごろあの子は、ピーティに対して、最初よりもっと恐怖心《きょうふしん》を抱《いだ》いてしまっただろう。通路側に空席を見つけ、車椅子《くるまいす》をほかの人のじゃまにならない位置にとめて、タイヤをロックした。映画《えいが》がはじまると、トレバーはピーティにささやいた。「すぐにもどるね」

たちまち映画《えいが》に集中しているピーティは、暗闇《くらやみ》のなかでうなずいた。

トレバーはしのび足で外にでてチケット売り場にむかった。あの女の子は半券を数えていた。長い髪《かみ》がかたほうの肩《かた》にかかっている。

「ちょっといいかな」トレバーはいった。

顔をあげた女の子は、トレバーに気づいて、おちつかない表情になった。「はい、どんな御用《ごよう》ですか？」

「さっきは怒《おこ》ったりしてごめん」

女の子は顔を赤らめた。「そんなことといいのに。わたしがわるかったんだから」

トレバーはにこっと笑った。「だけど、あんなふうにどなり散らすべきじゃなかった。あの人はぼくの友だちなんだ。ふつうの人とおなじように接してほしくて」

女の子の表情がやわらいだ。

「あの人、どこがわるいの？」

トレバーが説明するうちに、どんどん興味を持ってくるのがわかった。「映画《えいが》が終わったら、もう一度会っていいかしら？」女の子がいった。

「もちろんだよ」トレバーはおどろきながらいった。「ピーティもよろこぶと思うな。ところで、ぼくはトレバー。きみは？」

「ショーナよ」そういって、手をのばし、トレバーと握手《あくしゅ》した。

「そろそろ、ピーティのところにもどらなくちゃ」

「じゃあ、あとで」ショーナがうしろから声をかけた。

トレバーが席にもどると、ピーティがほっとした顔をした。それから、視線《しせん》はすぐにスクリーンにもどった。

映画《えいが》のなかで大きな音で音楽が流れると、ピーティはいっしょにハミングしようとした。ピーティはすっかり映画《えいが》に夢中だった。物語は順調に進んだが、主人公が脱走《だっそう》した馬を殺そうとするシーンになった。運命の瞬間《しゅんかん》が近づいて、主人公がライフルをあげ、黒い馬の頭にねらいを定めた瞬間《しゅんかん》、ピーティが大声で叫《さけ》びはじめた。

「オー！　オー！　オー！　オー！」

館内の目がいっせいにピーティにそそがれた。そして、つぎにはトレバーに。スクリーンに映《うつ》った男は、ピーティの声にしたがったかのようにライフルをおろした。ピーティはどうだといわんばかりの表情でトレバーを見た。トレバーはピーティの手をにぎった。

さらにその先で、おなじ登場人物がべつの馬の横にひざまずいて、涙《なみだ》を流すシーンがあった。馬ははげしい転倒《てんとう》が元でけがをして、死にそうだった。すると、またしてもピーティが沈黙《ちんもく》をやぶった。

「ソーサー、ソーサー」ソー・サッド、とても悲しいと嘆《なげ》きの声をあげた。またもや、ピーティは館内じゅうの注目を浴びた。

その夜、トレバーはピーティといっしょにいて、動揺《どうよう》しなくなっている自分に気づいた。車椅子《くるまいす》をおして映画館《えいがかん》をでていくときは、まわりの人のいつもの視線《しせん》を無視《むし》した。チケット売り場の前を通るとき、トレバーは足をとめた。

「ピーティに会ってもらいたい人がいるんだ」

ショーナはガラスで仕切られたカウンターのむこうからでてきた。「こんにちは、わたしはショーナよ」生真面目《きまじめ》な顔でピーティを見おろしていう。「お会いできてうれしいわ」

ピーティはこまったような顔をしている。ショーナの態度がさっきとはぜんぜんちがうことにとまどって、まずはショーナの顔を、それからトレバーの顔を見た。トレバーが微《ほ》笑《ほえ》んでいることに気づくと、ピーティもあいさつをかえした。

「アオー、アオー」

「これは、ピーティのハローなんだ」トレバーが説明する。

「あなたたちが散歩してるところ、しょっちゅう見かけるのよ」ショーナはいった。「いつか、わたしもいっしょにいっていいかな？」

「よろこんで」トレバーはいった。

「アイー、アイー」ピーティが甲高《かんだか》い声をだした。

ショーナはメモ用紙に名前と電話番号を書いてトレバーにわたした。「ぜったい、電話してね」

こんなことが起こるなんて、トレバーには信じられなかった。「うん、きっとするよ」

暗くなった夜の町を、映画館《えいがかん》から介護《かいご》ホームにむかって歩きながら、トレバーは説明した。怒《いか》りをぶつけてしまったので、映画《えいが》のとちゅうであやまりにいったと。

ピーティはうなずいた。「グー！　グー！」

「腹《はら》を立てずにいるってむずかしいよね。ピーティはどうしていつも怒《おこ》らないでいられるの？　みんな変な目でじろじろ見たり、失礼な態度をとったりするのに」

ピーティは、トレバーが自分で答えを見つけるのを待つかのように、なにも答えなかった。

「きっと、みんな、そんなにいじわるなわけじゃなくて、ただ、ちゃんと理解していないだけだから？」

ピーティはうなずきながらやさしく微笑《ほほえ》んだ。「アイー」

「でも、どうやったらわかってもらえるんだろう？」

ピーティは暗闇《くらやみ》を見つめて、首を左右にふった。

第23章

カルビンがやってくる日がせまると、ピーティの不安はどんどん増すようだった。トレバーは、ようやく自分の計画を話した。

「あのね、ピーティ。あしたカルビンがここに着いたら、パリセード滝《フォール》までハイキングにいこうと思ってるんだ。道は舗装《ほそう》してあるから車椅子《くるまいす》でだいじょうぶだし」

「パーフォー」ピーティははじめてきいたことばを声にだそうとしてみた。

「カルビンはひと晩泊《ばんと》まっていけるから、日曜日の朝にはオーウェンのところにいこう。忘《わす》れないでほしいのは、そのときまで、カルビンにもオーウェンにもないしょにしておくってこと。いいかな?」

ピーティはうなずいた。表情は期待と不安、そして興奮《こうふん》に満ち満ちていた。たいくつなどすっかりどこかに消え去った。

その夜、トレバーは寝苦《ねぐる》しい夜をすごしていた。ひと晩《ばん》じゅう寝返《ねがえ》りを打って、夢を見ていた。小さな男の子がふたり、ひろびろとした野原で、大声で笑いながら蝶《ちょう》を追いかけて走りまわっている。ところがとつぜん笑い声は消《き》え失《う》せ、蝶《ちょう》は車椅子《くるまいす》にかわっている。はっと目をさましたトレバーは寝汗《ねあせ》をかいていて、ハーハーとはげしく息をついた。

土曜日の朝、地平線が金色に染《そ》まる夜明けごろには、トレバーはもう介護《かいご》ホームめざして自転車をこいでいた。なるべくはやく着きたかった。滝《たき》の近くの道がずいぶん急になっていたことを思い出して、もしものときのために、車椅子《くるまいす》をひっぱるロープを用意してきていた。シシーは介護《かいご》ホームのバンをつかえるように手配してくれた。

トレバーが到着《とうちゃく》すると、シシーはもうピーティを起こしていた。「わるいニュースがあるの」出迎《でむか》えたシシーはいった。「わたしは仕事で、いけなくなったわ。ぐあいがわるくて休むって電話をかけてきた介護《かいご》助手がふたりもいるの。きょうのハイキングはわたしぬきでいってちょうだい。バンの運転は、カルビンの友だちのボイドがしてくれるから」

「だけど、あの道は急すぎて、ぼくひとりでピーティの車椅子《くるまいす》をおすのは無理だよ。ボイドはカルビンを助けなくちゃならないし」

「ショー！　ショー！」ピーティが声をあげた。

シシーとトレバーはピーティを見た。

「ショー！」ピーティはもう一度いって、トレバーを見つめる。

トレバーははっとして笑顔《えがお》になった。「もしかしてショーナっていってるの？」

「アイー！」ピーティが甲高《かんだか》い声をあげる。

「だれなの、ショーナって？」シシーがたずねた。

「つい最近知り合った女の子なんだ。いつか、ぼくたちといっしょに散歩にいきたいっていってた」

「それじゃあ、いい機会じゃない」シシーはいった。

ほかに名案も浮《う》かばず、トレバーはしかたなしに映画館《えいがかん》で会った女の子に電話をかけることにした。だけど、あの子は本気でピーティといっしょに散歩したいんだろうか？　直接たしかめるしかない。

「もしもし」明るい声が返事をした。

「もしもし、ぼく、トレバー・ラッドだけど」

「あら、トレバー、いつ電話をくれるかって、待ってたのよ」

「ちょっといいかな。きょう、ぼくたちはピーティをつれてパリセード滝《フォール》までいくことになってるんだ。ピーティが久しぶりに会う人といっしょにね。それで、きみもいっしょにどうかなって思って。ほんというと、きてくれるとすごく助かるんだけど」

「楽しそうね。でかけるのは何時？」

「ボーズマン介護《かいご》ホームの前から十時ちょうどに」

「だいじょうぶよ。わたしもいくわ」

トレバーがお礼をいう前に、もう電話は切れていた。ちょっとびっくりだった。人間って、捨《す》てたもんじゃないのかもと思った。トレバーは受話器をおいて、ピーティをふりむいた。「ねえピーティ、きみのガールフレンドがきてくれるってさ」

ピーティはにやりと笑ってあごでトレバーをさしながらいった。「ウー」

「ぼくのガールフレンドじゃないよ。じょうだんはやめてよ！」

カルビンが到着《とうちゃく》する前に、トレバーはピーティを抱《だ》きあげてお風呂《ふろ》に入れ、体じゅうたっぷりこすってあげた。それから、シシーが朝ごはんを食べさせているあいだに、あちこち準備に走りまわった。ランチの入った袋《ふくろ》、交換用《こうかんよう》のオムツ、タオルと雑巾《ぞうきん》、バンのキー、着替《きが》えのシャツとシーツ、みんなに見せるピーティのアルバムなどなどだ。準備の仕上げに、トレバーはピーティを明るいブルーのシーツでおおった。これなら、病院からやってきたようには見えない。

トレバーが準備をしているあいだ、ピーティは気味がわるいほどしずかだった。

「どこか、ぐあいでもわるい？」トレバーは思わずたずねた。

ピーティは返事もせずにじっと見つめるだけだ。

とうとう、ピーティの車椅子《くるまいす》をおして、ホームの正面の芝生《しばふ》にでた。ふたりは木かげで、車が通るたびにじっと見つめて待った。「アイーク、アイーク」ピーティはどの車にもそう声をあげる。

十時ちょうどにショーナがやってきた。トレバーがきょうがどれほど特別な日なのかを説明するあいだも、ピーティはずっと車を目で追っていた。車が近づくたびに、一瞬《いっしゅん》息をのむ。とうとう茶色のステーションワゴンがゆっくりと角を曲がってきた。運転手は手をふっている。「きっとあの車だね、ピーティ」トレバーはいった。

ピーティの目はその車に釘《くぎ》づけだった。車がとまると、助手席に頭のはげあがった、厚い眼鏡をかけた男の人が見えた。

ピーティはしずかに声をあげた。「アイーク、アイーク」

トレバーは車に近よって自己紹介《じこしょうかい》をした。ボイド・ハンソンは力強くトレバーの手をにぎった。それから、車椅子《くるまいす》をひっぱりだして、助手席の横にセットした。「ぼくも、なにか手伝いましょうか？」トレバーはいった。

ボイドは首を横にふった。「カルビンは全部自分でやるんだ。手助けされるのは大きらいなのさ」

カルビンはそれから五分ほどもかけて、なんとか車の座席《ざせき》から自分の車椅子《くるまいす》に移動した。そのあいだ、何度も肩《かた》ごしにピーティをちらっと見ては微笑《ほほえ》んでいた。笑顔《えがお》になると、前歯がないのがまる見えになった。ピーティは亡霊《ぼうれい》を見ているようにじっと見つめていた。

待っているあいだに、トレバーはボイドに一日の予定を説明した。ボイドは介護《かいご》ホームのバンをパリセード滝《フォール》まで運転してもいいといった。

移動が終わると、カルビンは車椅子《くるまいす》をくるっと回転させてピーティに近づいた。細い腕《うで》で必死にタイヤをまわしている。カルビンは背《せ》が低くてまるまると太っていた。老人にはちがいないが、歯のない笑顔《えがお》はいたずらっ子のようだった。

「ピーティ、ピーティ！」カルビンは叫《さけ》んだ。

「アイーク、アイーク」ピーティの目は涙《なみだ》でぬれていた。

カルビンは数メートルのところで車椅子《くるまいす》をとめて、両手を前にのばした。その手は、まだピーティにはとどかなかったので、ぷっとほおをふくらませて、また車椅子《くるまいす》のタイヤを懸命《けんめい》に動かした。ついに、ピーティの車椅子《くるまいす》にドンとぶつかった。カルビンは顔をしかめたが、ピーティの曲がった両膝《りょうひざ》に体を投げだすようにおおいかぶさり、しっかりと抱《だ》きしめた。ピーティはしずかにすわったままだった。カルビンにしたいようにさせることで、自分自身もおなじ気持ちであることをあらわしていた。

カルビンがピーティを見あげる。「どう、元気だった？」

「フィーグー、ウー？」すごく元気、きみは？　ピーティはあごをつきだした。

「ぼくも元気さ、ピーティ。きみはもう死んじゃったかと思ってたよ！」

「アイー、アイー」

トレバーはショーナの横に立って、ふたりの再会のようすを見ていた。涙《なみだ》がこぼれないように、はげしくまばたきをする。ピーティは、ぜんぜんききとることのできない不思議なことばを話しつづけていた。カルビンにはすべての音が理解できているようで、にっこり笑って手をにぎった。

「ピーティはなんにも変わってないね。これ、おぼえてる？」カルビンは指をピーティにむけていった。「ケ、ケ、ケ」

ピーティは声をあげて笑った。両腕《りょううで》を大きくばたつかせる。「ククク、ククク、ククク」

トレバーはなにごとだろうと、ふたりのようすを見つめた。

ふたりの老人は、思い出のなかでダンスをしているようだった。

「なんてことだろう。これじゃあ、まるで子どもにもどったみたいだね」カルビンがいった。

「アイー、アイー、ククク、ククク」もう一度、ピーティは腕《うで》を車椅子《くるまいす》から大きくはみださせてふりまわした。

カルビンはピーティの腕《うで》があたらないように、頭をさげて避《よ》けている。

「また会えて、ほんとうにうれしいよ、ピーティ。また会えるなんて思ってた？」

「オー、オー」

数分後、ふたりの会話は潮《しお》がひくようにしずかになった。カルビンはピーティの腕《うで》を胸《むね》に抱《かか》えている。ふたりはおたがいの目を、長いあいだじっと見つめあっていた。世界じゅうがそれを見守るようにしずまりかえっていた。

第24章

正午すぎには、一行はパリセード滝《フォール》の下の登山口に着いた。

「ああ、おなかがすいた。おなかと背中《せなか》がくっつきそうだよ!」カルビンが高らかに宣言《せんげん》した。

「じゃあ、お昼にしようか」トレバーは笑いながらいった。

介護《かいご》ホームで作ってもらったランチを食べ終えると、一キロ半ほどの探険《たんけん》に乗りだした。急な坂道をのぼろうとするカルビンをボイドが手伝っているあいだ、トレバーはピーティの車椅子《くるまいす》をおしていたが、しばらくしてロープをつかってみることにした。ロープのはしを車椅子《くるまいす》のフレームにしばりつけた。ショーナにはうしろからおしてもらい、トレバーは前からロープをひいた。

　二度ほどべつのハイカーと出会った。奇妙《きみょう》な隊列をじろじろ見ていたが、あたたかいあいさつをしてくれた。いよいよ滝《たき》まで最後の急坂にさしかかり、トレバーは最後の力をふりしぼってロープをひいた。トレバーが力まかせにひっぱりすぎたのか、ショーナのおす力が下の方向にむいてしまったのか、とつぜんピーティの車椅子《くるまいす》がうしろむきにたおれかかった。

　車椅子《くるまいす》がひっくりかえるのをハンドグリップをにぎってこらえながら、ショーナが叫《さけ》んだ。

「助けて、トレバー！」

　ピーティは車椅子《くるまいす》のなかでのけぞって、ショーナの頭と肩《かた》にもたれかかっていた。ボイドには助けることができない。急な坂道でカルビンをささえているからだ。トレバーはフレームをおさえようとがんばった。はげしい衝撃《しょうげき》とともに、車椅子《くるまいす》は元の体勢にもどったが、トレバーは車椅子《くるまいす》の下にもぐりこむような形になった。車椅子《くるまいす》ごとずるずると坂をくだりはじめる。ショーナは足を踏《ふ》んばり、トレバーは車椅子《くるまいす》の底の部分を必死でつかんだまま、おしりでずり落ちた。そのあいだ、ピーティは大声で笑い、甲高《かんだか》いよろこびの声をあげどおしだった。
「オーボーイー！　オーボーイー！」
滑落《かつらく》がようやくとまると、トレバーはほっと息をついた。ショーナはゲラゲラと笑いは
じめた。「あなたたちコンビは、アクシデントがいっぱいね！」
トレバーはぴょんと立ちあがった。「まさか、ぼくたちがこんなちっちゃな丘《おか》に負ける
わけないよね、ピーティ？」
「アイー！」ピーティが叫《さけ》んだ。
カルビンといっしょにてっぺんまで登ったボイドは、タイヤをロックすると助けにも
どってきてくれた。「きみたちと散歩にいくときには、今度からはヘルメットを忘《わす》れない
ようにしなきゃな」ボイドは汗《あせ》をぬぐいながら笑った。
まもなく、ピーティの車椅子《くるまいす》もカルビンの横にならんだ。滝《たき》はすぐ目の前だ。みんなが
息を整えているあいだ、ピーティは滝《たき》をじっと観察していた。
「ハオー？」
「なにがききたいの？」トレバーがたずねる。
「ハオー、パーフォー？」

「パリセード滝《フォール》がどうしてできたのかって？」

「アイー」

「えーとね、この川の上流に雪どけ水や雨が流れこんで、その川ががけから落ちてくるんだ」

ピーティは信じられないというように首を左右にふっている。カルビンになにか声をかけていた。

「ピーティはね、いまは冬じゃないし、雨もふってない。そんなことありえないって」カルビンは、歯のない口をあけてにやっと笑った。

トレバーは説明をあきらめてカルビンをふりむいた。「その前歯は、どうしてなくしちゃったの？」

カルビンの顔が赤くなった。「車椅子《くるまいす》で走ってるときに、かわいい女の子に見とれて縁《えん》石《せき》につっこんだんだ」

みんなで大笑いになった。

「かわいい女の子がいるところでは、じゅうぶん気をつけなくちゃね」ショーナがいった。

「ぼくらもだよね」トレバーはそういって、ピーティにウィンクをした。

滝《たき》のたもとにかかった橋の上では、さかまく水の流れを足元に見て、みんな魔法《まほう》にでもかけられたように見入っていた。もやのかかった空気も魔法《まほう》に拍車《はくしゃ》をかける。ときどき、「オーボーイー、オーボーイー」という声がひびく以外、ピーティとカルビンはしずかにすわって、過去の思い出にひたっていた。

◇

坂をくだり、バンのところまでもどってきたころには、太陽は山並《やまな》みのいただきの上あたりまでかたむいていた。町にむかうくねくねした曲がり道をおりるあいだ、カルビンはうとうとと眠《ねむ》っていたが、ピーティは横たわったまま起きていた。おでこに、苦しそうなしわがよっている。

「どうかした、ピーティ？」トレバーはたずねた。

ピーティは答えようとしなかった。

町までの半分をすぎたころ、ピーティをこまらせていたものがなんだったのか、トレバーは気づいた。バンに異様《いよう》なにおいがただよった。「オムツ、かえようか？」トレバーはたずねる。

ピーティは首を横にふる。

まもなく、においは窓《まど》をあけっぱなしにしてもがまんできないぐらいになった。「ねえ、ピーティ、オムツをかえたほうがいいと思うんだけど」

ピーティはトレバーと目をあわせようとしない。

とつぜん、ピーティがなぜそんな態度をとるのかに気づいた。

「ねえ、ボイド、車をとめてもらえないかな」トレバーはいった。

ボイドはよろこんで車をとめ、きれいな空気を吸《す》いにみんないっせいに外にでた。ピーティは、まずトレバーを見つめ、それから、はなれたところにいるショーナのほうを見た。こまったようなしわがおでこによっている。

「ねえショーナ、ちょっとのあいだ、カルビンと散歩してきてくれないかな」トレバーはたのんだ。

「いいわよ」

ボイドはピーティを車椅子《くるまいす》から持ちあげるのを手伝ってくれた。ふたりはバンの荷台に積んであるベッドでオムツをかえた。

「これまで、やったことあるのかい？」ボイドがたずねた。

「だいじょうぶ。赤ちゃんのオムツをかえるようなもんでしょ」赤ちゃんのオムツをかえたこともないのにそう答えた。

「きみの両親は、ピーティのことをどれぐらい知ってるんだい？」

トレバーは笑い声をあげた。

「いまぼくがしてることを知ったら、ふたりはきっとびっくりしてとびあがるだろうな」

「老人の介護《かいご》のしかたをおぼえるのはいいことだよ」ボイドはピーティを車椅子《くるまいす》にもどしながらいった。「いつかは、自分自身の問題になるんだし」

交換《こうかん》を終えると、トレバーはきれいなシーツをピーティにかけた。「もしかしたら、ショーナに見られるのがいやだった？」

「アイー、アイー」ピーティは大きな声で答えた。

「そんな目にはぜったいにあわせないから。ね？」

ピーティはうなずく。「サーウー、サーウー」

「さあ、出発するよ、乗ってくれ！」ボイドが叫《さけ》んで、車はボーズマンめざして走りはじめた。カルビンとピーティ、それにトレバーは、冒険《ぼうけん》に疲《つか》れ果《は》てて、すぐにぐっすりと気持ちよさそうに眠《ねむ》った。三人はバンが介護《かいご》ホームに到着《とうちゃく》するまで眠《ねむ》りこけていた。トレバーは自分がショーナの肩《かた》によりかかって寝《ね》ていたことに気づいて、びっくりして目をさました。トレバーはあわててまっすぐすわり直す。ボイドがふりむいてにっこり笑った。

「みんな、きのうの夜はパーティーでもあったのかい?」

ピーティとカルビンはいたずらっぽく微笑《ほほえ》んだ。

「わたしはもう帰るわね」ショーナがいった。

「きょうは、きてくれてほんとうにありがとう」トレバーはいった。

ショーナはにっこり笑う。「また呼《よ》んでね。みなさん、さようなら!」

ショーナが帰ったあと、トレバーはピーティの車椅子《くるまいす》をおしてホームに入った。

「カルビンはどこに泊《と》まればいいんだい?」ボイドがいった。

「あれ、ボイドといっしょじゃないの?」トレバーはたずねる。

ボイドは首を横にふった。「ぼくの友だちのアパートはすごくせまくてね。てっきりきみが用意してくれてるものと思ってたよ」

「もしかしたら、ここに泊《と》まれるかも」トレバーはそういって、看護師《かんごし》のいるカウンターにむかった。すぐに首を左右にふりふりもどってきた。「だめだって。あき部屋はないし、居住者はゲストを泊《と》めちゃいけない規則なんだって」

「さて、じゃあどうする?」ボイドはいった。その声の調子には、これはトレバーの担当《たんとう》だよというひびきがあった。

「ぼくの家に泊《と》まってもらうよ」トレバーはとつぜんいいだした。

「ご両親はだいじょうぶなのかい？」

「なんとかなるよ。なせばなるっていうし」

その五分後、カルビンはトレバーの家の前でおろされた。ボイドが運転するバンが走り去るのと同時に、トレバーの母親が玄関《げんかん》からとびだしてきた。母親はカルビンをじっと見ている。

「ねえ、トレバー。これはどういうことなの？　こちらはどなた？」

「ピーティの友だちだよ。前にも話したよね」

「なぜこちらに？」

「うちに泊《と》まってもらおうと思って」

「あらまあ、そうしたいのは山々だけど、うちじゃ無理だわ」

カルビンの目が不安にくもる。「ぼくはだれにも歓迎《かんげい》されないんだ」ぼそっとつぶやく。

「場所ならいくらでもあるじゃないか！」トレバーは強い語調でいうと、カルビンの車椅子《くるまいす》をおして母親の横を通りすぎ、家のなかに入った。「世話は全部、ぼくがするから！」

トレバーはソファーをふたつくっつけて、リビングルームにダブルベッドを作った。両親は責めるような目で見つめながらわざとらしい会話をかわし、いつもより一時間もはやくさっさと寝室《しんしつ》にひっこんでしまった。トレバーは暖炉《だんろ》に火をおこすことにした。燃えあがる炎《ほのお》を見つめて、カルビンは顔いっぱいで微笑《ほほえ》んだ。「ここは、いままで生きてきたなかで、いちばんすてきな場所だよ」カルビンは満足げに深々とクッションに身を沈《しず》めた。

夜がふけると、カルビンはいっそうおしゃべりになった。トレバーの質問に答えるときには、いつもおでこにしわをよせ、ぽりぽりと頭をかいた。ときどきは、うしろでくんだ両手に頭をおいた。大きな咳《せき》ばらいをして、重要なことをいうように意見をいう。ときには、なにか秘密《ひみつ》を明かすように声をひそめることもあった。カルビンが語る世界は、トレバーには想像もできないものだった。病棟《びょうとう》の患者《かんじゃ》たち、四方をかこむ壁《かべ》、叫《さけ》び声《ごえ》。ジョーやキャシーをはじめ、ウォームスプリングズで出会った、カルビンとピーティのふたりともが親しかった人の話もでた。カルビンの話はときに楽しく、ときに悲しかった。話している最中に、カルビンの目が、トレバーとならんでソファーにすわっている大きなクマのぬいぐるみにとまった。トレバーが何年か前に、お祭りで勝ちとった賞品だ。

トレバーはなにもいわずに、そのクマを手にとってカルビンの両膝《りょうひざ》にのせた。カルビンはぎゅっと抱《だ》きしめ、やわらかい毛にほおをすりつけた。

「ねえ、トレバー。ぼくはね、これまでずっとぬいぐるみのクマがほしかったんだ。写真では見たことがあったけど、本物は見たことがなかった」

「よかったら、それ、どうぞ」

カルビンは顔を赤らめた。「ぬいぐるみを持つには、年をとりすぎてるよ」

「だけど、もらってほしいな」

誇《ほこ》らしげな表情がカルビンの顔に浮《う》かんだ。カルビンはクマを両手で持って前にのばし、じっくりと観察した。

「この子のめんどうはぼくがしっかりみるよ」そう約束すると、ふわふわのクマを胸《むね》に抱《だ》いた。

「うん、まかせたよ」トレバーはいった。それから、あくびをして立ちあがった。「もう真夜中だね。ぼくはもうへとへとだよ。寝《ね》る準備でなにか手伝おうか？」

「いいや、自分のことは自分でするよ。明かりだけ消して。明かりはいらないからね」

「わかった。じゃあ、おやすみ」

「おやすみ」

トレバーは二階の自分の部屋にあがった。長い時間、階下からひびいてくるドシンドシンという音をきいていたが、やがて、ぐっすり心地《ここち》よい眠《ねむ》りについた。

第25章

トレバーが眠《ねむ》りについたのはずいぶんおそい時間だった。目がさめたときには、窓《まど》からさしこむ明るい日ざしに思わず目を細めた。ベッドからころがりおりると、足をひきずるようにして一階におりた。両親はまだ起きていなかった。カルビンもソファーでまるくなって眠《ねむ》っている。膝《ひざ》を抱《かか》えて、まるで幼《おさな》い子どもみたいだ。腕《うで》にはしっかりと黒いクマのぬいぐるみを抱《だ》いている。満足げで安らかな寝顔《ねがお》だ。

新聞の漫画《まんが》を読んでいたら、ごそごそという音がしたので顔をあげると、ふたつの目がトレバーのことをおもしろそうに見つめていた。トレバーはにっこり笑った。

「おはよう、カルビン」

「おはよう、トレバー」カルビンは大きな声で答えた。赤ちゃんのように、にぎったこぶしで目をこすっている。

「ぐっすり眠《ねむ》れた？」

「うん、でもここはほんとにしずかだね」カルビンは大きなガラス窓《まど》の外が見えるように体をひねった。「ぼくはしずけさが好きなんだと思う。うん、そうだよ、トレバー。ぼくはしずかなのが好きなんだ」

カルビンが自分のことは自分でするといっていたのを思い出して、トレバーは起きる準備を手伝おうかとはいわずに新聞を読みつづけた。ときどき、新聞の上からチラチラと盗《ぬす》み見《み》る。カルビンは毛布をはねあげ、まるまるとしたおなかで腹《はら》ばいになった。苦しそうに声をあげたり、体をゆすったりしながら、細い腕《うで》をたよりにソファーのはしまですこしずつ動いていく。わずかな前進も、かたい決意のたまものだ。十分もたったころ、ようやくソファーのはしに体を起こしてすわっていた。

スポーツ欄《らん》に目を移しながら、トレバーは気づかれないようにカルビンのようすを見ていた。でも、そんな気づかいは必要なかった。カルビンはもう一度腹《はら》ばいになって、ソファーの上をあともどりしはじめたからだ。おき忘《わす》れていた茶色のツナギをとりにいくためだ。五分ほどでツナギにたどりつき、しっかりと口にくわえ、ひきずりながらすこしずつソファーのはしまでもどってくる。やがてソファーのはしにたどりついたときには、息は切れ切れだった。ツナギはしっかりと手に持っている。

トレバーは立ちあがって猫《ねこ》に餌《えさ》をやるために外にでた。カルビンは服を着替《きが》えるのに必死で、トレバーがキッチンにもどってきたことにも気づかなかった。ツナギに曲がった足をつっこみ、腰《こし》のところまでひっぱりあげたところだ。ソファーにあおむけになると、岸に打ちあげられた魚のように体を左右にひねりながらツナギをひっぱりあげる。ひっぱるたびに顔は苦しそうにゆがんだ。

トレバーは、かけよって助けてあげたいという気持ちをなんとかおさえこんだ。カルビンが準備をはじめて、もうまる一時間たっていた。さらに五分がすぎて、ついにジッパーがいちばん上までひきあげられた。カルビンはしばらくすわって息を整え、車椅子《くるまいす》に移動するための力をたくわえている。ひたいには汗《あせ》が光っていた。目をとじて体をうしろにそらし、顔が天井《てんじょう》をむくような姿勢《しせい》になった。

それから、全身の力をこめて、うめき声をあげながら、カルビンは体を持ちあげた。一瞬《いっしゅん》、ソファーと車椅子《くるまいす》のあいだで体が宙《ちゅう》に浮《う》く。ドサッという音とともに、つぎの瞬間《しゅんかん》には、革《かわ》のシートにおさまっていた。顔をあげ、じっと見つめるトレバーの視線《しせん》に気づくと、カルビンは大きな笑顔《えがお》を浮《う》かべた。

「ぼくは、これを毎日やってるのさ。うまいもんだろ？」

トレバーはいま自分が目にしたことが信じられなかった。服を着るというかんたんな作業が、とほうもない大事業に見えた。部屋じゅうを走りまわって、大声で歌をうたい、拍《はく》手喝采《しゅかっさい》し、とびはねながらお祝いしたい気分だ。でも、実際にはもごもごとこういっただけだった。「うん、すごいよ。つまり、なんていうか、たいしたもんだね！」

カルビンはにやっと笑った。「ピーティよりうまいのはたしかかな」

トレバーはただただ感心しながらオーウェン・マーシュに電話をしに二階にあがった。オーウェンにほかの用事がないか確認《かくにん》しておかないといけない。

「もしもし、オーウェン。午前中にぼくとピーティとでおじゃましていいかな？」トレバーはドキドキしながらいった。カルビンにはきこえないように小さな声だ。

「もちろんだよ」オーウェンは陽気に答える。「きみたちふたりならいつでも大歓迎《だいかんげい》だ」

電話を切りながら、カルビンとオーウェンをおどろかすことが、ほんとうにいいことなのかどうか心配になってきた。その不安を表にださないように、カルビンの車椅子《くるまいす》をおして介護《かいご》ホームにむかった。

「ねえ、トレバー」カルビンが話しかけてきた。「ボイドからきいたんだけど、宝石《ほうせき》っていうのは、もともとはただの石ころだけど、ちゃんとかがやかせる方法がわかったもののことをいうんだってね」

「へー、そうなんだ。おもしろいね」トレバーは話をあわせて愛想《あいそ》よく答えた。

分厚い眼鏡の奥《おく》からトレバーを見つめかえすカルビンの顔は、思いつめているようにゆがんでいた。「それは、ピーティとぼくのことだと思うんだ。石ころなんだ」

「石ころ?」

「そう。かがやいていない石ころなんだ」

トレバーはカルビンを見つめた。知的障害《しょうがい》と診断《しんだん》されているこの人の頭のなかには、いったいどれほどの知恵《ちえ》がつまっているのだろう?

カルビンは返事を待っている。

「りっぱにかがやいていると思うけどな、カルビン」

「まさか、ほんとうに?」歯のない口をぽっかりあけて息をのみ、カルビンはおどろきをあらわした。

「うん、ほんとうにそう思うよ」

カルビンは車椅子《くるまいす》を走らせながら、しきりに首をふっている。「ぼくはこれまで、自分が特別だなんて考えたこともなかったよ」

介護《かいご》ホームに着くと、ボイドはまだきていなかった。そこでトレバーはカルビンを一階の玄関《げんかん》ホールに残して、ピーティをさがしに二階にいった。ピーティは食堂にいた。そこでは、地元の教会のボランティアの人たちが礼拝《れいはい》をしていた。

居住者はテーブルごとにグループになってすわっていたが、ほとんどの人はなにがおこなわれているのかわかっていないようだった。古いピアノが調子はずれの音楽を鳴らしている。眠《ねむ》っている居住者もいて、いびきとでたらめな歌声が入りまじっている。あらぬところを見つめたままの人もいて、ボランティアが陽気に質問をしても、反応がない。「楽しいですか？」「きょうはいい天気ですね？」

ざっと見まわすと、ピーティは窓辺《まどべ》にいた。おだやかな表情で空を見ていた。食堂にいる人たちのなかで、ピーティだけは、心安らかに見えた。

「おはよう、ピーティ」トレバーはうしろからしのび足で近づいて、そっとささやいた。

「アオー、アオー」ピーティはにっこり笑って大きな声で答える。何人かがなにごとかとふりかえって、いまいましそうな顔でにらんだ。トレバーは音を立てないように、ピーティを食堂からつれだした。

トレバーはドアをでたところで、居住者のひとり、マーフィーにあいさつをした。年老いた元牧場主は、ロビーの窓《まど》から礼拝《れいはい》のようすを立ってうかがっていた。一階のマーフィーの部屋には古い家族写真があるが、若《わか》かったころといまとでは似ても似つかないほど不自由な体になってしまっていた。マーフィーを見るたびに、トレバーは刺《とげ》のあるアザミの古いやぶを思い起こしてしまう。いまでは、刺《とげ》のあることばも板についている。「ここでまともなのはおまえたちだけだよ」マーフィーは吐《は》き捨《す》てるようにいった。

「どういう意味ですか？」トレバーはたずねる。

「ここからでていくんだろ」マーフィーは礼拝《れいはい》のほうをあごでしゃくった。「あのバカ騒《さわ》ぎには耳がおかしくなるよ！」

「アイー、アイー」ピーティも賛成のようだ。

長い時間を生きぬいてきた、ピーティとマーフィーというふたりの賢人《けんじん》がいうことにさからうつもりはない。トレバーは車椅子《くるまいす》をエレベーターに乗せて、一階のボタンをおした。下におりると、カルビンがみんなに自己紹介《じこしょうかい》をしているところだった。誇《ほこ》らしげに胸《むね》をふくらませて、何度も何度もおなじことばをくりかえしている。「ぼくはピーティの親友なんだ」トレバーは車椅子《くるまいす》をピーティの部屋にむかっておしながら微笑《ほほえ》んだ。

準備が終わったところでちょうどボイドがあらわれて、一行はオーウェンのアパートめざして歩いて出発した。カルビンは、いったいぜんたいこれからだれに会いにいくのかが気になってしかたないようで、しきりに知りたがった。カルビンはじらされるのが大きらいだった。トレバーもいいかげんうんざりしてきた。カルビンは最低でも十回はおなじことばをくりかえす。

「ねえ、トレバー、いったいだれなの？　たのむから教えてよ」

ピーティは、自分は秘密《ひみつ》を知っているので、興奮《こうふん》して甲高《かんだか》い声をあげている。

オーウェンのアパートに着くと、部屋のドアをノックしにいくトレバー以外のみんなは芝生《しばふ》のところで待った。

「やあ、マントの戦士、バットマンの一味がやってきたな。調子はどうだい？」オーウェンは陽気にたずねた。ぼさぼさの髪《かみ》はきちんとくしでなでつけてあったし、足元も軽い。オーウェンのはずむような足どりを見て、これでもうじき九十歳《さい》だなんてと、トレバーはおどろいていた。ふしくれだった手だけが、ほんとうの年齢《ねんれい》を感じさせる。

「ピーティはどこだい？」

「下の芝生《しばふ》のところだよ。ほかにも会ってもらいたい人がきてるんだ」

「いったいそりゃ、だれなんだい？」

「うん、会えばわかるよ」トレバーは声がふるえないように気をつけながら話した。

オーウェンはドアをでて芝生《しばふ》に踏《ふ》みだした。目を細めてお客さんのほうを見ている。カルビンもとまどったような表情で見つめかえしている。オーウェンが近づいてくる。カルビンは首をちょっとかしげた。とつぜん、だれだか気づいて一気に涙《なみだ》があふれでた。

「オーウェン！　オーウェン！」カルビンは叫《さけ》んだ。「ほんとうにオーウェンなの？」

オーウェンは雷《かみなり》に打たれたように信じられない顔で立ちどまった。声はふるえている。

「なんてこった。トレバーがまた、とんでもないことをしでかしてくれたぞ」オーウェンは近づいてきてカルビンの正面にひざまずいた。カルビンの肩《かた》に手をのせていう。「やあ、カルビン」

「オーウェン、いったいこんなところで、なにをしてるの？」カルビンがたずねる。

「ここで暮《く》らしてるんだよ。ずいぶん元気そうじゃないか」

カルビンは顔を赤らめた。「そうかな？」

「ああ、そうともさ」

カルビンの笑顔《えがお》が急に消えた。「ねえ、オーウェン。約束してたのに、どうしてぼくたちのところに遊びにこなくなったの？」

オーウェンはあわてて答えるようなことはしなかった。「どんな約束も、それがあんまりにもつらいことだったら、守れないことだってあるんだよ」

「ぼくたちに会うのがつらかった？」

「ウォームスプリングズにいるきみたちを見るのは、正直つらかったよ。助けたくても助けてあげられなかったしな。一度たずねたあと、きみたちふたりはものすごく落ちこんだっていうじゃないか？」

カルビンはうなずいた。「どうしてぼくたちを養子にしてくれなかったの？」

大粒《おおつぶ》の涙《なみだ》がオーウェンの目から流れ落ちた。歯を食いしばっている。「あのとき、もう七十三歳《さい》だったんだ。きみたちの世話をすることはできなかった」

「ぼくなら、めんどうなんかかけなかったよ」カルビンは食いさがる。

「うん、そうだな。ただ、こっちが年をとりすぎてたのさ」

ピーティはじっと耳をかたむけている。目には表情がない。

じれったそうに立っていたトレバーが口をはさんだ。「ねえ、オーウェン。ぼくには信じられないんだ。ふたりが生涯《しょうがい》の親友だって知っていながら、ウォームスプリングズがひきはなしてしまったなんて」

オーウェンはいやな顔も見せずに答えた。「あそこがわるいわけじゃないんだ。州の政《せい》策《さく》で、何千人という患者《かんじゃ》を移動させる必要があってね。たいがいは、生まれた土地にもどされた。カルビンにはグループホームの環境《かんきょう》が必要だったし、ピーティには完全介護《かいご》が必要だ。いくらそうしたいと思っても、ふたりをいっしょに暮《く》らさせるわけにはいかなかったんだ。あれはあれで、正しい選択《せんたく》だったのさ」

トレバーは首を横にふりふりいう。「だけど、最低でもおなじ町に送るべきだった！」

ピーティはしずかにすわって、ひとこともききもらさなかった。会話がとぎれて、ようやくピーティが割《わ》りこむチャンスができた。ピーティは車椅子《くるまいす》から横につきだした腕《うで》をパタパタとふりまわして、カルビンを見た。ほおを大きくふくらませて、声をだす。「ククククク、ククククク、ククククク」

カルビンがとつぜん吹《ふ》きだすように笑い声をあげた。かたほうの腕《うで》をあげ、人さし指をピーティにむけていう。「ケ、ケ、ケ」

オーウェンも笑いにくわわった。

「ねえ、オーウェン、きのう、はじめて会ったときも、ふたりはおなじことをしたんだけど、これはいったいなんのまねなの」トレバーはいった。

「ふたりはぜんぜん変わってないな。ふたりが小さかったころ、だれかがおもちゃのピストルをプレゼントしてね。きっと病室でしょっちゅう西部劇《せいぶげき》ごっこをやってたんだろうな。ぼくも、これがなんなのかわかるまで二年かかったからな。古株《ふるかぶ》の看護師《かんごし》がピストルで遊んでいたことをおぼえていて、ぼくに教えてくれたのさ」

オーウェンがふりむいていった。「なあ、トレバー。きょうはとてもいいことをしてくれたよ。あのふたりにとって、人生は公平なものじゃなかった。しかも、ふたりは一度だって、自分たちにあたえられたもの以上のことは要求してこなかったんだ。きょうきみは、ふたりに友情と希望をとりもどしてあげたんだよ。これはほんとうにでっかいことだ」

長い時間がたって、オーウェンとカルビンはようやくしぶしぶと別れのあいさつをした。かならず、また近く会おうと約束して。介護《かいご》ホームにもどるとちゅう、トレバーとボイドもくわわって、西部劇《せいぶげき》ごっこがはじまった。遊びがはじまるとすぐに、四人とも空想の弾《だん》丸《がん》を避《さ》けて体をひねったり、頭をさげたりした。その結果、ピーティは連戦連勝の勇者だということが判明した。一度も死ななかったのはピーティひとりだった。一方、カルビンは長いたたかいのなかで、いつも完璧《かんぺき》なもだえ方をして死んでいった。息絶える直前には、がくっと頭をかたむけ、舌をだらりとたらす。大きな苦しげなうめき声が空気をふるわせ、はげしく咳《せ》きこんだあげくに、ぶるぶると体をけいれんさせて息絶える。

介護《かいご》ホームに着くと、今度はボイドとカルビンとのお別れだ。ピーティは車が見えなくなるまで見とどけると、なかに入りたいとはっきり伝えた。車椅子《くるまいす》をおしてピーティの部屋に入ると、ピーティはあごでクローゼットのほうをさして、声をだした。

「クローゼットからなにかとってほしいの?」トレバーはたずねた。ピーティはうなずいて、いちばん上の棚《たな》をしめした。トレバーはほこりをかぶった段《だん》ボールの箱をひきずりだした。古い服やこわれたサングラス、古い馬のカレンダー、故障《こしょう》したトランジスターラジオ、ほとんど中身の入っていないシャンプーのびん、よごれた青いハンドバッグ、古い帽《ぼう》子《し》をふたつ、と順番に箱からひっぱりだす。

トレバーははっと息をのんだ。箱のいちばん底に、おもちゃのピストルとホルスターがあったからだ。トレバーはピストルを手にとり、ひっくりかえしながらじっくり見た。銀の塗料《とりょう》は剥《は》げ落《お》ち、すりきれていた。

第26章

カルビンがやってきて以来、ピーティはすこしずつふさぎこむことが多くなった。この夏は、新しい経験に満ちあふれていて、これまでの人生でいちばん楽しい夏だった。いろいろなできごとのおかげで、人生が完結したような気がしたし、むかしの思い出に触《ふ》れる望みも満たされた。

秋が近づくと、ピーティの車椅子《くるまいす》のための募金《ぼきん》はほとんどふえなくなっていた。店の主人たちは、大きなコーヒー缶《かん》をレジカウンターからとりはらいたがっていた。トレバーはしかたなく、最後の集計をすることにした。結局、二千九ドルどまりだった。目標に遠くとどかなかったことを、どうピーティに伝えたらいいんだろう？　夏のあいだじゅう、トレバーはずっと約束しつづけてきたのに。「もうちょっとだから、もう何ドルかだよ」けれども、千ドルの不足は、もうちょっとなんてものではない！

追いつめられたトレバーはシシーにきいてみた。「車椅子《くるまいす》を売った値段《ねだん》のうち、医療《いりょう》機器の会社のとりぶんって、どれぐらいなのかな？」

シシーは肩《かた》をすくめた。「たぶん二十から三十パーセントぐらいなんじゃない」

「三千ドルの三十パーセントなら、千ドル近いってことだよね？」

「そうなるわね。でも、それがどうしたの？」

「募金《ぼきん》はもう集まらなくなったんだ。まだ、千ドルもたりないんだけどね。会社はもうけなしでピーティに車椅子《くるまいす》を売ってくれないかな？」

「だけど、商売は商売よ」

「なにか、もっといいアイディアはない？」

「なにも思いつかないわ」シシーは肩《かた》をすくめていった。

ピーティに会わせる顔がなくて、トレバーはまっすぐ家に帰った。ビリングズの会社に電話をして社長をお願いしますといった。

「もしもし、なにか御用《ごよう》ですか？」男の人の事務的な声がした。

「はい、もしもし。ぼくはトレバー・ラッドといいます」そこで大きく息を吸《す》った。「ぼくはこの夏のあいだじゅう、車椅子《くるまいす》を買おうと思って、三千ドルを目標に寄付金集めをしてきました。でも、集まったのは二千ドルだけだったんです」トレバーはその先をいいだせずに、しばらくだまりこんだ。「あのー、車椅子《くるまいす》を二千ドルで売っていただくわけにはいきませんか？」

「きみとは、何か月か前にも話したね。特注の車椅子《くるまいす》に関心を持っていたよね。脳性《のうせい》まひの老人だったかな？」

「そうです、ぼくの友だちなんです。ずうずうしいお願いなのはよくわかってるんです。でも、二千ドルで売ってもらえませんか？」

しばらくだまりこんだのは、今度は相手のほうだった。「申《もう》し訳《わけ》ないけど、その値段《ねだん》では、うちにはまったく利益がないんだよ」

「だけど、ピーティは特別なんです！」トレバーはいきおいこんでいった。

男の人はこまったように咳《せき》ばらいをしている。「わたしの会社があつかっているのは、どの人も悲劇的《ひげきてき》で特別で……」

「ピーティはちがいます」トレバーは口をはさんだ。必死でしゃべりつづける。「新聞社が記事を書いてくれました。ボーズマンではピーティを知らない人はいません。もし、あなたがピーティに車椅子《くるまいす》を二千ドルで売ってくれたら、ぼくはみんなにあなたがしてくれたことをいってまわります。また新聞でもとりあげてくれるかもしれません」

「多少、割《わ》り引《び》くことならできるんだけどね」

「千ドルじゃなきゃだめなんです。ぼくはできるだけのことはやりました。もう、これ以上なにをやったらいいのかわかりません。どうか、お願いです。ピーティを助けてください」

「うーん、そうだなあ……」男の人の声がやわらかくなった。「もし、理学療法士《りょうほうし》の評価を手に入れることができたら、なんとかしてあげるよ」

トレバーは叫《さけ》んだ。「ありがとうございます！　百万回でもいいたいぐらいです！」

「いいや、お礼なら千回ぶんでいいよ」男の人はそういって声をあげて笑った。「そのピーティっていう人は、すばらしい、そして、しつこい友だちを持ってるね」

受話器をおくと、今度はすぐに理学療法士《りょうほうし》に電話をかけた。あの女の人はまだ約束をおぼえているだろうかと不安だった。けれども、ちゃんとおぼえていてくれた。

電話を切ると、トレバーは思いっきり「やったー！」と叫《さけ》んだ。自転車にとび乗ると、目いっぱいペダルをこいで介護《かいご》ホームにむかった。すこしでもはやくピーティに知らせてあげたかった。

◇

トレバーの夏休みは終わり、また新学期がはじまってしまった。毎日の散歩には、ショーナがひんぱんにつきあってくれるようになった。トレバーに用事があるときには、ショーナひとりでつれだしてくれることもあるほどだ。ある雨の日の午後、介護《かいご》ホームにやってきたトレバーとショーナにむかって、ピーティがいった。

「ゴーフィー」

「雨なのに、魚釣《さかなつ》りにいきたいって？」トレバーは確認《かくにん》した。

ピーティは首を横にふって、あごでふたりをさししめした。

「ゴーフィー！」ピーティは断固としていう。

「だけど、雨の日に魚釣《さかなつ》りは無理だよ」

ピーティはいらいらしたように首をふる。

ショーナがためらいながらいった。「もしかしたら、わたしたちふたりで楽しんでこいっていってるんじゃないかな？」

「アイー、アイー！」ピーティは甲高《かんだか》い声をあげてうなずいた。

「ぼくたちふたりで遊んでこいってこと？」トレバーがいう。

やさしい、おだやかな笑顔《えがお》がピーティの顔いっぱいに浮《う》かぶ。

「アイー」

トレバーとショーナは、でかける前にピーティをしっかり抱《だ》きしめた。

◇

車椅子《くるまいす》を発注してから、時間はどんどんすぎていった。トレバーはあの会社は本気でとりくんでくれているんだろうかと心配になってきた。しかし、ハロウィーンの一週間前、とうとう新しい車椅子《くるまいす》がとどいた。トレバーは必死でがんばって手に入れることができた新しい機械を、すみからすみまでながめまわした。ついにやりとげたんだ！　トレバーにはそれが目の前にあることが信じられなかった。ピカピカのクローム製のがんじょうなフレーム、まっさらのタイヤ。「ピーティはまだ見てないの？」トレバーはたずねた。

「まだよ」シシーが答える。

興奮《こうふん》をおさえながら新しい車椅子《くるまいす》をピーティの部屋までおした。ピーティはじっと見つめている。視線《しせん》はピカピカの最新モデルのはしからはしまでなめるように動いていく。

「グー」

トレバーは車椅子《くるまいす》にはいのぼって、足をまっすぐ前につきだしたまま、ぐるっと一周まわしてみた。何度かためして、あやうくたおれそうになりながらも、ようやく後輪だけで走るウィリーらしきこともできるようになった。

ピーティは笑いながら腕《うで》をバタバタさせた。

「さあ、ピーティの番だよ」

シシーにも助けてもらって、トレバーは真新しいクッションとシーツを車椅子《くるまいす》にセットした。多少の調整は必要だったが、ピーティはじきにこの新しい住処《すみか》に居心地《いごこち》よくおさまった。

「グー、グー、グー」というピーティのよろこびの声は、廊下《ろうか》のずっと先までひびいていた。

「ねえ、ピーティ、新しい車椅子《くるまいす》も手に入ったことだし、今年のハロウィーンはなにか特別なことをやろうよ」トレバーはいった。

「ワー？」ピーティがたずねる。

「まだ、わかんないけど、なにか特別なことを考えてみるよ」

トレバーはことばどおり、ハロウィーンにはピーティにバットマンの衣装《いしょう》を用意して着せた。自分はロビンに扮《ふん》した。段《だん》ボールとペンキでピーティの車椅子《くるまいす》はバットモービルに変身した。ショーナもお祭りに参加したくて、悪党《あくとう》のジョーカーのかっこうをした。ピーティの表情はかがやいていた。新しい車椅子《くるまいす》はバットモービル以上のものだった。それはピーティの馬だった。光りかがやく名馬だ。ピーティが手にした最高の財産だった。
◇

クリスマスまではすぐだった。ピーティにプレゼントをとどけにいったとき、カレンダーを見るまでもなく、その日がクリスマスだとわかった。来客用の駐車場《ちゅうしゃじょう》が何十台という自動車でごったがえしていたからだ。そこは一年のほとんどが、がらあきの場所だ。

トレバーは額に入った聖書《せいしょ》のことばをピーティのために買った。

「主を待ち望む者は新たなる力を得、鷲《わし》のように翼《つばさ》をはって、のぼることができる。走っても疲《つか》れることなく、歩いても弱ることはない」という一節だ。トレバーの家族は教会にもいかないが、その額はとてもすてきに思えた。

ふたりでプレゼントのラッピングをあけると、ピーティは懸命《けんめい》にジェスチャーをして、その句を前にもきいたことがあることを伝えた。けれども、いくらがんばっても、そのときの状況《じょうきょう》を伝えることはできなかった。トレバーにもそれがウォームスプリングズでのことだということはわかった。その日、ピーティはその句を読んでほしいと何度もねだった。

「鷲《わし》のように翼《つばさ》をはって」というところにくるたびに、ピーティはトレバーをさえぎって「ピーション」といった。

トレバーには、いくら考えても「ピーション」の意味はわからなかった。

◇

一月のある日、トレバーは学校で何人かの男子から、放課後にバスケットボールをしないかと誘《さそ》われた。

「ピーティのところにいってからなら」トレバーはいった。

「ねえ、ぼくらもピーティの住んでるところを見にいっていいかな?」ひとりがたずねた。

トレバーはためらったが、肩《かた》をすくめていった。「もちろん。きみらがいきたいんならね」

みんなで介護《かいご》ホームまで歩いていって、ピーティの部屋に入った。トレバーはクラスメートたちの目のなかに、自分がはじめてこの建物に足を踏《ふ》み入《い》れたときに感じたのとおなじものを見た。

ピーティは、ひとりひとりに声をかけて迎《むか》えてくれた。「アオー、アオー」

みんなは、うなずいてこんにちはと返事をした。

「ワーイー?」ピーティがクラスメートたちのほうをさしていう。

「どうして、いっしょにきたのかって？」トレバーが確認《かくにん》する。

ピーティはうなずいた。

「ピーティの住んでるところを見たいんだって」

「グー」

「きょうは、なにかしたいこと、ある？」

ピーティはあごで、トレバーと男の子たちをさしていった。「ゴーフィー」

「魚釣《さかなつ》りにいきたいの？」

ピーティは首を横にふった。「ウー、ゴーフィー！」

トレバーはショーナといっしょのときにもおなじことをいったのを思い出した。「みんなで遊んでこいっていってるの？」

「アイー」ピーティがおだやかに微笑《ほほえ》んだ。

「うん、じゃあ、いってくる。でも、またあとでくるから」

「ゴーフィー！」ピーティはくりかえした。

「ありがと！」トレバーはそういって部屋をでた。

◇

二月の終わりごろ、ピーティは熱をだした。毎日熱が高くなっていく。夜にはよく眠《ねむ》れないまま、ひと晩《ばん》じゅう寝返《ねがえ》りを打った。

ある夜中の二時ごろのこと、シシーは定時の巡回《じゅんかい》をしていた。ピーティを起こさないように、明かりをつけずに体をひっくりかえし、おしりをふく。新しいオムツをあてると、よごれたほうはそのままたたんで洗濯《せんたく》かごに放《ほう》りこんだ。シシーはオムツについていた血のあとには気づかなかった。

朝になって明かりをつけて起こそうとして、シシーはピーティがベッドの上で体をひねっているのに気づいた。目はかたくとじられていて、顔は苦しそうにゆがんでいる。

シシーはベッドにかけよった。「ピーティ、どうしたの？」

ピーティは息をつまらせていた。頭のまわりには吐《は》いたものが散らばっていた。

「どうしましょう。ピーティ、どうしたの？　ねえ、どうしたの？」部屋にはいつもとちがうにおいがただよっている。毛布をはぎとったシシーは、血だらけのオムツをじっと見た。「ジェミー！　ビル！」シシーは叫《さけ》んだ。「はやくきて！　ピーティがたいへんなの！」

十五分後、介護《かいご》ホームにかけつける救急車のサイレンがひびきわたっていた。

第27章

病院では、若《わか》い麻酔医《ますいい》がゆっくりと手術着をぬいでいるところだった。ようやく当直の時間が終わって、ほっとしていた。とても長い夜だった。交通事故が何件かあったせいで、へとへとになって帰りのしたくをしているところだ。

ちょうどジャケットを着ているときに、廊下《ろうか》から声がした。「ウォーターズ先生、ちょっと待ってください。手を貸してほしいんです」

ウォーターズ医師は首を横にふりふりいった。「今度はなんなんだ?」

「ボーズマン介護《かいご》ホームから男性が搬送《はんそう》されています」

医師はうんざりしてうめき声をあげた。

患者《かんじゃ》は体のねじれた脳性《のうせい》まひの老人で、ピーティ・コービンといった。重い胃潰瘍《いかいよう》からくる出血と肺炎《はいえん》を併発《へいはつ》している。外科医《げかい》のクロス医師は即座《そくざ》に手術は無理だと判断した。体が信じられないぐらいゆがんでいるうえに、七十歳《さい》をこえており、家族もなく、健康状態も非常にわるかった。意味のわからないうわごとらしきものをいっていることから、精神が正常かどうかも疑《うたが》われた。クロス医師は、たとえ手術で一時的に助かりはしても、その後、ちゃんとした生活ができないと考えた。

「ウォーターズ先生、帰ってもらってけっこうです。このままにしておくしかないでしょう」クロス医師はいった。

ウォーターズ医師はほっとため息をついて、帰途《きと》についた。

介護《かいご》ホームに電話があり、残りの時間、苦痛《くつう》をすこしでもやわらげるために、ピーティには大量の薬が投与《とうよ》されていると伝えられた。

数時間後、クロス医師は巡回《じゅんかい》の際に、ピーティのようすをみるために立ちよった。部屋に入ったとたん、医師の足はとまった。十人を楽にこえる人たちが年老いた患者《かんじゃ》のベッドをかこんでいた。それぞれ、嗚咽《おえつ》をもらしたり、まばたきをして必死で涙《なみだ》をこらえたりしている。サイドテーブルも、窓辺《まどべ》も花で埋《う》めつくされている。

「いったい、どうしたんです？」クロス医師はだれにともなく問いかけていた。患者《かんじゃ》に家族がいないことはちゃんと確認《かくにん》してある。

　部屋じゅうの涙《なみだ》にぬれた瞳《ひとみ》が、いっせいに医師を責めるようにふりむいた。ひとりの高校生らしき男の子が、そばかすだらけのほおをぬぐいながら、一歩前に進みでた。「ぼくはトレバー・ラッドです。ぼくたちは、先生が手術をしないことにしたとうかがいました。どうしてなんですか？」

「わたしたちの判断は、この患者《かんじゃ》に予測される今後の生活の質の検討《けんとう》の結果くだされたものなんだ」医師はいら立ちをかくそうともしない。「この年で、この状態で、家族もいないとなれば、尊厳《そんげん》のある死こそがふさわしいんだよ」

　ピーティが医師にむけて、つきさすような視線《しせん》を送った。

「アーオーダー。アーオーダー」そういって咳《せ》きこむ。

「だけど、本人の希望はどうなるんですか？」トレバーがたずねる。

「希望なんてあるのかい？」

「いまいったところです。『アイ・ノー・ダイ』死にたくない、って。先生には理解できなかっただけです。それに、家族ならぼくたちがいます」

クロス医師はおどろきでぼうぜんとして患者《かんじゃ》を見、そばかすの少年を見、おおぜいのすがるような目を見た。医師は怒《おこ》ったように咳《せき》ばらいをした。「検査室で検査結果を再検討《さいけんとう》してみましょう。だが、あんまり期待しないように」

「ぼくたちはいつだって期待するんです」トレバーがいった。

まもなく、クロス医師が病室にもどってきた。部屋は期待で包まれた。「手術しましょう」医師はしずかにそういった。

割《わ》れるような拍手喝采《はくしゅかっさい》がクロス医師をいら立たせた。ただでさえ、手術の予定はいっぱいだ。そのうえ、麻酔《ますい》をかけるためにウォーターズ医師を呼《よ》びもどさなければならない。

ウォーターズ医師は、はれぼったい目でもどってきた。ピーティに質問をしてみたが、コミュニケーションをとれないことで、検査はむずかしいものになった。どうして、予定が変更《へんこう》されたのかはさっぱりわからなかったが、手術をすることには疑問《ぎもん》を抱《いだ》いていた。

手術室に運ぶ際、ウォーターズ医師は、患者《かんじゃ》の表情にはっきりした恐怖《きょうふ》を見た。「心配しないで、コービンさん。先生の腕《うで》はたしかです」そういって、ストレッチャーをとめた。

医師はピーティの肩《かた》に手をおいて、まっすぐに老人の目を見つめていった。「この手術は、あなたが望んだものなんですか？」

ピーティのうなずきは、まばたきよりもかすかなものだったが、まぎれもないものだった。

看護師《かんごし》たちがピーティを手術台にのせた。おなかをかくすようにかたく縮《ちぢ》こまった足を見て、おどろきで声もでない。ピーティの視線《しせん》がひろくて寒々とした部屋を見まわし、マスクをした顔のひとりひとりに移っていく。ひとりの看護師《かんごし》が静脈《じょうみゃく》に点滴《てんてき》のチューブをとりつけた。肩《かた》や胸《むね》に冷たいパッチがおかれたせいで、ピーティの体がびくんとはねた。ウォーターズ医師は手なれたようすで導線を心臓《しんぞう》モニターにつなぐ。

血圧計の加圧帯を腕《うで》にまいたときには、ピーティの顔には不安でしわが深く刻《きざ》まれた。耳たぶに血流内の酸素をはかる小さなクリップをとりつけ、筋肉《きんにく》の弛緩《しかん》の状態をはかるパッチを腕《うで》にはり終えると、ウォーターズ医師はピーティの顔にしっかりとマスクをかぶせた。ピーティの不安な表情は、冷ややかな視線《しせん》以外には見えなくなった。

手術室をおちつきのない沈黙《ちんもく》がおおっている。表情の見えない手術マスクの上で、責めるような視線《しせん》だけがかわされる。クロス医師は無言の非難《ひなん》の空気と、この手術のバカバカしさに腹《はら》を立てていた。クロス医師は手術台に歩みより、きれいにみがき立てられた手を空中に浮《う》かべた。目の前に横たわる縮《ちぢ》みあがった肉のかたまりをざっと見ていたが、やがて邪念《じゃねん》をふりはらうように首を横にふった。「準備が整うまで、あとどのぐらいかな？」

クロス医師はたずねた。「この手術は手がかかるぞ」

「もうすぐです」ウォーターズ医師が答えたときには、ピーティは深い眠《ねむ》りに落ちていた。

◇

その日の夜おそく、トレバーは手術後はじめて面会を許された。ピーティの毛布の下からはチューブが何本もヘビのようにのたうっていて、頭の上には点滴《てんてき》のボトルがぶらさがっていた。ピーティは熱のせいでふるえていた。トレバーはピーティのおでこに手をのせた。これほどぐあいがわるそうな人を見るのははじめてだった。ピーティはすっかり弱り果てていて、身動きひとつできないまま、一瞬《いっしゅん》だけ目をあけた。

「ぐあいはどう？」トレバーがささやく。

ピーティから返事はかえってこなかった。

◇

トレバーは毎日お見舞《みま》いにいったが、ピーティの容態《ようだい》はわるくなる一方だった。以前は短い空咳《からせき》だったものが、たえず息をつまらせるようになっていた。顔はやつれ、苦しげにゆがんでいた。トレバーをいちばんこわがらせたのは、ピーティのうつろな目だった。

七十歳《さい》ではなく、百歳《さい》にも見えた。

六日目の夜、看護師《かんごし》がピーティの部屋の前でトレバーを呼《よ》びとめた。「ピーティの肺炎《はいえん》はもう薬ではどうにもならなくなってるの。いまは、ずっと悪寒《おかん》があるし」

「悪寒《おかん》ってなんですか？」

「おさえることのできない寒気と熱ね。熱は四十度をこえることもあるのよ」

「まだ、面会は許されるんですか？」

「ええ。いまは眠《ねむ》ってるかもしれないけど。きょうもたいへんな一日だったから」

トレバーが部屋に入ると、ピーティはうす目をあけた。その目を見るだけでも恐怖《きょうふ》はじゅうぶんに読みとれた。ひたいには汗《あせ》がにじんでいて、顔は灰《はい》のように白い。

「ぐあいはどう？」トレバーはたずねた。

自分ではおさえることのできない発作《ほっさ》が起きて、ピーティは目をとじる。その苦しげな顔がトレバーの質問への答えだった。

「死ぬのはこわい？」トレバーはだしぬけにいった。

ピーティは目をあけた。「ワーイー？」息にまぎれてしまいそうなほど、か細い声だ。

「どうしてかって？　わかんない。死ぬのをこわがってる人はたくさんいるよね。ピーティはどうかなと思っただけ」

トレバーにはピーティのささやきがやっときこえた。

「オー」ノーといって目をとじる。

「ぼく、もういくから、ゆっくり眠《ねむ》って」

ピーティがもう一度目をあけて、手をトレバーのほうにのばそうとする。

「オー」ピーティは声をあげた。

「まだいてほしいの？」

ピーティは、うなずくかわりにあごの筋肉《きんにく》をぴくんと動かした。

ピーティにそばにいてほしいといわれて、トレバーはうれしかった。ふたりは二時間ほども、なにもいわずにただ手をつないでいた。トレバーはピーティがどんな夢を持っているのか知りたくなった。きいているかどうかもわからないまま、小さな声でいってみる。

「ねえ、ピーティ。もし、生まれ変わることができるんなら、つぎの人生でもきっと出会おうね。ピーティはまっさらの体で、高い山にも平気で登れるんだ。ふつうに話せるから、だれにだっていってることがわかってもらえる」

ピーティの口のはしにうっすらとおだやかな微笑《ほほえ》みが浮《う》かんだ。トレバーはつづける。

「追いかけっこをするんだけど、ぼくはピーティには追いつけないんだ」

ピーティは弱々しく目をあけた。

「ワーイー？」ささやくようにいう。

「ピーティが風よりも速く走るからだよ。大声で叫《さけ》びながらね」

ピーティのかさかさに乾《かわ》いてひび割《わ》れたくちびるをじっと見ていたおかげで、「グー」といったのがわかった。ピーティの表情はおだやかだった。

「それともうひとつ。もし、生まれ変わったら、魚釣《さかなつ》りにいって針《はり》にミミズをつけるのはピーティの仕事だからね」

ピーティからはなんの反応もなかった。ピーティの胸《むね》に手をあててみると、苦しげな呼《こ》吸《きゅう》が感じられた。ピーティは昏睡《こんすい》状態におちいったようだ。トレバーは時計を見て顔をしかめた。もう、十時をすぎていた。両親はかんかんに怒《おこ》っているだろう。この一週間というもの、病院が第二の家になっていた。

家に帰る前に、ナース・ステーションに立ちよった。

「すみません、ちょっとお願いがあるんですけど」

その看護師《かんごし》は、なにかを書いている手もとめずに答えた。「どんなこと？」

「もし、ピーティの容態《ようだい》がわるくなったら、電話をもらえませんか？　どんな夜中でもかまいません。そばにいたいんです」そこで、間をおいてからつづけた。「それと、シシー・マイケルにも電話していただけませんか？」

「ご家族の方？」ようやく顔をあげてたずねる。

トレバーは一瞬《いっしゅん》考えた。「はい、ぼくたちがピーティの唯一《ゆいいつ》の家族です」

看護師《かんごし》はトレバーの要望をメモに書いた。「もし、容態《ようだい》が悪化したら、あなたとシシーに電話すればいいのね。現状はあまりよくないわね。なにしろ、熱がひかないの」

「ピーティはぼくを呼《よ》ぶときに『トワー』っていいます」

「トワーね」看護師《かんごし》はそういって、それも書きとめた。

暗い道を自転車で帰るあいだじゅう、道路は涙《なみだ》でかすんで見えた。しきりにまばたきをする。さまざまな感情がトレバーを引《ひ》き裂《さ》く。ことばにあらわせないほど大きくて深い傷《きず》がぽっかりとあいている。家に着くと、両親が玄関《げんかん》の前で待っていた。「こんなおそくまで、どういうつもりなの」母親がきつい口調でいう。

「でも、ピーティは入院してるんだよ！」

「母さんのいうとおりだ」父親もいう。「病院にまかせておけばいいんだ。おまえはちょっと立ち入りすぎだぞ」

「ぼくのいちばんの親友なんだよ！」トレバーは怒《いか》りをおさえながらも強い口調でいった。このふたりはわかってないだけなんだ、と自分にいいきかせる。トレバーは堂々と歩いて自分の部屋にいった。この瞬間《しゅんかん》まで、自分がどれほどピーティを必要としていたかに気づかなかった。去年はこのすばらしい老人のことなどぜんぜん知らなかった。いまなら自分でもわかっているが、去年は、トレバー自身も理解できていなかった。ピーティを見ても、ただ気持ちわるいとしか思わなかった。

トレバーは眠《ねむ》れないまま夜をすごした。自分自身にいろいろと問いかけてみる。どれも答えなどでない質問だ。自分がいつ眠《ねむ》ったのかはわからなかった。けれども、大きく耳ざわりな電話の音が、トレバーを乱暴《らんぼう》にゆさぶり起こした。ベッドのわきにある受話器を手でさぐりながらパニックを起こしかけた。

「もしもし」口ごもるようにいう。

「もしもし、トレバー・ラッドさん？」

「はい」

「こちらボーズマン病院です。これからこちらにこられますか？」

「すぐいきます」トレバーはそういって、電話を切ると、大あわてで着替《きが》えた。玄関《げんかん》にむかうとちゅう、両親の寝室《しんしつ》で明かりがついたのに気づいた。トレバーはそれを無視《むし》した。ピーティが死にかけているんだ。数秒後には、町はずれにある病院にむかって、人気《ひとけ》のない夜の道を自転車で走っていた。

自転車をこぎながら、この現実を変えることができたらと思わずにはいられなかった。ピーティにほんとうの家族ができて、そして、自分もその家族の一員だったら、どんなにいいだろう。たしかに、ピーティにはすばらしい友だちがいた。でも、その友だちはみんないなくなってしまった。だれもほんとうの家族ではなかったからだ。

なにもかももう手遅《ており》れだと思った。そのとき、地平線が明るく白みはじめていることに気づいた。しめり気を帯びた春のあたたかい風が、まだ明かりのついている病院の駐車《ちゅうしゃ》場《じょう》に自転車を乗り入れたトレバーの顔をなでる。トレバーは自転車を芝生《しばふ》にたおして病院にかけこんだ。すぐうしろから両親の乗った車が駐車場《ちゅうしゃじょう》に入ってきたことには気づかなかった。トレバーは階段《かいだん》を一気にかけあがった。

ピーティの部屋がある階ではなにかが起きていた。看護師《かんごし》たちが手に手に器械や道具を持って、大声で指示をあたえながら走りまわっている。ピーティの病室からカートをおしてでてきた看護師《かんごし》がトレバーにいった。「さあ、入って」

かけこんだトレバーは、しずかに横たわっているピーティに気づいた。シシー・マイケルは先に着いていた。ベッドのわきにしずかに立っている。息を整えながらベッドのそばまで足をしのばせて近づき、見おろした。「だいじょうぶなの？」

シシーは首を横にふった。

ピーティがかすかに動いて目をあけた。「ピーティ、ぼくだよ」トレバーはいった。声がふるえている。「ぼくは……ぼくは……ここにいるからね」ぼんやりともる明かりでは、ピーティの表情を読みとることはできなかった。暗いドア口からしずかに足を踏《ふ》み入《い》れた両親にも気づかない。ふたりはじっと見ている。

トレバーはピーティを見つめた。「ぼくのことわかってる？」

「ゴーフィー」弱々しい声がした。

「魚釣《さかなつ》りにいきたいの？」トレバーはまさかというようにたずねた。

ピーティは力をふりしぼって首を横にふる。

「ウー、ゴーフィー」

トレバーは深く息を吸《す》った。「ピーティぬきで、楽しんでこいっていってるの？」

ピーティの顔にうっすらと笑《え》みが浮《う》かぶ。

「がんばってみるよ」トレバーはいった。ピーティにはいろいろなことを教わった。なかでも、人生を楽しみ、感謝することは特に。でも、ピーティぬきでもできるんだろうか？

「お願いがあるんだ」トレバーがいった。

ピーティから反応がなかったのでつづけた。「ぼくのおじいちゃんになってくれないかな？」

ピーティはこまったような顔だ。

「ピーティには家族がいないけど、ぼくもおんなじなんだ……、ほんとの家族って意味ではね。ぼくには兄弟姉妹《しまい》がいないし、おじいちゃんやおばあちゃんはみんな亡《な》くなった。それに、父さんと母さんはいつも仕事ばかり」

ピーティの口がトレバーのことばをくりかえすように動いた。

「ピーティ、家族って紙の上でのものじゃないんだ。ここの問題なんだよ」トレバーはそういって、自分の胸《むね》に手をあてた。「家族は友だちともちがう。ピーティはぼくの心のなかでは、いつもおじいちゃんだった。いつもいっしょだったし、これからもはなれない」

ピーティは微笑《ほほえ》まなかった。トレバーの目をじっと見つめて、嘘《うそ》やいつわりがないかさがしているようだ。

「ググファー」かすかにそういった。

「そう、グランドファーザー、おじいちゃんだよ」

ピーティの目の表情がやわらいで、はっきりとした微笑《ほほえ》みが顔いっぱいに浮《う》かんだ。

「ググファー」ピーティはくりかえす。

「そう、そして、ぼくはピーティの孫だよ」

「アイー、アイー」孫を持ったことのよろこびや、すばらしさが胸《むね》に染《し》み入《い》るにつれて、ピーティの目がやさしくなり、表情もやわらいだ。

しばらくはおたがいにことばはなかった。トレバーは前かがみになって腕《うで》をピーティの体にまわした。頭をピーティの胸《むね》にそっとのせる。トレバーのほおにはピーティの心臓《しんぞう》の鼓動《こどう》が感じられた。今世紀のはじめから、ずっととぎれることなくつづいてきたリズムだ。

シシーが手をのばして、ピーティの曲がった腕《うで》をトレバーの首の上にのせた。こんなふうにピーティの腕《うで》の重さを感じた人は、これまでにひとりでもいたのだろうかと、トレバーは思った。トレバーの両親は、暗がりからそのようすをじっと見ていた。母親は目をぬぐっている。

ゆっくりとピーティの体から力がぬけていった。これまで感じたことのない感情のおかげで、ピーティの体は深い眠《ねむ》りへと運び去られた。

トレバーはピーティから体をはなして顔をあげた。ピーティの部屋の窓《まど》の外に、やわらかな日ざしがしのびよっていた。「ピーティは死んじゃうの?」トレバーはささやいた。

シシーがためらいながらいった。「人間はだれでも生まれた瞬間《しゅんかん》から死にむかっているの。だからこそ、生きるってことはとてもだいじなことなの」

「だからピーティはぼくに『ゴーフィー』楽しんでこいっていったんだね、そうでしょ? これからは、ピーティを必要としないで生きていけっていう意味なんだね」

シシーは、涙《なみだ》をいっぱいに浮《う》かべて微笑《ほほえ》んだ。「わたしたちには、これからもいつだってピーティが必要よ。でも、あなたのいうとおりね。ピーティは今晩《こんばん》にも死ぬかもしれない……。来週かもしれないし。ねえ、トレバー、あなたの人生はまだまだこれからよ。ピーティは自分の人生を生ききったの。もし、ピーティからなにかひとつを学ぶとしたら、ピーティの人生ものすごくだいじなものだったたっていうことね」

トレバーはピーティを見つめた。それからシシーを。まばたきをして涙《なみだ》をおしもどし、無理に微笑《ほほえ》んだ。

「じゃあ、魚釣《さかなつ》りにいかなくちゃ」

シシーはしっかりとトレバーを抱《だ》きしめた。

「そう、魚釣《さかなつ》りにいきましょう」

シシーから体をはなして、はじめてドアのところに両親がいることに気づいた。「いつからそこにいたの？」トレバーはささやいた。

「わたしたちが、ほんとうの家族じゃなかったことを知るにはじゅうぶん長いあいだだよ」父親がいった。

「あれは、気にしないで、たいしたことじゃないから」トレバーはのどをつまらせながらいった。

トレバーの父親はおそるおそるピーティに目をやった。

「いや、たいしたことだよ。わたしたちは、なにもわかってなかったようだ」

トレバーの母親が口をひらいた。「わたしたちも、これからはひとつの場所におちついて、しっかり根をはらなくちゃね。もう一度家族としてやり直しましょう」

トレバーはふたりをじっと見た。「本気でいってるの？」

父親がうなずく。「ピーティがいったとおり、みんなで魚釣《さかなつ》りにいく時間だよ」父親はドアのほうをさしていった。「すこし外で話そうか。ピーティを起こしちゃいけないからな」

うしろ髪《がみ》をひかれながら、トレバーはみんなといっしょに部屋をでた。ドア口で立ちどまってふりかえり、そっとささやいた。ゆっくりと敬意《けいい》をこめて、ひとことひとことを舌の上で味わうように。

「魚釣《さかなつ》りにいってくるよ、ピーティじいちゃん」

そして、そのことばは、とても味わい深かった。

作者あとがき

ベン・マイケルセン

脳性《のうせい》まひとは、多くの場合、妊娠中《にんしんちゅう》、もしくは出産直後に、生まれてきた子どもの脳神《のうしん》経《けい》になんらかの損傷《そんしょう》が生じたことによって、運動機能に障害《しょうがい》が起こる症状《しょうじょう》です。ピーティのようにとても重い場合もありますが、軽い場合もあります。通常、脳性《のうせい》まひが精神に影《えい》響《きょう》をあたえることはありません。正確な意味では「病気」ではなく、遺伝的《いでんてき》なものでもありません。身体的にはハンディを持っていますが、そのほかは変わらず、セラピーや訓練によって、多くの人が生産的で通常の生活を送ることができるようになります。

一九〇〇年代のはじめには、ピーティのような子どもは、重い知的障害《しょうがい》もあると誤解《ごかい》されていました。そうした誤解《ごかい》は今日もまだつづいていて、脳性《のうせい》まひ者《しゃ》にとっては、それこそが最大の「障害《しょうがい》」となっています。

解説

湯汲《ゆくみ》　英史《えいし》

この作品は、フィクションですが、実在の方をモデルにしているということです。アメリカでは、ピーティの生きた時代（一九二〇～一九九〇年代）、この作品に書かれているのとほぼおなじようなことが実際におこっていました。その意味で、本書は、すばらしい文学であると同時に、障害者《しょうがいしゃ》の歴史をかいま見ることのできる貴重《きちょう》な作品でもあると思います。そうした観点から、すこしだけ読み直してみましょう。

ピーティが子どもだったころには、まだ「脳性《のうせい》まひ」についてよくわかっておらず、「知的障害《しょうがい》」に対することばも、いまとはちがっていた時代です。

第一部で、ピーティがあずけられた施設《しせつ》にいっしょにいた患者《かんじゃ》さんたちに注目してみると、現在の医療《いりょう》からは信じられないほど、障害《しょうがい》や病気の程度も種類もさまざまな人たちが、ひとつの施設《しせつ》に入所していたことがわかります。なんらかの理由でふつうに会話することがむずかしい人は、ひとくくりに考えられ、まとめてこうした施設《しせつ》に入れられていたのです。さらによく読むと、介護《かいご》助手の人たちも専門《せんもん》の訓練を受けておらず、境遇《きょうぐう》も移民であったり高齢者《こうれいしゃ》であったりと、当時の障害者《しょうがいしゃ》に対する考え方が見えてくるように思います。あまり知られてはいませんが、そうした状況《じょうきょう》は、アメリカにとどまらず、日本の実情とも重なります。数十年前まで、似たりよったりの状況《じょうきょう》だったといっても過言ではないのです。

さて、ピーティにとって、いちばんつらかったことはなんでしょう。ちゃんと考え、感じているのに、それを伝えることができないこと、そして、ほとんどの人が、ピーティにその能力がないと、頭から決めつけてしまっていたことではないでしょうか。それだけにカルビンと意思を伝え合うことができるようになる場面は感動的です。問題は、能力ではなく、コミュニケーションの手段《しゅだん》だったのです。ピーティがちゃんと考える力をもっていることにみんなが気づいて、教育を受け、いまのように文字盤《もじばん》やコンピュータなどを使うことができていたら、どんな話をしてくれたのでしょう。ピーティと同様のハンディをもちながらも、多彩《たさい》な才能を開花させている人を知っているだけに、聞いてみたいという衝《しょう》動《どう》にかられ、同時に、やるせなくなります。ピーティのように、気持ちや考えをけんめいに伝えようとしているのに、こちらが気づけないだけということは、いまもあちこちであります。

第二部は、障害《しょうがい》に対する社会の考え方が変わり、ピーティも、施設《しせつ》に「隔離《かくり》」されていた生活から、「おなじ社会のなか」でくらすようになっています。ですが、トレバー自身が述べているように、介護《かいご》ホームがあることは知っていても、そこにどんな人たちがくらしているのか、ほとんどの人は知りません。トレバー自身、ピーティと知り合ったばかりのころは、その姿《すがた》に驚《おどろ》きをかくせず、ホームの居住者にしりごみします。おなじ社会のなかに建物があるというだけでは、いっしょに生きていることにはならないのです。

トレバーは、ピーティとかかわりをもちつづけることで、ぱっと見ただけではわからない、ピーティのほんとうの姿《すがた》を見るようになります。障害《しょうがい》があることは不自由なこと。けれどもけっして不幸ではない、と気づきます。トレバーたちは、ピーティとつながることで、痛《いた》みを知り、生きることを考えました。ピーティを中心にしたからこそ、わかちあうよろこびがありました。

ピーティとトレバーのような関係、そして、ピーティがカルビンと再会し、みんなでハイキングにいく光景は、この物語のなかだけのものでも、特殊《とくしゅ》な例でもありません。物語を通じてピーティとつながったわたしも、それこそがいっしょにくらすということの自然な在《あ》り方《かた》なのだと、そう思わずにはいられません。

訳者《やくしゃ》あとがき

千葉《ちば》　茂樹《しげき》

原書"Petey"をあずかって読みはじめたわたしは、最初の数章の段階《だんかい》で、この本を訳《やく》すことなど無理だと思っていました。ピーティにむけられる容赦《ようしゃ》のない偏見《へんけん》や嫌悪感《けんおかん》、それらが原因となってふりかかる困難《こんなん》はあまりにきびしくて、読んでいるだけでつらくなります。差別的なことばや感情が続々と登場してぶつけられるのも悩《なや》みの種《たね》。

ピーティがコミュニケーションの手段《しゅだん》を少しずつ獲得《かくとく》していくにつれ、物語にぐいぐいひきこまれますが、翻訳者《ほんやくしゃ》としてふと冷静になると、その言語体系《たいけい》は、ピーティの限られた身体的能力に即《そく》した精一杯《せいいっぱい》のものであるため、安易に日本語に置《お》き換《か》えることができないことに思《おも》い至《いた》ります。

そして、いちばんの懸念《けねん》は、ピーティやカルビンの障害《しょうがい》について、ほとんど知識を持っていない自分が、訳《やく》してもいいものだろうかということでした。

しかし、いつのまにか物語にどっぷり没入《ぼっにゅう》し、一気に最後まで読み終えたわたしは、頬《ほお》を涙《なみだ》でぬらし、鼻をぐずぐずいわせながら、ぜひ訳《やく》させてくださいとメールを書いていたのです。

重いテーマでありながら、これほど晴れやかで、すがすがしく楽しい物語には、一生にそう何度も出会えるものではありません。読んでいるとちゅうで頭の中に去来したさまざまな不安や懸念《けねん》は、すっかりどこかに消えてしまっていました。なにがなんでも自分の手で訳《やく》して、たくさんの人にピーティと出会ってほしい！　読後の気持ちはただそれだけでした。

なお、現代から見ると差別的と思われる表現も見受けられますが、最後までお読みいただければ、作者に差別を助長する意図がないことは、おわかりいただけると思います。また、「知的障害《しょうがい》」にあたることばなどは、日本の社会事情を優先《ゆうせん》し、わかりやすさに配慮《はいりょ》しました。

訳文《やくぶん》を仕上げるにあたっては、解説をいただいた湯汲《ゆくみ》先生をはじめ、脳性《のうせい》まひ者《しゃ》の方とそのご家族、医療《いりょう》現場でご活躍《かつやく》の看護師《かんごし》さんなどにも読んでいただき、貴重《きちょう》なご意見をうかがうことができました。ほんとうにありがとうございました。

二〇一〇年　五月

Ben Mikaelsen　ベン・マイケルセン

アメリカ合衆国の児童文学作家。南米、ボリビアで生まれ育つ。米国西北部、モンタナ州ボーズマン在住。研究のために捕獲され、殺されそうになったアメリカクロクマを保護し20年前からいっしょにくらす。徹底した取材にもとづく作品には定評があり、8作品で30近い受賞をするなど、各方面から高い評価を得ている。邦訳されている作品に、『コービーの海』、『スピリットベアにふれた島』（共に鈴木出版）がある。

ホームページ（英語）：

http://www.benmikaelsen.com/

千葉茂樹（ちば しげき）

北海道生まれ。国際基督教大学卒業。出版社で児童書の編集に携わった後、北海道に居を移し、英米作品の翻訳家として活躍中。主な訳書に『天才少年オリバーの「宇宙」入門』、『宇宙でウンチ』（共にあすなろ書房）、『あなたと宇宙 ホーキング博士からのメッセージ』（光村教育図書）、『イグアノドンのツノはなぜきえた？ すがたをかえる恐竜たち』（岩崎書店）、『ワンガリ・マータイさんとケニアの木々』、『ヘンリー・ブラウンの誕生日』（共に鈴木出版）など多数。

協力　湯汲英史(ゆくみ えいし)

早稲田大学第一文学部卒業。公認心理師、言語聴覚士、精神保健福祉士。早稲田大学非常勤講師。公益社団法人 発達協会 常務理事。練馬区保育園巡回相談員など。障害児の教育・医療現場にかかわる。『0歳〜6歳 子どもの社会性の発達と保育の本』(学研プラス)、『気持ちのコントロールが苦手な子への切りかえことば26：折れない心を育てることばかけ』『子育てが楽になることばかけ 関わりことば26』(共に鈴木出版) など著書も多数。

鈴木出版の児童文学　この地球を生きる子どもたち

ピーティ

2010年 5月24日　初版第1刷発行
2025年 4月30日　第7刷発行

作　者／ベン・マイケルセン
訳　者／千葉茂樹
発行者／西村保彦
発行所／鈴木出版株式会社
〒101-0051　東京都千代田区神田神保町2-3-1　岩波書店アネックスビル5F
電話　代表　03-6272-8001
編集部直通　03-6272-8011
ファックス　03-6272-8016
振替　00110-0-34090
ホームページ　https://suzuki-syuppan.com/
印　刷／株式会社ウイル・コーポレーション

Printed in Japan　ISBN978-4-7902-3232-2 C8397
乱丁・落丁は送料小社負担にてお取り替えいたします

この地球を生きる子どもたちのために

芽生えた草木が、どんな環境であれ、根を張り養分を吸収しながら生長するように、子どもたちは生きていくエネルギーに満ちています。現代の子どもたちを取り巻く環境は決して安穏たるものではありません。それでも彼らは、明日に向かって今まさにこの地球を生きていこうとしています。

そんな子どもたちに必要なのは、自分の根をしっかりと張り、自分の幹を想像力によって天高く伸ばし、命ある喜びを享受できる養分です。その養分こそ、読書です。感動し、衝撃を受け、強く心を動かされる物語の中に生き方を見いだし、生きる希望や夢を失わず、自分の足と意志で歩き始めてくれることを願って止みません。

本シリーズによって、子どもたちは人間としての愛を知り、苦しみのときも愛の力を呼び起こし、複雑きわまりない世界に果敢に立ち向かい、生きる力を育んでくれることでしょう。そのとき初めて、この地球が、互いに与えられた人生について、そして命について話し合うための共通の家（ホーム）になり、ひとつの星としての輝きを放つであろうと信じています。